traumatic brain.

トラウマティック・ブレイン

高次脳機能障害と生きる奇跡の医師の物語

橘とも子

はじめに
この本を手にとってくださったあなたへ

「高次脳機能障害って、聞いたことある?」

以前、保健福祉に携わっている知人に、そう尋ねてみたことがあります。

2001年頃だったでしょうか。

「あぁ、知ってるわよ。交差点とかで、突然『きゃー』って叫んじゃう人のことでしょ?

あなた、どうしてそんなこと聞くのよ?」

知人は怪訝そうに、私の顔をのぞきこみました。

…この本を手にとってくださったあなたなら、どう答えますか?

高次脳機能障害とは、欧米でいう認知機能障害（cognitive dysfunction）に相当する障害です。つまり、空間や対象を認知する機能とか、あるいは言語・記憶といった「人間ならでは備わっている高次の脳」の機能障害。原因としてよく知られているのは、脳卒中や外傷性脳損傷（ＴＢＩ：traumatic brain injury）などです。

…なんだか、解りにくいでしょうか？

代表的な症状は、①注意障害（集中力がない）、②半側空間無視（からだの片側半分の空間について気づかなくなる）、③失語（言葉を理解・表現できない）、④記憶障害（新しく何かを覚えられない）、などです。

…ますます解りにくくなったかもしれませんね。どんな症状か、想像もできないのではないでしょうか？

その解りにくさのせいで、高次脳機能障害は「外見だけではわかりにくい障害（hidden disability）」とか「目に見えない障害（invisible disability）」と呼ばれます。

身体障害などの「見える障害」と違って、客観的に「理解されにくい」ため、相手が理解しようとする以前に、侮蔑や嘲笑から対人関係がスタートする…そんな場面を、私は少なからず経験してきました。

この本の中では、私の体験を通して、高次脳機能障害を「きちんと受容できる社会」を形成するために必要なヒントを、皆さんに伝えられたらとも思います。

さて、こうしてあなたに今、語りかけているこの私。

私は、現在49歳。女性。医師（医学博士）です。実は「高次脳機能障害」と「身体障害」という2つの障害と、もう30年以上もつき合いながら生きています。

そもそもの原因は、16歳、高校1年生の時の交通事故でした。暴走車に突っ込まれたのです。

瀕死の重傷。なかでも重大だったのが、脳挫傷と頭蓋底骨折です。外傷性脳損傷（TBI）のため意識障害は約1か月間続きました。なんとか九死に一生を得ましたが、以前なら当然できたのに「できなくなったこと（＝喪失機能）」がいくつもありました。右眼失明は、その一つの例です。

こうして私は、「高次脳機能障害と身体障害と共に生きる」という第二の人生を、早くも16歳で再設計しなければならなくなったのです。

それは、あまりに重すぎる人生の試練でした。

とにかく、惨めで、悔しくて、悲しくて、怖くて、痛くて、辛くて、…そんな感情が怒濤のように押し寄せ、途方に暮れていました。本当にもう、自分が潰れてしまいそうでした。かろうじて自分を支えたのは、自尊感情と自分自身への信頼・自信だったと思います。「とにかく何でもいいから前進し始めないと、『自分が自分であり続けられない』」…そんな感じでした。

当時はまだ、TBI後遺症に対する認知リハビリの必要性や、心的外傷後ストレス障害（PTSD：posttraumatic stress disorder）の概念は、確立していませんでした。だから退院後、認知リハビリや精神心理学的フォローアップはありませんでした。

一方、途方に暮れる私に両親は、否定的な言葉や悲観的な態度は絶対に投げかけませんでした。ただ「努力すればそのうち絶対に良くなってくる」とだけ言い続け、ひたすら私を辛抱強く見守ってくれました。

そんな両親の気配りに後押しされたのかもしれません。私は結局、「自分の人生は『自分で』何とかするしかない」と腹をくくってしまったのです。

「事故さえなければ…」などと「思う自分」も「思われる自分」も認めたくありませんでした。だから「どんな結末になろうと、自分の人生は『自分らしく』あらねばならない。私の人生は『私らしい』人生でなければならない」。そう思って必死に「最初の一歩」を踏み出しました。

それが結果的に、「再出発後の人生におけるベクトル」、つまり第二の人生における姿勢(方向性)と勢い(速度)を決定することになりました。

『「できないこと」を「できること(=残存機能)」で補えないだろうか?』

『どうすれば、私らしい生き方ができるだろうか?』

それからは毎日、そんなことばかり考えて生きてきました。そうして身体や脳の症状は、いつの間にか楽になりました。30年以上も経つうち、日常生活の工夫や試行錯誤が「自己流リハビリ」としての役目を果たし症状改善に貢献した、というわけです。

もちろん、辛いと思わなかった日はありません。そのかわり、チャレンジを諦めた日もありませんでした。岐路に立つたびに必ず困難な方を選び、工夫と悪戦苦闘と無理・無茶を続けてきただけです。知的好奇心の赴くままに、ひたすら真摯に、愚直に。それだけを続けてきたのです。

その結果、医学部に入って勉強して、医師になり、医学博士号を取得して、フルタイムの仕事を続けつつ結婚・出産・育児も経験できました。…障害を自己コントロールしながら、そんな生き方ができてしまいました。

その反面、障害が周囲に理解されず苦しくてたまらない場面が、数え切れないほどありました。「見えない障害」と共に社会参加する難しさを、何度となく痛感せざるを得ませんでした。周囲から誤解され、時に侮辱され馬鹿にされ、私自身は辛くて悲しくてどうしようもないのに、周囲には障害の本質が一向に伝わらない…。そんな場面は少なくありませんでした。

結局、周囲に障害のことは積極的に告げることなく社会参加してきましたが、そのぶん余計に無理・無茶を重ねなければならなかったような気もします。

『障害をきちんと理解してほしい。病態を正しく知ってほしい。』

『「わかりにくい障害」や「見えない障害」を受容できる社会にするには、どうすればよいのだろう？』


…辛い場面や苦しい場面に出会うたび、そんなことを考えながら私は生きてきました。


この本は、そんな私が30年以上も彽徊《ていかい》し続けた記録です。

幸い損傷の少なかった前頭葉で、孤軍奮闘しながら前に進むことだけを必死に考え続けてきました。私の人生が「私らしい生き方」になるように。私が半生をかけて頭の中に蓄積してきた「脳の独り言」です。


『受傷後、周囲の人々にどのように支えられたか？』

『回復に向け、どんな工夫や努力を続けたか？』

『社会参加に伴って、どんなことを「理解されない」と感じたか？　どのように対処したか？』

そんな観点からも、併せてお読みいただければと思います。

なお、この本を出版するにあたり、「事実に忠実に」書くことを可能な限り心がけました。基本的には私の記憶が元になっていますが、父や母が残してくれた大量の記録資料も参照しています。とくに「第1章　受傷」では、「母の看病ノート」、「父のノート」、診断書や診療録（カルテ）の写しなどから一部を抜粋しました。

この本が多くの皆さんのお役に立つことを、心から願っています。

平成25年6月

橘　とも子

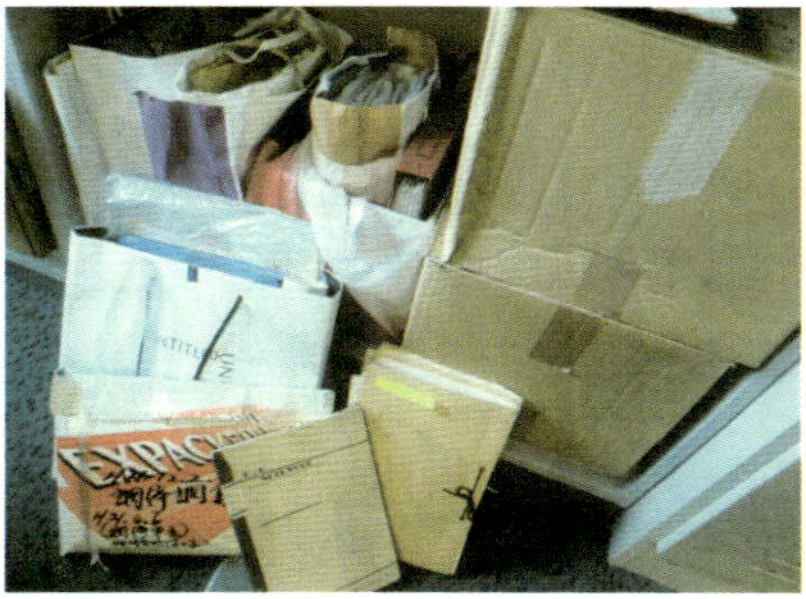

父と母が残した膨大な事故関連資料

母の看病ノート(左)、父のノート(右)

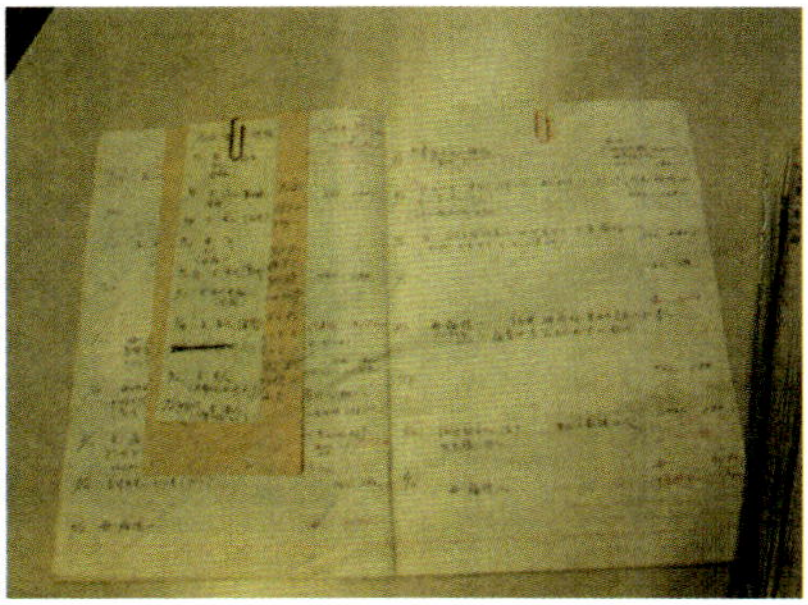

母の看病ノート
入院中のあらゆる事柄が書かれており、当時の記録を詳細に知ることができました。

目次

て

高次脳機能障害（脳挫傷）

左顔面神経麻痺（頭蓋底骨折）

左耳感音難聴・耳鳴（頭蓋底骨折）

左股関節可動域制限（左大腿骨骨折）→術後後遺症

16歳のとき、自転車通学中暴走車に激突され、脳挫傷・頭蓋底骨折ほか両脚等に全身多発外傷受傷。後遺障害が残り、学習や日常生活が困難になりました。

しかし周囲の支えもあり、「できなくなったこと（＝喪失機能）」を「できること（＝残存機能）」で補うことを基本として、前頭葉で「考える・低回する」という工夫と努力を続けることで、いつの間にか症状が楽になりました。現在は障害が外見上ほとんどわからなくなっています。

私の障害につ

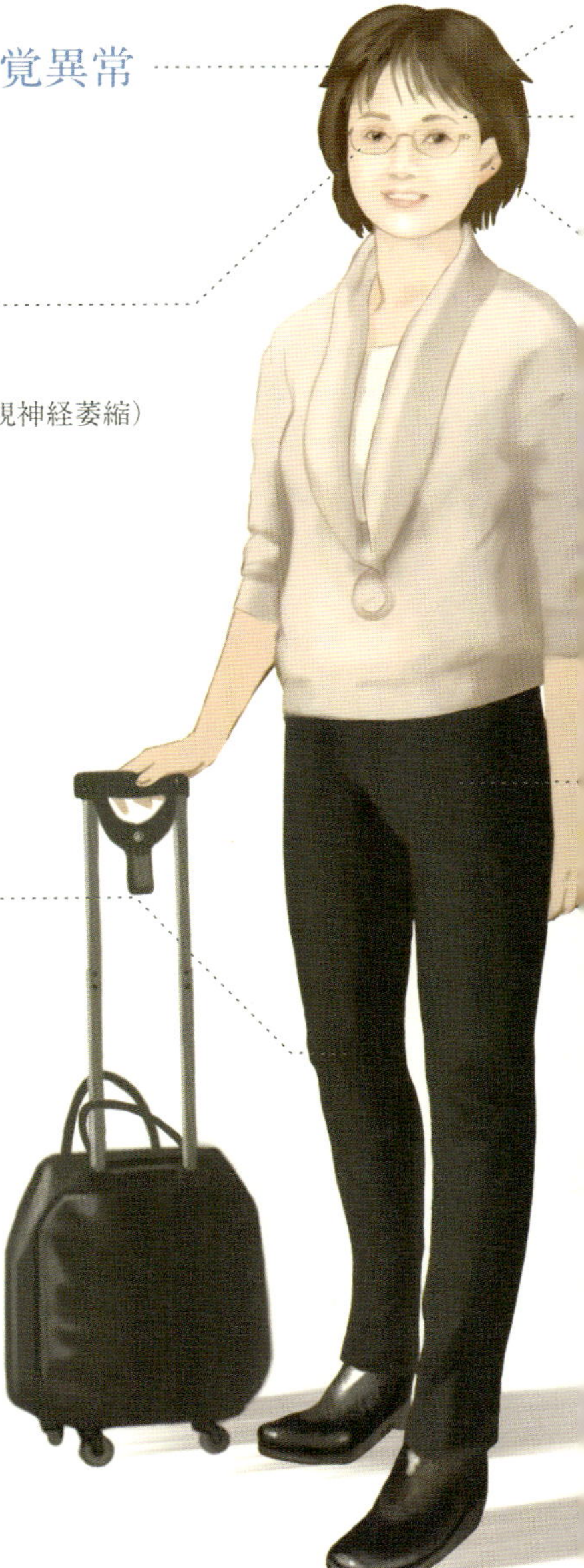

右側前～側頭部の皮膚知覚異常

右眼失明
右半側空間認識の消失

（頭蓋底骨折、右視神経管骨折による右視神経萎縮）

右膝関節機能障害

（右膝膝内障：半月板損傷、靱帯損傷）
→右膝関節靱帯形成術＋リハビリ

青字：障害（現在）

（　）：傷病（受傷時の診断）

人は、見かけで判断できない。

たとえば、私。

誰も「この人の身体の中には、キズ跡と機能障害という『障害がある』」とは捉えない。

他人《ひと》は、ただ「けがが治った人」と判断する。


左脚の大腿骨骨折なら、「治った」と言われても、それでいい。

多少、関節の機能制限は残っていても、まあ「治った」という判断でかまわない。

「私のＱＯＬ（＝Quality of Life）にたいして影響を与えない」から。


でも、あなたに見えない「脳のキズ」は違う。

「脳機能の障害」や「心のキズ」にいつも「つきまとわれる」ことになる。


私は、右半側を認知できない。

右の頭半分は広い範囲で皮膚感覚がとってもおかしい。

左耳ではかなりうるさい『金属製の蝉の声』が集団で鳴きわめいている。

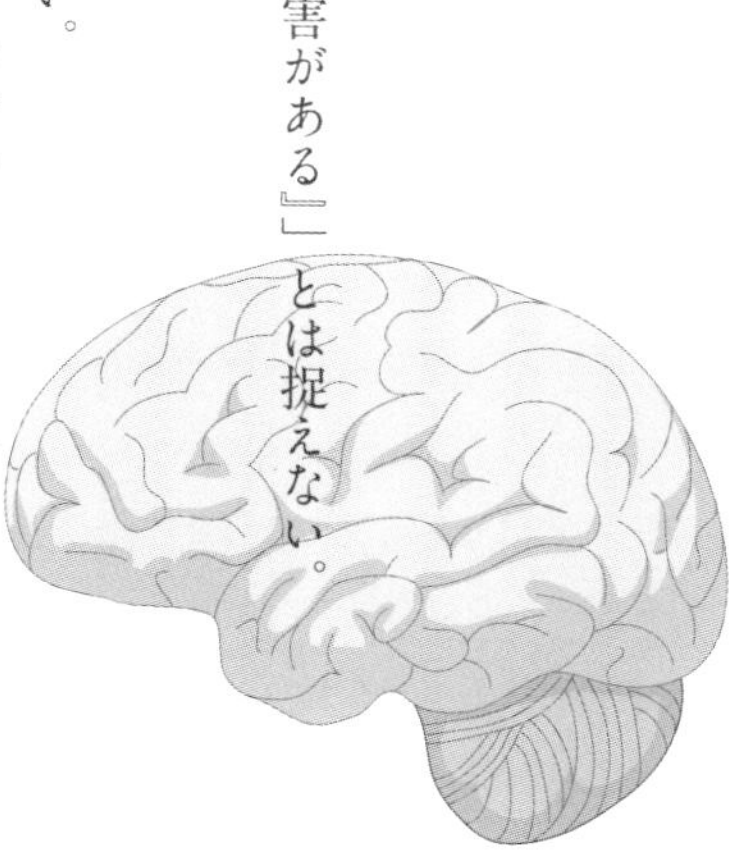

頭や脚は相変わらず気候変動のたびに痛む。
脳は疲れやすく、「頭の中で考えていること」と表出には乖離がある。
だから、しばしば「相手にうまく反応できない」。
他人《ひと》は私の疲れた脳の失敗行動に先入観を加え、私を「オカシナヒト」と呼ぶ。
私の心は苦しくて苦しくてたまらなくなる。

見えない障害は、本当に長く、本人の中で引きずられる。
見えない障害を持つ者は、何がしかの「できないこと」と付き合い続けている。
これまで、それらはすべて、他人《ひと》からは見えなかった。
そして、見えないことは、他人《ひと》にとって、きっとたいしたことじゃなかったのだろう。

「自覚」と「他覚」の大きな乖離。
あなたがそこに気づいてくれれば、見えない障害もきっと見えるようになる。

そんな日を、私は夢見ている。

受傷～2年後	3～9年後	10～31年後
16～18歳	19～25歳	26～47歳
受傷～高校卒業	予備校　＋　大学医学部	医療機関等
＋＋	＋	＋ ⇒ ±
−	−	−
＋＋＋	＋＋	＋＋ ⇒ ＋
＋＋＋	＋＋	＋ ⇒ −
＋＋＋	＋＋	＋＋ ⇒ ±
＋＋	＋	＋ ⇒ ±
＋＋	±	−
＋	−	−
＋ ⇒ ±	−	− ⇒ ±
±	＋＋＋	＋＋ ⇒ −
−	±	＋ ⇒ ＋＋
−	±	＋
＋ ⇒ ±	−	＋

凡例　＋＋＋とても強く自覚した、　＋＋強く自覚した、　＋自覚があった、
±自覚があったかもしれない、　−自覚はなかった

症状の経過表

受傷後の経過年数			
年齢			
主な従事場所			
		症状の種類	具体的な症状の内容
症状	巣症状	運動性失語・不明瞭言語	言葉を表現できない、発語が困難
		失行	ある状況のもとで正しい行動がとれな
		右半側空間認識の喪失	右側空間について気づかなくなる
	欠落症状	注意力の低下	集中力がない
		易疲労性	精神的に疲れやすい
		記憶力の低下	新しく何かを憶えられない
		判断力の低下	自分で何か判断できない
		遂行機能障害	物事を計画して実行することができな
		発動性の低下	物事を自分から始められない
	その他状態像	病識の欠如	自身の病気への認識がない
		情動障害	焦燥感・いらだち
		行動障害	衝動的行動
		鬱傾向	気持ちの落ち込み

事故以前の私（左）と姉（右）の自転車通学姿〔1977 年 10 月、自宅庭にて〕

事故後の私の自転車。衝撃の強さを物語る

加害者 KM の自動車（ハンドル・タイヤが改造された改造車）

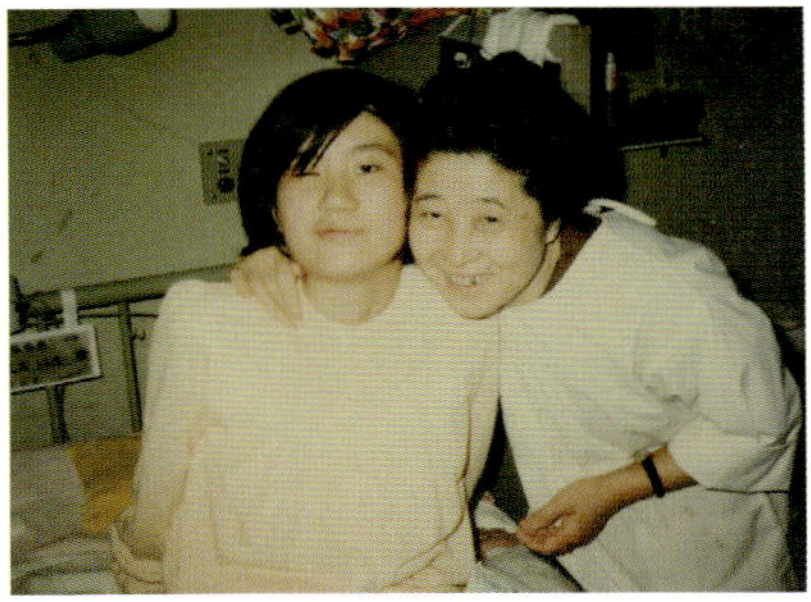

脳外科病棟にて、家政婦の吉原さんと私〔1978年3月下旬頃〕

入院後はじめての私の写真。右眼は閉じていますが、開けたとしても全く見えません。「見る」という機能の存在自体がありません。また、強い衝撃を受けたため右頭部全体が腫れているような異常感覚に包まれ、右側の空間自体を認識していません。一方、開いている左眼は左側顔面神経麻痺のため、見えてはいるものの「閉じられない（兎眼）」状態でした。

…それにしても、この写真の私、顔つきにどこか「ふてぶてしさ」さえ感じます。頭の中は深い困惑と不安でいっぱいだったはずですが、自尊感情と自分の人生を「私らしく生きる」という自信は、決して失っていなかったのかもしれません。

見舞いに来てくれた姉（右）、妹（左）と私〔1978年4月〕

両脚のリハビリ、左顔面への理学療法、歩行訓練等々のためにリハビリ室へと毎日通いました。

親友の渡辺さん（紀ちゃん）見舞いの際の食事中風景。左から私、吉原さん、母、紀ちゃん〔1978年4月〕

顔面の右には強い痺れと右眼失明、左には顔面神経麻痺。形相が徐々に変わってきています。

退院の日。君津中央病院玄関前にて、左から紀ちゃん、私、父、母、紀ちゃんのお母さん〔1978年6月〕

第一章

受傷

16歳で人生の岐路に立たされる

私こと橘とも子、つまり（旧姓）蓮沼《はすぬま》とも子が千葉県立長生《ちょうせい》高等学校の理数科に入学したのは、1977年の春でした。1977年といえば、青酸コーラ無差別殺人事件（1月4日）、次いでロッキード事件丸紅ルート初公判（1月27日）が年明け早々に起こり、さかんにニュース報道されていた年です。前年の1976年には、「およげ！　たいやきくん」、「春一番」、「ペッパー警部」などの歌謡曲が大流行していた、そんな時代です。

「花の高校生活3年間」になるはずでした。それまで地元で私は、勉強に運動に文化活動に打ち込んではいましたが、何となく自分では、力を持て余し気味でした。

『早く広い世界に出たい。そのためには、大学入学からが勝負だ。』

そう思っていました。漠然とした夢に向かって一気に飛躍するために、あらゆることを吸収しようと、心ときめかせていた時期。そんな人生の助走の時期に、思いがけず私は、人生の岐路に立たされることになりました。

16歳。外傷性脳損傷（TBI）の受傷

交通事故が起こったのは、1978年2月5日、日曜日の寒い朝8時すぎのことでした。16歳、高校1年生の3学期。私は、午前中の旺文社模擬試験を受けるために、千葉県茂原市の自宅から5キロメートルほど離れた高校に向かって、自転車を走らせていました。普段は同じ高校の3年生の姉と登校することもありましたが、たいていは別行動でした。事故当日も私ひとりで、いつもより少し早めに家を出ました。門を出る時に母が「お弁当は本当にいらないんだね？」と念を押したので、

「いらないよ。試験が終わったら友達と一緒にどこかで食べてくるから。」

そんなふうに答えたのを、何となく覚えています。いつも学校には、母が毎朝手作りしてくれるお弁当を持って出かけていたのです。

当日のその後の記憶は、ほとんど残っていません。家から10分足らず走った地点で、反対車線から暴走してきた自動車に突っ込まれたからです。

全身に瀕死の重傷を負ったほか、右側の前頭部、右眉の上の額あたりを中心にどこかに強く叩きつけられたのでしょう。「外傷性脳損傷（TBI：traumatic brain injury）」を負っ

てしまったのです。

つまり、「けがで脳の一部が壊れた」ということ。そのため意識障害（昏睡、昏迷、記銘力障害）が、約1か月間にわたって続くことになりました。

それでは、まず「意識が戻ってきた頃」の記憶からお話しすることにしましょう。事故に関する私の記憶は、その時点から始まっているからです。

外傷性脳損傷（TBI）で、およそ1か月間の意識障害。そんな状態から意識が戻ってくる時、人はいったいどんなことを頭に思い浮かべるのでしょうか？

私はそれを、30年以上経った今でも記憶しています。それほどまでに衝撃的で不思議な体験だったのです。

はじめに頭に「思い浮かんだこと」

千葉県木更津市の小高い丘に建っていた君津中央病院、ＩＣＵ（集中治療室）の一室。意識が戻りかけてきた頃、私の脳に、ぼんやりと浮かんでは消える思考がありました。何枚かの写真を見ているように断片的で、どこか恍惚として、不思議な感じ。

（…んー、なんだろう、これ？　…いったいなに？　このかんじ……。
…そうかぁ、これ、ゆめのつづきかなぁ……。
…あぁ、そうかぁ、…きょうは日ようび…だったっけ。
…それなら、まだ、こうやって……ねていて、いいかなぁ？……。）

頭の中に言葉が浮かんだというよりは、感覚やイメージが意識に現れては消えていく…
そんな感じでした。

頭の中では、ここは…自宅2階の寝室。

私は自分の布団にくるまって、休日朝の惰眠をむさぼっていました。部屋には朝日が差し込んでおり、背景は明るく、通常どおりの…でも、何だかいつもより、ほんわかしている日曜日の朝。そんな場面でした。

さらに私の頭の中には、こんなことも思い浮かびました。


(…きょう、…『べんきょうしておこう』と思ったとこ……どこだっけ?

んー、…もう、おきたほうがいいかなぁ?

…まだ、ねていていい…かなぁ?

…いいよねー、…そうだよね……。)


引き続き、頭の中の場面は、自宅寝室の布団の中。

うとうとしながら私は、1階の勉強部屋を頭に思い描いていました。

当時、勉強部屋は私専用ではなく、共有の子供部屋に置かれた自分の机の周囲を、背丈ほどの棚で囲った一角が「私だけの勉強スペース」でした。

その周囲を、私はふわふわしながら斜め上から眺めている…。

そんな夢を、夢の中で思い描いている感じ。

…実は、これら「はじめの記憶」には、それぞれ「事故以前の思考」とつながる特定の意味がありました。つまり、脳外傷で意識障害が起こる「前」と「後」で、私の頭の中の思考は「つながっていた、連続していた」のです。もちろん、そのことに気づいたのは、ずっとあとになってからですが…（コラム『はじめの記憶』について」124ページ）。

さて、話を病室に戻します。

意識が戻り、そのうちおそらく私が『…ここ、…どこ?…』とでも呟いたのでしょう。枕元にいた中年の女性（家政婦の吉原さんだということは、あとで知りました）が、次のような感じのことを教えてくれました。

「あのねー、ともちゃん。ここはねー、病院だよ。『き・み・つ・ちゅ・う・お・う・びょ・う・い・ん（君津中央病院）』。あのねー、ともちゃんはねー、『こ・う・つ・う・じ・こ』にあったんだよー。ここはねー、『き・さ・ら・づ（木更津）』だよー。」

（…へぇ？　…びょういん…？　…なんで…？

…しらないよ…そんなびょういん……こうつうじこ…？
…そうなの？
…わたし、…こうつうじこ…なんかにあっちゃったの？
…そうかぁ…こうつうじこかぁ…。
…そんなの、わたしは…あうわけがないって…おもってた…けどなぁ…。
…ようじんぶかいから……。）

「交通事故」という、それまでニュースや物語にしか出てこない「ひとごと」だと思っていたものが「自分」に…？ そんな強い違和感を覚えました。
結局、「自分は交通事故に遭って大けがをしたらしい。そのため病院にいるらしい」、という現実を受け入れることができたのは、しばらく時間が経ってからのことでした。

それがたぶん、３月はじめの頃。
事故からちょうど１か月くらい経った頃だったと思います。
その後、意識は薄皮を一枚ずつ剥ぐように、少しずつ少しずつ戻ってきましたが、頭の中はまるで霞がかかっているようでした。重くて物憂い…。

頭も手も脚も固定されて身体はまったく動かせず、また動かしたいとも思えませんでした。眼を開けると、薄暗い部屋の中に天井やカーテンレール、窓の一部、壁が見えていました。時々私を覗き込む人の顔や、声らしきものもありましたが、何だかよく様子がつかめませんでした。

部屋を出入りする足音。知らない誰かの話し声らしき音。時々、ツカツカと部屋に入ってきてはガチャガチャ音をさせ、私の腕や脚に激痛を残して去っていく誰か……。

私の脳裏に残っている当時の記憶は、そんな断片的な場面です。

どんな交通事故だったか？

事故当日については、両親の記録から詳細な状況をたどることができました。

［父のノートより］事故発生時の状況について

現場は自宅から1キロメートルほど走ったところの、7メートル幅の舗装された直線一車線道路。北側にMO団地が拡がる。車道と同じ高さで歩道(幅1・5メートル、ガードレールなし)、有蓋下水路（幅0・5メートル)、団地用道路（幅2・8メートル）と合計4・8メートルが続き、見通しは大変よい。

・とも子は、車道脇の歩道を自転車で走っていた。
・加害者KMの自動車は、反対車線を走っていた。
・第二の被害者Y氏の自動車は、加害者KMの前を走っていた。

①加害者KMがY氏の自動車を追い越そうとしてスピードを出しすぎ、ハンドルを操作できなくなって右にそれ、暴走してとも子をはねた。

②とも子をはねたと気づいたＫＭは、あわててハンドルを左にきった。
③すると今度は、Ｙ氏の自動車に衝突してしまった。
④Ｙ氏とＫＭの車は２台とも一緒に道路南側の荒れ地の水田に飛び出し、仰向けに横転した。

［第81病日《びょうじつ》（1978年4月26日）　母の看病ノートより］

父の話・君津中央病院に転院するまで①

1．とも子が家を出た頃は、私は近くの床屋さんにいた。事故を知ったのは、床屋さんに着いてまもなく。「警察から家に『とも子が自動車にはねられた』と連絡があった」と、すぐに電話がかかってきた。

2．床屋さんの主人が、事故現場まで車に乗せてくれた。着いた時、とも子は救急車で運ばれたあとだった。歩道に、前輪がぐしゃぐしゃに曲がった自転車が倒れていて、そばに血が流れていた。一目で大事故とわかった。

3．道路にはスリップの跡が2本ついていた。お巡りさんが交通整理していた。道路脇の水田に自動車２台が逆さまに落ちていた。

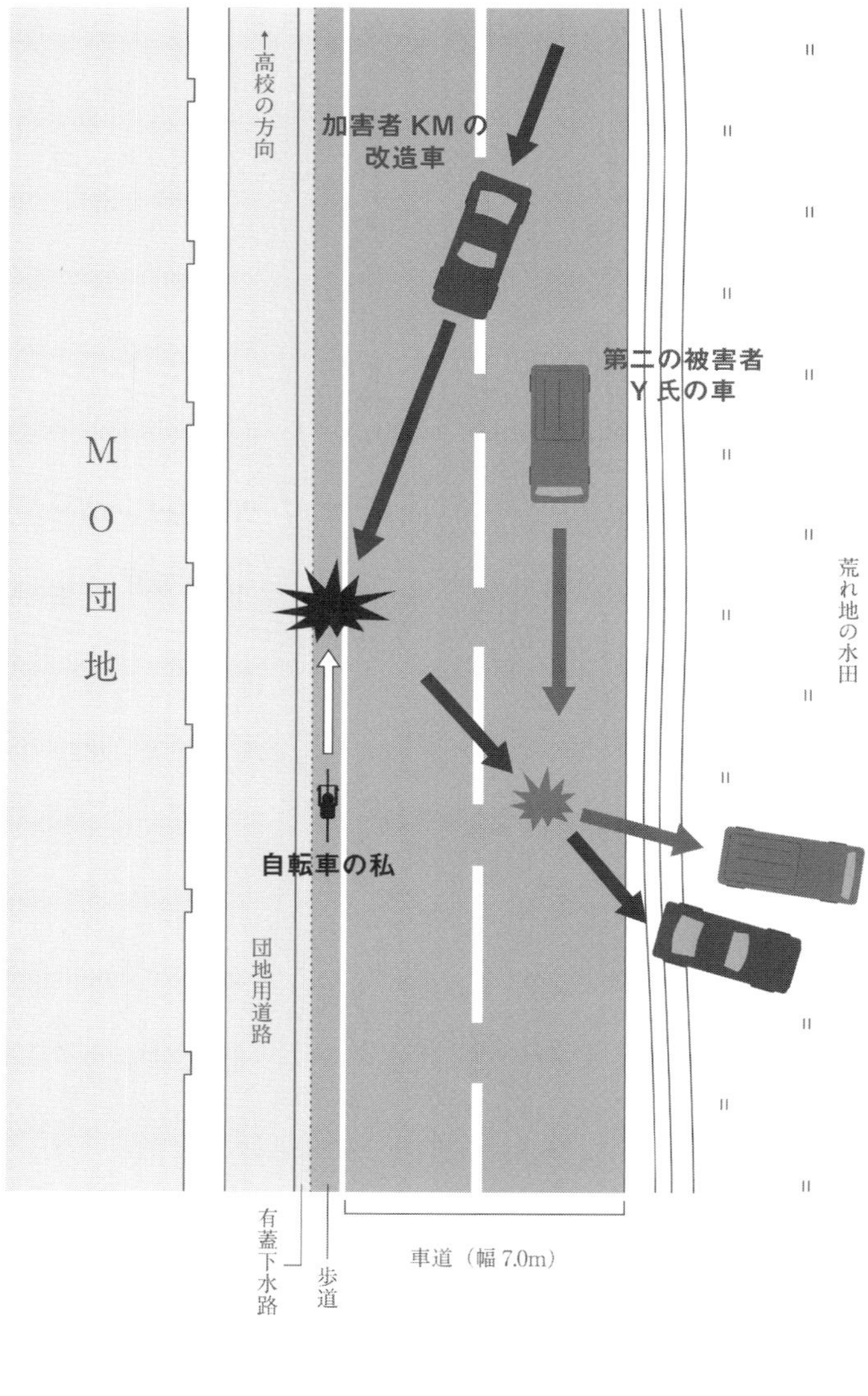

←高校の方向
加害者 KM の改造車
第二の被害者 Y 氏の車
M O 団地
荒れ地の水田
自転車の私
団地用道路
有蓋下水路
歩道
車道（幅 7.0m）

加害者KM（当時19歳）の自動車は、時速約90キロメートルで暴走してきました。あとで知ったことですが、加害車両は、ハンドルとタイヤに本人が手を加え、改造した車でした。

余談ですが、加害者KMに私は、この本を執筆している現在まで一度も会ったことがありません。誠意を示してくれたことも、直接謝罪の連絡をしてくれたこともないからです。先方にも様々な事情はあったのかもしれないとは思うものの、結局この事故の賠償調停は2009年まで、つまり30余年の長きにわたって、一件落着とはなりませんでした（第5章「事故は終わらない」参照）。

ただ、誠意のない加害者側とのそんな確執が、両親を飛び越えて私に向けられることは、一度もありませんでした。両親がすべてを受け止めることで、私を守ってくれたからです。加害者側の態度や賠償調停の大まかな流れは把握していたものの、私が前面に出なければならない場面はありませんでした。結果的に私が「自分の道」を歩むことができたのは、そのおかげだったと思っています。

事故の巻き添えをくった第二の被害者Y氏は、私の父（故・蓮沼貞男、当時48歳）をよく知っている人でした。Y氏には幸い大きなけがはなく、その後の私の入院先の君津中央病院まで見舞いに来てくれたそうです。そして両親に、事故の様子を話してくれました。

【第4病日（1978年2月8日）　母の看病ノートより】

Y氏の話・事故発生時の状況について

1. 当日（1978年2月5日）の朝、Y氏は用事を済ませて家へ帰る途中だった。現場を通りかかったのは午前8時10分頃。
2. 現場付近では、Y氏の車（時速約40キロメートルくらい）の前を走る車は1台もいなかった。現場付近を通りかかった時、右後方で「ガタンガタン」という音がしたと思ったら「ガシャン」という音に続いて、Y氏の車の右側に何かが「ドーン」とぶつかり左側にはね飛ばされた。Y氏は一瞬、何が起こったのかわからなかったが、気がついたらタイヤが上になって逆さまに田んぼにひっくり返っていた。
3. あわてて車から這い出て横を見たら、仰向けの車がもう1台落ちていたので、「ぶつけられたな」と思った。
4. 急いで田んぼから道路へ駆け上がって見たら、ガシャンと音がした辺りに人が倒れているのが見えた。その先に自転車がつぶれて転がっていた。大きい事故だったんだな、けがは大きそうだな、と思ったので近くの公衆電話に走っていった。救急車を呼ぼうと思ったのだが、あわててモタモタしているうちに、現場に大勢出てきた近所の人が連絡してくれた。

5. 倒れている人のところへ行ってみると、学生服を着た女の人だった。襟の裏に「ハスヌマ」と書いてあるのが見えたので、「あの蓮沼獣医さんのおじょうさんかな?」と思った。おじょうさんは全然身動きをしていなかった。その頃、加害車の運転手も現場に来ていたが、頭をけがしたらしくぼんやり立って見ていた。

6. そのうち救急車が来て、おじょうさんと加害車の運転手が乗せられて病院に行った。Y氏は、幸い頭を少し打っただけだった。

7. 学生さんはやっぱり蓮沼さんのおじょうさんだった。まだ危篤状態だと、あとで確認した。本当にお気の毒だ。

Y氏の話を聞きながら、私の両親はおそらく半狂乱に近い心境だったに違いありません。父がその時書いたと思われるメモが父のノートに残っているのですが、その部分は、ほとんど単語の殴り書きにしかなっていません。

父は、その時Y氏から話を聞く一方で、警察への対応や葬式の準備手配をしなければならなかったはずです。とても正気でいられるような状況ではなかったのではないかと思います。

瀕死の救急受診

現場に到着した救急車には、私と運転手（加害者KM）の2人が乗せられて病院に運ばれました。日曜日だったので救急車は、その日休日当番だった市内のS病院に最初に向かいました。

救急車がS病院に到着し、両親が駆けつけたのは、それから少し経ってからのことでした。診察室には父だけが入り、母は待合室に座って待っているよう言われたそうです。

のちに母は、その待っていた時の心境を、私にこう語っていました。

「とにかく何が何だかわからなくて、生きた心地がしなかった。まるで自分が、夢遊病者になったみたいだった。」

【第81病日（1978年4月26日）　母の看病ノートより】

父の話・君津中央病院に転院するまで②

1．とも子はS病院に行ったといわれた。すぐそのままS病院に向かった。着いてみたら、治療は、まだしていなかった。とも子は寝台の上に寝かされたままで、そばに行っても何の反応もなかった。大きく切れた顎のところと、耳・鼻・口から血が流れていた。足の骨も折れていた。

2．S病院でできることはしてくれたが、医者に「重態なので今晩あたりだめだ(死ぬだろう)」と言われた。それを聞いて、「状態がかなり重態なのはわかる。でも、どうせだめでも、設備の整っている病院で最大最善の処置をしてやりたい。大きな病院を紹介してほしい」と医者に言った。S病院であちこちに連絡をとってくれたので、木更津の君津中央病院で診てもらえることになった。

3. S病院に到着してから転院が決まるまでが約1時間。そのあいだ救急車がずっと、S病院の前で待っていてくれた。S病院のカルテを持って看護師さんに点滴してもらいながら、救急車に乗って、君津中央病院に行った。

4. S病院から君津中央病院までは1時間くらいかかったから、救急車が着いたのは午前10時30分頃になっていたのでは。夢中だったから少し不正確かもしれない。

「この子は死なせるわけにはいかない」

後日、ある程度私が回復した頃、私は父から、この「S病院でのやり取り」について、より一層詳しく話を聞かされています。このことを、父は『本当に助かってよかった』という眼差しを向けながら、何度も私に語ってくれました。

「…医者ははじめ、とも子は今日中に死ぬような状態だと言って、何も積極的に治療していなかったんだ。だからお父さんは、『この子は死なせるわけにいかない。私は獣医だけど、あなたが娘を診ないのなら私が診る』と言い張って、そこに置いてあった聴診器を手にとったんだ。そうしたら医者も、しぶしぶ手当てし始めた。だけどお父さんは『このままじゃ絶対に助からない』と思ったので『もっと大きな病院を紹介してくれ。どうせだめでも、最大最善の処置をしてやりたい』って頼んで、治療してくれる病院を探してもらったんだ。」

もちろん父は、普段は冷静で、社会的な立場を十分にわきまえる知識人でした。でも、さすがにこの時は、かなり取り乱していたに違いありません。わが子が「生きるか死ぬか」という瀬戸際で、実際、なりふりなどかまっていられなかったのだと思います。しかし、その父の無我夢中があったからこそ、私への「最大最善の処置」につながりました。

本当に、子を思う親の心ほど、ありがたいものはありません。父の「この子は死なせるわけにいかない」という一途な愛情のおかげで、私は今ここに生き、こうして文章を綴ることができるのです。

そして、不幸中の幸いは、もう一つありました。最初に事故現場からS病院まで運んでくれた救急車が、S病院の前で「1時間も」待っていてくれたのです。そのおかげで、転院搬送する準備が最短の時間でできたのだそうです。それは本当に幸運なことだったと、あとで両親は繰り返し言っていました。

こうして私は、千葉県木更津市にある君津中央病院まで、父とS病院の看護師さんに見守られながら、救急車で1時間ほどかかる道のりをひた走ることになったのでした。

君津中央病院への入院

【父のノートより】

君津中央病院では、2時間くらいかけていろいろな角度から診断してくれた。「緊急で頭の手術はいらないので整形外科に入院する。いつ死んでもおかしくない状態」と言われた。

事故当時はまだ、日本にCTスキャン装置が導入されてまもない時代だったようです。

私が転送された君津中央病院は、そんな時代にＣＴスキャンを備え、最先端医療に積極果敢に取り組む病院だったと聞いています。

救急車が病院に到着すると、私には救命処置と様々な検査・診察がただちに行われ、治療方針が決定されました。おそらくは頭部のＣＴ検査も行われたのだと思います。


事故に遭った当時のすべての診療録（カルテ）や頭部ＣＴ画像は、残念ながら手に入れることができませんでした。私が気づくのが遅すぎたせいです。医学部時代に、「事故当時の記録を、見てみたい！」と思ったことは何度かあったのですが、当時はまだ、患者がカルテ開示を要求するのは訴訟など特殊な場合に限られていたため、カルテの開示請求をつい遠慮してしまったのです。本気で当時の診療録を手に入れる努力をし始めたのは、事故からだいぶ時間が経ってからのことでした。

当時主治医グループのお一人だった廣瀬彰先生（前・鹿島労災病院院長）に、診療記録の取り寄せをお願いしましたが、君津中央病院の新築に併せて、古い記録は全部廃棄されたあとでした。

なにぶん、30年ほど経ってしまった古い記録です。仕方ないといえば仕方ないでしょう。しかし、せめて受傷直後の頭部ＣＴ画像だけでも、自分自身の「医師の目」で見てみたかったのです。

「もっと早く気づけばよかった…」「もっと早くお願いすればよかった…」そう後悔すること、しきりでした。

しかし幸いなことに、君津中央病院に入院中の経過は、母がすべて几帳面に「看病ノート」に記してありました。また、手元には診断書の写しも、すべて残っていました。それらに加えて、その後医学教育を受けた私自身の専門知識で裏打ちした「記憶」を併せたところ、君津中央病院での初回入院134日間は、かなり正確に再現できました（表：君津中央病院に入院中の経過、47〜48ページ）。以下の入院中の経過は、この表を参照しながらお読みいただければ幸いです。

104ページからは「傷病のまとめ」を用意しました。ただし、これは必ずしも、君津中央病院退院時における傷病のまとめではありません。受傷後31年目（47歳）の時点で、私自身が医師の視点でまとめたものです。30年以上という長期の経過のうちに、医学の急速な進歩に伴って、医学常識そのものが変化したからです。

整形外科病棟①：治療の開始

「意識が戻る保証はないが、とりあえず両脚の治療を先に」という当面の治療方針のもと、整形外科病棟での診断と処置・治療が始まりました。

入院後はじめの1週間は、父と母が交代で寝ずの看病をしてくれていました。しかし両親にも体力的に限界がきたので、家政婦さん（吉原さん）を1人頼み、それからは3人で看病してくれたそうです。

入院直後（第11病日）の診断書に書かれた最初の傷病名は、次のようになっていました。

【第11病日（1978年2月15日）の診断書より】

①頭部外傷
②頭蓋底《とうがいてい》骨折（意識障害）
③左大腿骨骨折
④全身打撲・挫創
⑤右膝蓋《しつがい》骨骨折

入院後の私の容体は、決して順調に快方に向かったわけではなかったようです。母の看病ノートをよく見ると、第8病日（2月12日）に、38度以上の発熱と、極端に低い血圧や、極端な徐脈を示す数字が走り書きされています。

また、この日から手術（第30病日／3月6日）の頃までの約3週間は、連日38～40度の発熱が続いていたようです。高熱が続いている間、尿路感染・髄液感染・呼吸器感染など、感染源を探索するための様々な検査が行われたようですが、はっきりした感染原因はわからなかったと記録されています。

いずれにせよ私は「生死の境をさまよっていた」わけで、両親としては、本当に気の抜けない日々だったと察します。

父は生前、よく私にこう言っていました。「少なくとも2回、本気で、お前の葬式を準備した」と。

おそらく「1回目の葬式準備」というのは、事故に遭った当日のことでしょう。そして「2回目の葬式準備」が、前述の第8病日、つまり高熱と血圧低下や徐脈がみられた日だったのではないかと思われます。この時の状態を推測すると、「敗血症の併発など何らかの原因で、ショック状態に陥った」という可能性は考えられますが、なにぶん当時のカルテそのものが残っていないので、今となってはそれ以上詳しいことは、よくわかりません。

一方、母の看病ノートには、第12病日（2月16日）に「眼瞼《がんけん》反応あり」と読める文字が記されています。もしかするとこれが、主治医が診察の結果母に告げた「初めて観察された反射」だったという可能性は、あります。

さらに第14病日（2月18日）には、うわ言のように「のどかわいた…」と私が呟いたらしい走り書きが見られます。母が急いで私の口に水を含ませたら、ごくりと飲んで「おいしい…」とため息のように漏らしたとのこと。これが、初めての嚥下《えんげ》反射だったようです。嚥下反射が見られたことを母が主治医（廣瀬先生）に告げたら、その翌日、主治医によってさっそく胃管（流動食を流すために鼻から胃まで通したチューブ）が抜去され、流動食を口から流すように切り替えられたと看病ノートには書いてあります。この頃からやっと私には、反射が見られるようになってきたと考えてよいでしょう。

私の意識は、というと、父によれば「事故後3週間くらい経った頃からやっと少しずつ快方に向かう兆しが見えてきた」ようでした。その頃やっと「多少、わかるようになってきた」とノートには書いてあります。が、もちろんその頃の記憶は、私には残っていません。

整形外科病棟②：左大腿骨骨折と右膝内障

私の意識が戻るまでの間に、両脚に対して施された診断や処置は、次のようなものでした。

左脚は左大腿骨骨幹部《こつかんぶ》の閉鎖骨折。つまり太ももの骨が真ん中で折れており、手術できるようになるまでの間、左脚の直達牽引《ちょくたつけんいん》をしておく必要がありました。ちなみに直達牽引とは、『左膝の骨に両側から長い針金を直接通して、その（針金の）反対端を足先の方にたらす。たらした先に錘《おもり》をつける』という方法です。これによって、左脚は長軸方向に引っ張られるので、骨折した骨を整復することができるのです。私の意識が戻ってきた時、左脚はたしかに、そんな具合に整復・固定されていたように思います。

頭がかなり朦朧《もうろう》としていたので細かいことはよく覚えていませんが、そばにいた誰かが左脚を指して「この先にね、錘がついているんだよ」と教えてくれたのを何となく覚えています。

一方、右脚は膝蓋骨骨折や外傷性の膝内障《しつないしょう》。複数の靭帯損傷などがあって、右膝のまわりは「ぐちゃぐちゃ」。少なくとも当時の医学常識では、右膝は積極的に診断や治療を行う対象となる状況ではありませんでした。

私が手術を受ける直前のおぼろげな記憶では、右脚は、膝を中心にして長いギプスで固定されていたと思います。

なお、右膝については後日、父からこんな話を聞いています。

「はじめは、医者から『右膝から下は、切断する』って言われたんだ。でも、お父さんが『絶対に切断しないでくれ』って言ったんだ。女の子だし、脚がないと歩くのにも不自由だから、『右膝は、曲がらなくてもかまわない。膝から下は、くっついているだけでもいい。切断は、しないでほしい』って、一生懸命、頼んだんだ。」

「くっつけておいた」という右膝には、実はその後、ずいぶん苦労させられました。でも、それでもなお、くっつけておいてくれて本当によかったと思います。もし父が、右下腿の切断を承諾していたら…と思うと、父にはいくら感謝してもしきれません。

もし右下腿がなかったら、私の行動範囲は今以上に大幅に制限されてしまっていたでしょう。たとえ義肢を使ったとしても。当時の義肢は、たぶんあまり実用的とはいえなかったのではないかと思います。そうなれば、さすがの私も、不自由のあまり「精神的に『もたなかった』」かもしれません。

整形外科病棟③：「骨と皮」のわが身に驚く

ぼんやり意識が戻ってきた3月はじめの頃、ベッド上の私を覗き込む顔の中に、私は母の顔を認めました。それまで何となく耳に聞こえていた母の「声」と、視覚で認識した母の「顔」と、そして私が生まれた時から記憶認識している「母」とが結びついた時、私は、このうえない安堵と安心を感じました。

その頃の母は、さすがにやつれきっていたと思います。憔悴しきっていたものの、「まだ安心できる容体ではないのだから、気を抜いてはいけないぞ」と自分にも私にも言いきかせているような表情をしていました。

そんな緊張した表情のまま私をまっすぐに見つめていた母の、心配そうな眼、表情、そして白い手首の、すっかりやせてしまった細さ。それらを私はおそらく、死ぬまで忘れないでしょう。

…そしてその頃、やせ細っていたのは母だけではありませんでした。私自身もまた、ベッド上でヒョロヒョロにやせ細り、骨と皮だけになっていました。

もっとも当時、「自分の外見は、どうなっているのだろう?」なんて考える余裕はまったくなく、自分の顔や姿を鏡に映して見たこともありませんでした。「自分の置かれた状況」を知ること・把握すること、それがやっとだったからです。そして、次はどんな痛いこと・悲しいこと（=検査・処置）が待っているのかしらと怯えているのが、精一杯でした。

そんな状況の私でしたが、その頃たしかに私は「骨と皮だけ」になっていたなぁ…と思い出せる場面を覚えているのです。それは、整形外科の先生方が、そろって手術前の総回診のために病室を訪れた時のことでした。

先生方は私を見て、口々に驚きの声をあげました。

おぼろげな記憶に過ぎないのですが、その一場面の映像は何となく頭に残っています。

「やせたなー!」

「ほんとにやせちゃったなー!」

（…そうかなぁ…?　…そんなことも、ないデショ。

…だって、アタシ…もともとやせ型…ダヨ…?）

一応、先生方の指摘を疑ってはみたものの、高校1年生の純真な私には、『…ホントかなぁ…？　そんなにやせちゃったのかなぁ…？』という疑問が残りました。先生方が病室を立ち去ったあと、自分が本当にやせたと判断してよいのかどうか検証してみました。

つまり、「右手の親指と右手の中指で輪をつくり、自分の左手首をつかんでみる」という方法で、左手首の太さ（細さ？）を調べてみました。すると、右手中指の上に重ねた右親指の先は、中指の遠位指節間関節《えんいしせつかんかんせつ》（第1関節）と近位《きんい》指節間関節（第2関節）の中央を越えるあたりまで、楽に届いてしまいました。

（…これって…やっぱり、すごくやせた…ってこと？　…だよね？

…いままで、こんなトコまで…とどいたこと…なかったもの…。

…これじゃ、まるで…きのえだ…じゃない…!?

そうかぁ…、ほんとに、わたし、やせちゃった…かもしれない…。）

自分がひどくやせてしまったのは本当だったと知って、とても驚きました。

しかし、このとき同時に、「どのくらいまでやせたか」という検証事実を、あとあとまで覚えておかなくちゃ…と思いました。

「左手首をつかんだ右親指の先が、右中指の第1関節と第2関節の中央まで楽に届くくらいまで、やせていた」という事実。

このことを忘れずに覚えておくために、「指の先がここまで届いた」というイメージを、できるだけ何回も思い出してみることにしよう。

…ぼーっとした頭で、私はそんなことを考えていました。


事故の前の左手首、事故の後の左手首。

どちらも自分の左手首。

その事実を自分で検証し、事実を受け入れ、自己をコントロールする。

その後、第二の人生をどんなベクトルで踏み出そうかと迷っている頃に「私のアイデンティティは、事故の前後で、変わらない」と確信するに至った、はじめの根拠だったかもしれません。


なお、後日様々な記録を確認したところ、意識不明の約1か月間、私の命をつないでいたのは「前半期間が末梢静脈点滴＋胃管、後半〔第15病日（2月19日）以降〕が末梢静脈点滴＋経口流動食」だけだったとわかりました。

まだ、持続留置針などは使われていなかった時代のことですから、点滴するための注射針も、腕や足の末梢静脈に毎回針を抜き刺しする形で行われていました。そのおかげで、肘の内側や手の甲の静脈など、とくに左腕の静脈は完全に「つぶれて」しまいました。だから今でも、左肘部の静脈からの採血は至難の業です。

また、やせ細って寝たきりでいたために、手術前後にかけて「褥瘡《じょくそう》＊（床ずれ）」ができてしまいました。母も吉原さんも、私に褥瘡ができないよう、ずいぶん気を配ってくれたそうですが、それでも尾底骨の周囲にできてしまいました。両脚ともけがをしていたために、体位変換がきわめて難しかったからです。

やっと意識が戻ってきて、私自身が何とか「自分のからだがどうなっているか」を大まかに把握した頃には、もう両脚の手術予定は目前でした。手術前、左脚は大腿骨骨折の整復のため直達牽引されていましたから、身体を横向きにすることは無理でした。褥瘡が少しでも良くなるようにと、看護実習の学生さんが円座を作ってくれたので、それを腰の下に入れてもらったりしていたのを覚えています。

手術後は、ベッド上で少し身体を横向きにすることができるようになりましたが、体位変換は相変わらず苦痛でした。右側を下にすると、手術前には右脚に固いギプスが巻いてあったのに、手術後はそれがなくなり右膝の傷が直接圧迫されることになったので、右側臥《がい》位はよりいっそう難しくなりました。

一方、左側を下にすると、左臀部《でんぶ》（おしり）に新しくできた手術の創が圧迫されて痛むことになりました。だから側臥位は、右も左もきわめて苦痛だったのですが、それでも褥瘡をそれ以上悪くするわけにはいかなかったので、「毎日ある一定程度の時間、側臥位に」という指示が出てしまいました。その体位変換の時間は、私にとってまるで拷問のようでした。

＊褥瘡：長期間同じ体勢で寝たきり等になった時に、体と病床との接触局所で血行不全を起こし、周辺組織にびらん、潰瘍、壊死が生じた状態。

整形外科病棟④：顔面神経麻痺・右眼失明の疑い

整形外科病棟での私の主治医は、音琴勝《おとことまさる》先生（現・中伊豆リハビリテーションセンター長）でした。診察のために音琴先生が病室に現れるたび、眼鏡をかけ落ち着いたその姿に安心は感じるものの、それより先に恐怖と不安が心に広がって、私はいつもビクビクしていました。なぜなら、意識が回復してからというもの、「脚以外の部分」に対する診察が次々と進められ、それらの結果が音琴先生によって両親や私に言い渡されていたからです。

診察や検査の結果…それらは、残念ながらすべてが私にとって、悲しいこと、痛いこと、怖いことばかりでした。

『せっかく目がさめたのに…。』

とにかく、意識が戻ってから手術までの時間は、「嫌なこと」の連続でした。

朝起こされれば診察か検査。終わって病室でうとうとしていると、痛い処置で起こされる。またうとうとしていると、今度は診察や検査の「結果宣告」。あとでよく考えれば、それはほんの2～3日間の出来事に過ぎなかったのですが、私の記憶の中では、その期間はとても長かったように感じられました。

『逃げたい…帰りたい…どこか知らないところまで…飛んでいってしまいたい…!!』

当時、身体のほうは、ベッド上で仰向けになっている以外のことは何もできなかったのですが、頭の中はそんな思いでいっぱいでした。

遠い遠い異国の地に、ふわーっと飛んで逃げて行っている自分。その時描いていた思いが、未だによみがえるような気がします。

母の看病ノートによれば、まず第23病日（2月27日）に、両親に対して「左顔面神経麻痺」が告げられています。左の「兎眼《とがん》(眼をきちんと閉じることができない)」や「眉が動かない」が診断根拠でした。

その後、顔面神経麻痺は末梢性の麻痺だと診断されたため、3月3日から電気療法が行われることになりました。そのため、左の顔面に何か所も電極の針が刺される毎日が始まりました。完全に閉じられない左眼には、角膜の乾燥防止と保護の処置が、頻繁に行われました。

さらに、第26病日（3月2日）には、「右眼失明の疑い」が整形外科の先生方から告げられました。「…だから脚の手術が終わったら、脳外科で検査してもらうことにしましょう」と説明されました。

当時、私の頭の中は、まだ朦朧《もうろう》としてはいました。また、右眉の上の額あたりを中心とする右前頭部、つまり頭を強打したあたりは、皮膚の感覚が痺れてボワボワに腫れている感が強く、右側頭部周辺の「知覚」はどんな状態なのか、それ自体がよく判断できませんでした。それでも、右眼には「ものを見る」という機能がないらしい、という程度の自覚はありました。

「見えている世界」が、なんだかおかしい、以前と違う…、それに「右眼」と呼ばれるものがあるはずのところは、まるで何もなくなってしまったよう…ただの皮膚か、あるいは右側の頭の部分だけボコッと穴が空いてしまったよう…。

そして同時に、私には「失明しているかもしれない」ということが、途方もなく重大な出来事だということも、わかっていました。

『失明しているかも…？　嘘だよ…そんなの…。

もう、やめてよ…。そんなこと言うの…。』

そんな不安でしか反応できない私のベッドサイドで、「失明（疑い）」は告げられたのでした。

その日の母の看病ノートには、失明（疑い）宣告に関する次のような記載がありました。

【第26病日（1978年3月2日）母の看病ノートより】
右眼失明の疑い
磯部先生（脳外科）、勝呂《すぐろ》先生、廣瀬先生より『右眼失明の疑い』と説明あった。とも子ショックのため、昼食食欲なく夕方下痢をする。とも子が失明疑いと聞いたあと、お父さんは、別室で倒れてしまった。半日、ベッドを借りて休んでいた。父母ともショックだったため、夕方、２人で木更津市内を少しドライブした。

気丈にふるまっていた私も、さすがに怖くて、泣きました。でも、心は不安でいっぱいなのに、いざ泣いてみたら、見えている方の「左眼から涙が出なかった」のです。全然。

そのかわり、見えない方の「右眼からは涙が出る」のでした。見えないし、右眼はおろか頭半分でさえあるのかないのか自分では認識できない「右半分」からは、どうやら涙が頬を伝って、ポトポト落ちているようでした。

私の「視界」は、当時も今も、視力の残っている左眼の視野だけなので、私が「心もからだも全身で泣いている」のに、視界だけが泣いていない、というのは実に奇妙な体験でした。

だから、整形外科で「失明の疑いがあるかもしれない」と言われた時、私は泣き始めたのですが「いくら泣いても視界が涙で満たされないので」気分が妙に白けてしまって…そのうち早めに泣くのをやめてしまったような気がします。

整形外科病棟⑤：両脚の手術

第30病日（3月6日）は、いよいよ脚の手術でした。全身麻酔で、左大腿骨骨折には「キュンチャー髄内釘法《ずいないてい》」。また右膝の創傷（挫創・膝蓋骨骨折・靱帯損傷）には保存療法。基本的に右膝は「（傷を）閉じただけ」だったときいています。

母の看病ノートには、音琴先生の術前説明を「とも子は理解していた」と書いてありました。細かい点までは覚えていませんが、おそらく私はその時すでに「理解できていた」のだと思います。

手術は午後1時30分から5時頃までかかりました。執刀医は音琴先生。廣瀬先生は手術の間、「脚を持っていたんだ」とのこと。30数年経って久しぶりにお会いした際の談で、確認できました。

手術では、私の大腿骨の髄腔が狭かったので、一番細い髄内釘でもなかなか入らず苦労した、とのことでした。音琴先生は、「なんとか髄内釘を入れようと、汗だくになりながら一生懸命」手術してくださったのだそうです。

その間、母は、病室の掃除をしていたそうです。母にとっては、久々に一息つくことのできた貴重な時間だったのではないかと思います。

こうして、両脚の手術は、無事に終了しました。

整形外科病棟⑥：自力で上半身が起こせない…訓練の開始

手術終了後は、ネブライザー・排痰などの術後処置もスムーズにこなせました。術後回診では、音琴先生から「もう両脚とも動かしてかまわないよ」と、あっさり許可が出たものの、とても動かす気にはなれませんでした。その頃はまだ、自分の両脚がいったいどんな状態になっているのかなんて、まったくわからなかったからです。

当時、私には医学知識があったわけではありませんが、それでも「けがしている脚を、やみくもに動かす」なんて、気味が悪くてできませんでした。実際、「左、右の脚を自分で持ち上げることができるようになる」という股関節の動きができるようになってきたのは、手術後8日目のことでした。

その頃は、全身の筋力が極度に落ちていました。なにしろ1か月余りにわたって完全に寝たきりだったのです。そのため、たとえ手や腕の力を頼ったとしても、ベッド上に「自分の力で上半身を起こす」ことができませんでした。

もし上半身をベッド上に起こせるようになれば、ずっと仰向けの寝たきりでいるよりは、視界が広がります。きっと食事もおいしく食べられます。生活の幅が広がって、生活の質もきっと向上する…いいことずくめだ、と思われたので、手術が終わって一段落すると、間髪を入れず「自力でベッド上に上半身を起こす」ということを「到達目標」にして、さっそく訓練が始まることになりました。

まず、手指の動きの訓練から始めました。

もともと利き手の「右」は問題ありませんでした。比較的早くから、日常動作はできました。でも左手は、利かなくなっていました。左手で最初に「できない」と気づいたのは、親指と人差し指の先をくっつけて「ものをつまむ（pinch、ピンチ）」動作でした。ましてや親指と中指、親指と薬指…というピンチ動作は、まったく無理、という感じでした。「できない」という発見自体が自分にとってショックでした。

そのショックを受けた気持ちは隠さずに、「落ち込んで」いたほうが、外見上は「乙女らしく」第三者には映ってよかったのかもしれません。でも私はそのショックを、心の中に封印してしまいました。

「ほらほら、ただ寝てるだけじゃ駄目でしょ？　寝たままでも、手指の訓練は、自分でできるでしょ？」

母にそう促されるたびに、私は平気なふりをして、素直に左手指の訓練を一生懸命続けていました。

…なぜなら、当時ショックを受けていたのは、私だけではないことを、私は知っていたからです。そんなふうにベッド上の訓練を促し続けていた母もまた、悲しみや辛さを封印しようと懸命になっているのが、私にはわかりました。

手指の次にトライしたのが、握力や腕力の訓練です。いずれの筋力も、きわめて弱くなっていました。でも、握力自体がもともと強かったので、右手は、少し訓練しただけで人並み（女性の平均）程度には回復しました。

もともとあまり強くなかった腕力の訓練には、苦労しました。極端に筋肉がやせてしまっていたこともあり、回復に時間がかかりました。さらに連日、腕の末梢静脈に点滴の針が抜き刺しされていたので、両腕とも相当痛めつけられて、それなりに「同情に値する」状態になっていたと思います。

…しかし、それでも他の部分に比べれば、両方の腕や手が、いちばん「マシ」でした。身体の中で最も自由に動き、しかも、最も筋力が残っていたからです。そのため、握力や腕力のトレーニングと併行して、「握力・腕力を利用して上半身を起こす」という訓練が始められることになりました。

音琴先生から指示されて、トレーニング用に母が用意してくれたのは、さらし木綿の「長い紐」でした。どうやって使ったかというと…。

まず、その紐の一端を足下のベッド柵に結んで固定します。そして紐の反対側の端を、私の肩の方向にのばします。私はその紐を両手でしっかりつかんで、少しずつ引き寄せるようにしながら、その力を使って、上半身を起こす努力をする。…そんな訓練でした。

最初は「ベッド上に自力で起き上がる」なんて、絶対にできないと思っていました。身体のどこをどうすればいいのか、まったくわかりませんでした。身体のどこにも力が入らないし、寝ていた方が楽だし…、それに何より、「紐にすがりついて必死になっている自分」なんて、何だか「かっこ悪い」し、みっともない…。本能的にそう思いました。なんといっても、「年頃の乙女」でしたから。

でも、その時そこで容赦してくれなかったのが、母と吉原さんでした。吉原さんは、長年の家政婦経験から「整形外科の患者を怠けさせてはいけない」を信条としていました。整形外科の患者は、治療の一環として訓練を必要とすることが多い。でも、訓練は辛いので、すぐ患者は訓練をサボりたがる。それを許容していては、いつまでたっても良くならない。だから、「整形外科の患者を怠けさせてはいけない」というわけでした。

吉原さんの教えを受けた母と2人で発する「ほら、ともちゃん、寝てるだけじゃだめでしょ。訓練、訓練、訓練！」というかけ声。容赦ないダブルのかけ声が、朝も、昼も、夜も、かけられるようになりました。

私は当時、頭がぼーっとしていて、とても逆らえる立場にはありませんでした。かけ声がかかるたび、従順に紐を握りしめては、それを必死にたぐり寄せるしかなかったのです。

…今にして思えば、この頃は、「右眼失明の疑い」が告げられてから脳外科への転科を待っている、という最も病室が不安に満ちていた時期でした。私はもちろん、父も母も、皆、「右眼はもう一生見えないかもしれない」という悲しみ・不安・恐怖と、全員がそれぞれに闘っていました。そのせいか病室には、張り詰めたような緊張感が漂っていました。

私自身はというと、まだおそらく本心では、『見えていない』という事実さえ」認めていなかったと思います。

『もう一度見えるようになることが「ないかもしれない」なんて、考えようとするだけで怖い。だから、そんな怖いことは考えちゃいけない。』

…そんなふうに、必死で自分自身を守っている…。まだまだその頃は、その程度の受容段階でした。

両親は、そんな私の心の内を、ちゃんと察していました。だから、右眼については「そのうち、絶対に見えるようになる」としか、言いませんでした。とくに母は、私が考え事を始めそうだと見てとると、そのたびに次のように私に力説しました。

「…左眼はね、最初は見えなかったのに『だんだん見えてきた』って言ってたの。右眼だって、この間まで、眼球が動かなかったのに、この頃やっと動くようになってきたんだから。だから、視力だって、そのうち必ず、良くなってくる。眼の訓練をしていれば、右眼はきっと見えるようになってくる。…」

診察のために病室を訪れた医師が、右眼について悲観的なコメントを残して去っていくたび、あるいは、病室の話題が私の右眼に及びそうになるたび、母はまっすぐに私の左眼を見つめ、「いい？　ともちゃん。絶対、見えるようになるんだからね！」とだけ、力強く私に言ってくれました。

…本当に、まだ、そんな時期だったのです。

ちなみに、母は医療の専門家ではありませんが、「失明疑い」ということについて、医師からの説明内容が理解できなかったはずはありません。そして、「このあと脳外科で一応検査してもらうけど、将来右眼が見えるようになる可能性は、かなり悲観的だ」という理解も、母はしていたと思います。

もちろん私も、当時まだ医学知識がなかったとはいえ、「右眼の予後は絶望的」という予感は、ないわけではありませんでした。それでもなお、当時の私の頭の中は、まだ右眼は「もう見えるようにはならない」という可能性が半分、「辛抱強く時間が経つのを待っていれば、いつかは見えてくる」という可能性が半分、…そんな認識だったと思います。

「もう見えるようにはならない」という可能性が100%なのだと認めてしまったら、その時点で自分自身のすべてが崩れてしまうような気がしていました。だから、私も母も、お互いに自分自身の「もう見えるようには、ならないかもしれない」という思いを、頑なに肯定しないことで、己を保とうとしていたのでしょう。

その頃母が、訓練を促すかけ声を容赦なく私にかけ続けた背景にも、ふくれあがる不安や悲しみ・恐怖から私を守りたいという意味があったのだと思います。

当時私は直感的に、そんな母の愛情を受け止めていました。愛情を感じたからこそ、余計、一生懸命になってベッド上で訓練に励んでいた。少しでも良くなろうとしていたのです。…片眼とはいえ、16歳の少女に対する「失明（疑い）」という告知は、それほど重い宣告でした。

「話し言葉」の急速な理解回復と吉原さん

ここで、当時、意識が戻った直後の私の「言葉の理解」について触れておきたいと思います。

意識回復後、私の頭の中はずっと霞がかかったようで、重くて働きが鈍い状態でした。でも、手術までの数日間のうちに、「話し言葉」の理解が、急速に回復したと思います。もちろん私は、ベッド上に仰向けのまま身動きひとつできなかったわけですから、情報源は専ら家政婦の吉原さんの「おしゃべり」でした。

自分は「交通事故に遭ったらしい」ということ、「大けがをしたので、しばらくこの状態は続くらしい」ということ…。そんな状況だけ、とりあえず私は、ぼんやり理解しました。すると、もう少し詳しい状況を知るためのキーワードが、ひとつ、またひとつと概念的に頭に入るようになってきました。翌日、さらにその翌日、という具合でした。

…暴走車が私に突っ込んだということ。最初は「もう助からない」と言われたこと。この病院まで救急車で1時間かかったのだということ。ずっと意識不明だったということ。

父と母が交代で「寝ずの看病」をしていたということ。今は、吉原さんと母が泊まり込みで看病しているということ。意識が戻るまで、「ともちゃーん、ともちゃーん…」と名前を呼びながら、交代で私の身体をつねっていたので、私の身体は青あざだらけになっていたのだということ。私が、廊下に聞こえるほどの大声で、「痛いよぉー!痛いよぉーっ!」と叫んでいた時期もあったのだということ。やっと目が開いてきた頃、はじめは両眼とも「見えない」と言っていたこと。そのうち左眼だけ、「ちょっと見えるようになってきた…」と言っているうち、もう少しよく見えるようになってきたということ…。

私の様子を見計らいながら、吉原さんはいろいろなことを滑らかな口調で、そして繰り返し話してくれました。

吉原さんは、病院近くの家政婦協会から派遣された、ベテランの家政婦さんでした。親切で働き者で、本当によく気のつく人でした。できるだけ順調にけが人や病人を回復させる「ツボ」を、実によく心得ていました。

また、君津中央病院に関することなら裏情報まで何でもよく知っている、生き字引のような人でした。少々「おしゃべり」でしたが、気さくで聴いていて決して不快ではありませんでした。その滑らかなおしゃべりに私は心地よく耳を傾けながら、いろいろなことを考え、一つひとつを思い起こしていました。

…当時私が、一番「知りたい」と思っていたこと。それは、「次はどんな嫌なこと（検査結果など）を言われるのかしら?·」「次はどんな怖いこと・痛いこと（診察・検査・処置）があるのかしら?·」「どうすれば痛みから逃げられるの?·」といった、不安と恐怖に対する答えでした。頭の中は、そんな不安や恐怖でいっぱいだったのですから。

そんな不安や恐怖・疑問を、私が言葉で伝えられなくても（ただし、私の「顔」には書いてあったかもしれませんが…）、いつも吉原さんは絶妙なタイミングで先回りして教えてくれました。

意識が戻り始めの頃からの私の「話し言葉への理解」が急速に回復したのは、間違いなく吉原さんのおかげだったと思います。

脳外科病棟①：検査に怯える日々

第40病日（3月16日）からは、脳外科病棟に転科しました。脳挫傷と頭蓋底骨折に対する精密検査、とくに「右眼失明の疑い」に対して、原因を調べて治療の可能性を探ることが目的でした。やっと慣れてきた整形外科病棟から脳外科病棟に移るのは、とても憂うつでした。

新しい病室に移動する際、私は初めて車椅子に乗りました。病室以外の院内風景を、その時私は初めて目にすることになりました。しかも「座った」高さの目線から。とても新鮮に感じた覚えがあります。

脳外科病棟では、毎日ベッドサイドに看護師さんがやってきて、見当識《けんとうしき》（orientation）を調べる質問をされました。見当識とは、人が、他の人と関わりながら日常生活に適応するために必要な、基本的認識機能のことです。つまり、時間・場所・自己認知（名前や年齢）・対人認知（ほかの人の名前や関係性など）・状況認知に関係する認識機能のことです。

その頃の私はというと、紐を使って頑張れば、何とか自分で上半身を起こせる程度の生活を送っていました。だから、当時の情報源といえば、ほとんど自分のベッド周囲と天井、そして吉原さんのおしゃべり。正しい見当識を持つために必要な情報、つまり私は今どこにいるんだ、とか、今日は何月何日の何曜日だ…といった情報が圧倒的に不足していました。

そんな私が脳外科病棟の新居ベッドに到着し、一息ついていると、さっそく看護師さんがやってきて、次のような会話が始まったのです。


看「きょうは何日ですか?」

私（…え? …知らない…だって、きょうが何日でも…わたしにはあんまり、かんけーないし…）

「…ええと、しゅじゅつが6日だったから、…きょうは…」

看「何曜日ですか?」

私（…うー、それはむり…。『ようび』なんて、いまのわたしには…かんけーないよ…）

「…わかりません」

看「ここは、どこですか?」

私（…え? …それも…わたしにきくの?… でも、こたえないと…、「いじょう（異常）」って、かかれる…よね? ……やっぱり。…ええっとぉ、よしわらさんが、ずうっとまえに言ってたのは…たしか…）

「きみつ、ちゅうおう、びょういん…？」

看「どこにありますか？」

私（…え？　…それも…むりだよ…。きたことなかったもの…ここ…。…でも、まぁ、いいや…）

「きさらづ…？」

ちなみに、見当識を調べるためのこのような質問は、毎日、病室に入れ替わり立ち替わりやってくる看護師さんによって続けられました。そのうち吉原さんに、毎朝その日の日付や曜日、病院のことなどを教えてもらうのが、私の日課になりました。それさえ毎日確認しておけば、まぁだいたい全問正答できると気づいたからです。

まだ自分のいる病院を外から見たこともなかったし、木更津の駅前に佇んだこともなかったし、私が答えるのはぶっきらぼうな「単語だけ」だったけれど、とりあえず「正解」は返せるようになりました。

そのほかの脳外科病棟での日課は、①脳挫傷や頭蓋底骨折についての精密検査、②ベッド上でもできる手や足の訓練、③左顔面への電気療法、などでした。

その頃、読み・書き・計算は、割合よくできるようになっていました。

とはいっても当時は、読み・書き・計算といった各々の機能について、臨床医学的な検査が行われたわけではなかったのです。だから、あくまでも「読み・書き・計算が『できた』」という判断は、私の主観です。いずれも「日常生活を送るうえで、不自由でない程度には、読み書き計算ができた」という意味であって、「勉強に必要十分な読み書き計算能力」が、「受傷以前と同じ程度に『戻っていた』」という意味ではありません。

「読み」は、母や吉原さんの書いたメモや、姉や妹から届いた励ましの手紙を読むことができた、というエピソードが看病ノートで確認できたので、「読みが『できた』」と判断しました。

「書き」は、姉や妹からの手紙に、簡単な返事を書くことができた、という点で判断しました。

「計算」については、吉原さんが売店で買ってくる品物の値段を、その当時合計するのが私の役目だったことから、「計算は『できた』」と判断しました。

吉原さんが「いい？　ともちゃん。読むよ？　全部でいくらになる？」と言っては、購入品とその値段を「…○○が××円、△△が▽▽円、…」と読み上げ始めるので、私がそれを暗算で合計していたのです。私が脳外科病棟にいる間に、少なくとも暗算は、吉原さんや病棟の看護師さんより私の方が、速くて正確にできるようになっていたと記憶しています。

おそらく、当時「計算」は、読み・書きに比べても、異様に早くから「できた」と思います。なぜ、そんなに早く「計算力」が回復したのか？　それは、「珠算が得意だった（1級）」ということと関係していたのではないかと思います。

この点について、少し解説を私なりに加えてみたいと思います（ただし私は「脳の専門家」ではなく、詳細な点で間違いがあるかもしれませんのであしからず…）。

そもそも私の大脳実質における受傷機序は、右側眼窩上外側縁への直接外力によって生じた右側前～側頭境界部付近の直接損傷（coup injury）と、左側側頭～後頭の反衝損傷（contrecoup injury）でした。そのため脳内には、左大脳半球（前頭葉を除く）を中心とする広い範囲で軸索線維の損傷が生じていたと考えられます。

通常、私のように右利きである場合、計算などの論理的思考は「左脳」が司るといわれます。だから、「左脳を中心に損傷されたのに、計算が早くからよくできた」という私の症状は、一見矛盾するかのようです。しかし、私は「珠算が得意」ですので、計算、少なくとも脳外科病棟にいる時の「読み上げ暗算」は、「右脳で行っていた」ために、早くから問題なくできたのではないかと自己解釈しているのです。

珠算が得意な私は暗算をする時、「数字」を思い浮かべて計算しているわけではありません。頭の中に「そろばんの玉の配置パターン」を思い浮かべて行っています。計算結果を答える時は、配置パターンを単に数字に置き換えて発音しているだけです。

私の脳の受傷機序を考えれば、右脳もまったく無傷とはいえません。計算といってもせいぜい2～4桁くらいまでの足し算くらいだったから、右脳で対応できた。そのために、比較的早期から「計算ができた」のではないかと思っています。

また、その頃にはすでに、「考えを巡らす」こともできました。もちろん決して「素早く」とはいきませんでしたが。これは、とくに左脳の前頭葉が、ほとんど障害されなかったおかげだと思います。私はその頃まだ、身体自体は寝たきりに近い状態でした。でも、頭の中ではすでに、様々な考えを「転がし」始めていました。

「自分の頭に入ってくるあらゆる情報に対して、自分なりの理解や解釈を加え、それに基づいて状況を分析しつつ、将来への戦略を検討する。」

少々表現が大袈裟かもしれませんが、そんなプロセスを脳の中で始めたのは、その頃だったような気がします。

その反面、その頃難しいと感じていたのは、「長時間考え続けること」と「言葉で考えを伝えること」でした。

脳外科病棟②：「右眼は、もう見えるようにはならない」

脳外科病棟での検査は、「右眼失明の疑い」に対して原因と治療の可能性を調べることが中心でした。…結論からいえば、右眼は「視束管損傷による視神経萎縮症」と診断されました。そう、今となれば教科書に載せたいくらいの典型的な「視神経管骨折→視束管損傷→視神経萎縮」という機序の視力損失でした。そのため、後遺障害の診断名として「右眼失明」が加わることになり、さらに「右眼の視力回復の見込みはまったくない」という予後見込みが付されることになりました。

視覚誘発電位検査（眼に強い光を照射して脳波の反応を調べる検査）は最初に左眼、次に右眼の順で行われました。左眼は「見える方の眼」だから、検査は難なく終わり、右眼の番になり、左眼には折りたたんだタオルで厚く目隠しがされました。私はそれまで、検査といえば落胆するような結果ばかりだったので、怯えてビクビクしながら検査が始まるのを待っていました。

すると、「カシャ」とカメラのフラッシュをたくような音がしたと思ったら、頭の中にパッと明るさが広がったのです。そのあとも、「カシャ」のたびに目の前には「パッ」という薄白い光景が広がりました。

私は「右眼でも強い光なら見えるんだ！」と本気で思いました。

『右眼の『光覚』は残っている！

光覚があるなら、（視力も）何とかなるかもしれない！』

もちろん当時、高校1年生の私に医学知識などあるわけはなかったのですが、本能的にそう思ったのです。『希望があるかもしれない』と思い、とても嬉しく、久々に舞い上がらんばかりの喜びでした。さっそく主治医にも父や母にも、強い光なら見えたことを伝え、一人、幸せに浸っていました。*

ところがその後しばらくして、主治医の先生がふらりと夕刻の病室にやってきました。ちょうど両親が2人そろって自宅に帰った直後。たしか母が、事故後初めて帰宅した晩です。家政婦の吉原さんと2人だけで初めて過ごすことになった、そんな夕方だったと思います。

「右眼の検査の結果なんだけど…。」

主治医の先生は、そう話を切り出し始めました。そしていきなり私に向かって、こう告げたのです。

「こっちの眼（右眼）は、もう駄目だから。見えるようにならないから。」

その頃すでに、意識が戻ってから1か月ほどが経っていました。まだ頭はぼーっとして反応が鈍く、また脚の手術や様々な検査など「忙しい」毎日が続いていたものの、徐々に自分では「左耳がよく聞こえないようだ」とか、「左耳にものすごい耳鳴りがしている」とか、右眼の他にも神経症状がいろいろあることに気づき始めていた頃です。内心実は、かなり気落ちしていました。

なかでも「見えない右眼」は、やはり最もショックが大きかったです。おそらく自分自身では、まだ「見えていない」という事実さえ本心では認めていませんでした。「考えだすと際限なく悲しくなってしまうことは、『考えない』」という方法で、必死に自分自身を守っている、まだそんな段階だったのです（主治医の先生方からは、平然としているように見えたかもしれませんが）。

もちろん当時の私は、周りの人が話す言葉は、よく理解できました。読み書きや計算もよくできました。話す言葉が出にくかったので、第三者からみたら反応はだいぶ鈍くなっていたとは思いますが、「知能」は、それほど極端に落ちていたわけではなかったと思います。

ベッド上で天井を眺めながら、頭の中で考えを巡らしていることは、よくありました。

だから両親が私に力説する「絶対、見えるようになる」という言葉も、信じていたというよりは「そう思い込むことにしていた」、「あえてだまされた自分を演じていた」という感じだったでしょうか。

それでも自分ではまだ、「このままずっと見えないまま」という恐ろしい将来を認めたくなかったし、「もし光覚だけでも残っているのなら、いつかだんだん見えるようになってくるのかもしれない」という一縷《いちる》の望みは、捨てていませんでした。

それなのに、いきなり「もう一生見えるようにならない」という将来の絶望を宣告されてしまいました。自分を支えているのがやっとだった当時16歳の私にとって、あまりにも重い、衝撃的な宣告─。

『…そうか。私はこの見えない右眼で「一生」生きていかなきゃいけないんだ…。

「死ぬまで」なんだ…。』

そう思ったら、途方もない恐怖が怒濤のように私を襲ってきました。

主治医の先生が病室を出て行った途端、涙があふれてきました。その頃、見えている左眼からは涙が出なかったので、見えない右眼だけから流れてくる涙は、拭っても、拭っても、止まりませんでした。

布団をかぶって、一晩中すすり泣きました。

『「一生」見えないままなんだ…。

「死ぬまで」続くんだ…見えないのも、耳鳴りも…。』

悲しいというよりは、怖かった。

永遠のようにも思われる「これから」の長さが、とにかく怖くてたまらなかった。

さすがにこの時ばかりは、前回整形外科病棟で「右眼失明の疑い」を告げられた時のように、「…いくら泣いても視界が涙で満たされないので気分が妙に白けてしまって泣きやんだ…」などと言ってはいられませんでした。

付き添いの吉原さんが心配して、「そんなに泣かないで」と一晩中寄り添っていてくれました。もう流す涙もなくなって、ヒック、ヒックしながらふと気がつくと、窓から見える空は、明るくなり始めていました。

＊　前述の検査で私が「強い光だったら、右眼でも見える！」と勘違いしたのは、「目隠しのタオルを通過して左眼から入った光」を脳が認識しただけだったのだと思います。

本当に…当時の私にとっては、まさに「ひとすじの光明を見た」とでもいうべき、救われた思いさえしていたのです。それだけに、「一生見えないまま」「死ぬまで見えないまま」への落差は大きかった。おそらく、検査を担当した医師や医療スタッフの想像も及ばないほど、16歳の少女の受けたショックは大きかったのです。

これって、医療提供側からは絶対にわからない「罪な話」…とは、いえないでしょうか？

【父のノートより】「右眼失明」告知後の経過

脳外科で医師に「右眼は見えるようにはならない」と、とも子の前で言われた。本人は相当のショックを受け、それからは食事もとらなくなった。私の知り合いの医師を病室によんできて「自分の努力で見えるようになる」と、いろいろ話してもらった。そのせいか、本人は自分なりに一生懸命努力しているようだ。だが右眼は完全に失明しており、見えるようにはならないだろう。

脚のほうは、事故から2か月を過ぎた頃から、水中での歩行訓練を始めた。現在は、自分で松葉杖を使って2～3メートルくらいは歩けるようになった。

最初は死ぬと思っていた。命は助かったが、後遺症がかなり残るだろう。両脚の膝関節の屈伸と歩行の機能訓練は、夏頃まで必要だと整形外科で言われた。

右眼失明告知後について、父のノートに、このように記した箇所がありました。文章の後半に「松葉杖を使って2~3メートルくらいは歩けるように…」とあるので、父がこの文章を書いたのは、おそらく失明告知から1か月近く経った4月末~5月頃だったと思われます。

再び整形外科病棟へ①：リハビリの激痛・苦痛と闘う

脳外科病棟から再び整形外科病棟に戻ることになったのは、おそらく第61病日（4月6日）。つまり、右眼失明を告知された翌日だったと思います。右眼失明宣告後の私の反応を、おそらく吉原さんが、両親に緊急連絡したのでしょう。「失明を宣告されて、ともちゃんは、食事もしないで一晩中泣いている」と。

宣告翌日の早朝、両親がそろって病室に飛んで来てくれました。そしておそらく、「もう脳外科で行うべき検査や、できる治療はない。あと必要な医療は、整形外科で脚の訓練をするだけ」ということを、両親は主治医に確認したのだと思います。

明け方まで泣きはらした私は、翌日ただちに、整形外科病棟に舞い戻ることになりました。

そして、今度の整形外科病棟では、リハビリの激痛が私を待っていました。主に行われたリハビリは、両脚の膝の屈伸訓練、歩行訓練でした。

①膝の屈伸訓練

両脚の手術が終わった時点で膝関節は、拘縮*のため左右とも曲がらなくなっていました。両膝を曲げることができないままでは、日常生活には支障が大きいので、不自由のない程度にまで両膝を曲げられるよう、リハビリを行う必要がありました。

具体的には、マット上に腹臥位《ふくがい》（腹ばい）になった私の、膝から下の脚をリハビリの先生が手で持って、膝が最も曲がるところまで押していく、というものでした。それを毎日繰り返して、だんだん膝関節の折れ曲がる角度が広がるのを期待する。そんな訓練でした。

…言葉で書くと、もしかすると客観的には「どうってことない」訓練に思えるかもしれません。でも実際、（経験のある方ならおわかりいただけるかもしれませんが）、訓練の時間は「地獄」でした。ことに私の場合は両脚でしたから、2倍の地獄でした。そのうえ、訓練の到達目標は「膝を曲げたとき踵がおしりにくっつくまで」、つまり「正座できるようになるまで」だったのです（!）。…今にして思えば、高すぎるハードルでした。おかげで私は、計り知れない苦痛を味わうことになりました。

＊拘縮：長期にわたる寝たきり生活などで関節を動かさないでいると、関節は3週間ほどで固まって動かなくなります（可動域制限）。関節の可動域制限の原因が、とくに関節包外の筋肉・靭帯・神経・血管・皮下組織・皮膚等の組織の変化である場合を拘縮と呼びます。

②歩行訓練

最初の歩行訓練は、第65病日（4月10日）。理学療法室のプールで、肩までぬるま湯につかりながら「両脚で立つ」ことから始めました。水中なら、浮力のおかげで両脚にかかる体重負荷が軽くてすむからです。受傷以来、「両脚で立った」のは初めてだったので、私は、せっかく良くなってきた脚がまた悪くならないか不安なような怖いような…そんな心配を、一応してみたのですが、…とにかく、嬉しかった。何しろ2か月以上、「立つ」という経験をしなかったので、とにかく嬉しくて、喜々としてプールの中を何周も歩いていました。もう、恥も外聞もなく。

ちなみに歩行訓練は、以下のように段階的に進められていきました。

第65病日（4月10日）　プール歩行訓練の開始
第80病日（4月25日）　両脚への体重荷重許可。両松葉杖歩行訓練開始

第83病日（4月28日〜5月7日）　大型連休中に自宅外泊
第94病日（5月9日）　松葉杖なし　可
第97病日（5月12日）　右膝関節鏡検査

歩行訓練自体に、大きな問題はありませんでした。おそらくそれは、私の下肢の筋力がもともとよく鍛えられていたためだったと思います。

私は幼い時から脚が速く、中学では、学校対抗の陸上競技大会への出場に向けて、短距離走の練習に加わることがありました。「大会への出場に向けて」とわざわざお断わりしたのは、私は陸上部員ではなかったからです。中学の3年間を通じて、所属していたクラブ活動は書道クラブ、また部活動は音楽（コーラス）部。いずれも文化部でした。でも脚が速かった私には、陸上競技大会の臨時出場要員としてお呼びがかかることがありました。大会の前には、陸上部員に交じってスパイク付き陸上競技用シューズを履いて、かなり走り込んだものです。だから、両脚とも大腿四頭筋（太ももの前側の筋肉）は、それなりに鍛えられていたのです。

かくして私には、「もう一生見えるようにならないなんて…」などとメソメソ泣いて、ゆっくり悲しみに浸っている暇と余裕は、なくなってしまったのでした。

再び整形外科病棟へ②：膝のリハビリで失神

毎日リハビリで疲労困憊《こんぱい》するせいか、この頃には、食欲が少しずつ戻ってきました。また、病棟の廊下を車椅子で移動できるくらい体力が戻ってきたので、生活の幅が広がりました。毎日の日課は、リハビリ室での両脚の訓練。それ以外は、あまり拘束されない時間が持てるようになりました。

母も、時々は茂原の自宅に帰れるようになりました。帰宅して、また病院まで戻ってくる時、母はよく自慢の手料理を作っては、お土産に持ってきてくれました。当時、私のお気に入りは「母の手作りぼた餅」でした。中身は手製の小豆つぶし餡、外側が「きな粉」で、かなり大きいぼた餅でした。いくつも箱につめて持ってきてくれるので、それを大部屋病室に同居するみんなと、おいしく食べたものでした。

その頃、私の苦痛のタネは、膝の屈伸訓練でした。訓練時の苦痛はきわめて大きかったのです。しかも、私の膝の屈伸リハビリにおける到達目標は、すでに述べたとおり「正座できるようになるまで」という困難なものでした。

「やっぱり女の子だからね。『正座』できるくらい膝が曲げられないと、退院してから困るよね」と、リハビリ室で当然のように話が進められているのを、耳にした覚えがあります。今にして思えば、それは無情にも高すぎるハードルでした。

それでも、「そうか…正座できるようにならないと、私は退院させてもらえないんだ…」そんな空気を敏感に感じ取った私は、それからは、どんなに痛くても、そして、どんなに泣き叫んだとしても、我慢することにしました。とにかく一刻も早く家に帰りたかったからです。家に、自分の部屋に帰って、「自分の時間」を取り戻したい…その一心でした。

もちろん、退院して家に戻っても、「元どおりの自分」に戻れそうにないのは、その頃もうわかっていました。せっかく「家での生活」が叶えられたとしても、頭も脚もこんなふうになってしまったのだから、以前のような生活はできないだろう。もしかすると、不自由な自分自身に、耐えられないかもしれない。そう思ったこともありました。もちろん不安でした。

…それでもかまわない。
たとえ頭はボケボケのままでも、脚だって少しくらい不自由なままでも、かまわない。家に帰って、「自分の時間」さえ取り戻せれば、何とかなる…かもしれない…そんな気がしました。たとえ不便なことがたくさんあっても、自分なりにいろいろ工夫すれば、「私らしく」生きられるかもしれない。なぜか、そんな気がしたのです。

具体的に、何かができると思っていたわけではありません。ただ、何よりも、成長や学びの途上にある16歳という年齢にふさわしい「自分の生活」を取り戻したかった…それだけでした。そして、自分の時間と自分の生活が取り戻せれば、「私らしい生き方」に向かって、私には何かができるような気がしていました。
…単にそう思っていたからこそ、どんな苦痛にも耐えたのです。自分の生活に戻るために。

それでも、あまりにも激痛を我慢しすぎて、リハビリ室で失神してしまったことが何回かありました。そのうちの一回は、ちょうど父が、私のところへ見舞いと差し入れにやって来た時でした。父がリハビリ中の私を見学したのは、その時が初めてだったと思います。

その日のリハビリの痛みは、格別でした。

『…うぅっ、いたい、いたい、いたいよぉっ!!　きょうは、とくべつ痛いっっっ!!　リハの山田先生、お父さんが見てるからって、張り切り過ぎだよぉっ!!…』

というようなことを思った瞬間、あまりの激痛に絶叫しながら、私は気を失っていました。

…しばらくしてリハビリ室のベッドで目が覚めてみたら、父はもういませんでした。

その後、病室に戻って夕食も終わり、寝る支度をする頃になってから、母に、こう尋ねてみました。

「お父さん、…（いつの間にか帰っちゃったけど）…用事でも、できたのかなぁ…?」

すると母は、こんなふうに教えてくれました。

「…お父さんね、『ともちゃんがかわいそうで見ていられない』って、そっと帰っちゃったんだって…。」

それでも忍耐強くリハビリに励んだおかげで、第83病日（4月28日）から第92病日（5月7日）の大型連休（ゴールデンウィーク）には、初めて自宅への外泊許可が出ました。受傷後初めてのわが家でした。嬉しかった。本当に嬉しかった！

その頃、歩行訓練では両松葉杖を使った四足歩行訓練が始まっていたものの、まだ両側とも膝がよく曲がらなかったので、せっかく帰宅してもほとんど寝て過ごすことになりました。それでも、久しぶりのわが家でした。「家で自分の時間に浸る」ことができたのは、嬉しかったです。

外泊して家にいる間も母は、毎日定時になると「さっ、膝の訓練しよう！」と屈伸訓練を休ませてはくれませんでした。でも、訓練の痛みなどまったく苦にならないほど、家で過ごす自分の時間は、楽しいものでした。

余談ですが、外泊期間が終わって再び病室に戻ってみると、同室の患者Kさんのベッドが空になっていました。連休中に病院の6階屋上から車椅子ごと飛び降り自殺した、とのことでした。Kさんは軽度の知的障害を持つ若い人で、入院生活が長い患者さんでした。時々車椅子で移動する以外は、ほぼ寝たきりの状態だったと思います。

Kさんはきょうだいから、「自分は、Kさんがいるから結婚できないのだ」とことあるごとに言われている、だからKさんはそれをとても苦にしている、と聞いたことがありました。そんなKさんが、私は気の毒でなりませんでした。

…Kさんが「自分自身の人生を快適に過ごす権利」。それを侵害する権利は、誰にもなかったはずです。たとえKさんに、知的障害や身体障害があろうとなかろうと関係ない…病室でKさんが寝ていた空きベッドを見ながら、私はそう感じていました。

再び整形外科病棟へ③：右膝関節内視鏡検査と廣瀬彰先生

話を私の脚に戻します。

リハビリに明け暮れていた第94病日（5月9日）のことでした。突然、「右膝の関節の検査をするんだって」と母に言われました。しかも、カメラ（内視鏡）を膝関節に直接入れる検査だと。

当時右膝は、皮膚の傷こそふさがっていたものの、何しろもともとが「ぐちゃぐちゃ」だったので、「絶対、誰にも触ってほしくない」という状態でした。つまり右膝のまわりの皮膚は、感覚の異常がひどかったのです（今でも右膝周囲の皮膚感覚が異常なのは、大差ないけれど)。だから右膝は、診察の時に先生に触診されるのさえ、実は、嫌でたまらなかったのです。
…それなのに。…カメラを膝に入れるなんて。…とんでもない!!

右膝の関節鏡検査の時のことは、3場面くらいのイメージで記憶に残っています。術者は廣瀬先生でした。検査前、膝に麻酔注射をしたのも廣瀬先生ご自身だったと思います。麻酔注射が終わった時、そばにいた吉原さんが「ほら、もう麻酔したから、あとの検査は痛くないでしょ?」と言ったけれど、私は「そんなこと、…ないっっ! 麻酔注射したぶん、…1回分、…余計に痛かっただけだよぉ!!」と叫び続けた覚えがあります。実際、検査が始まってみたら、とても痛かったです。本当に痛かった。検査の間、ずっと叫び続けていたような覚えがあります。

…でも、痛い痛いと叫びながらも私は、頭の中で直感的に考えていました。
『…この検査、なんのために必要なのかなぁ…?
…こんなに痛い検査、ホントに今、私は受けなくちゃいけないのかなぁ…??』

その頃、まだ私の頭は「ボケボケ」でした。話しかけられた時の反応や、何か考える時の速度は、まだ極端に遅かったと思います。また、その頃は運動性失語もあり、思ったことを言葉でうまくは伝えられませんでした。だから、黙っていることが多かったのです。そのため当時、外見上は、私が「何も考えていない」ように見えたかもしれません。でも実は、頭の中では「いろいろなことを考えて」いました。もちろん、ゆっくりと、断続的に、ですが。

少なくとも退院が近づいてきた頃、目に映るもの・耳に聞こえるものなど、なんらか自分が認知したものに対して、直感的に『あれ…？　これ、なんだか…辻褄が合わない…んじゃない…？　…なんだか、…へんじゃない…？』などということは、ちゃんと判断していたと思います。おそらく前頭葉、私の場合はとくに左前頭葉が無事だったおかげだと思います。そのために当時、外見上は頭ボケボケで何も考えず泣き叫んでいるようだったかもしれませんが、頭の中では「検査や治療の意義・必要性」くらいのことを、のんびりと考えることができたのだと思います。

『せっかく…こんなに、痛い思いして、…検査を受けるんだからサ…（検査の意義や必要性くらい、患者が自分で考えるのは）当然だよねー。』

関節鏡の検査が終わって、病室に戻ってベッドに寝転がり、休憩し、食事し、会話し…それらが一段落して検査の疲れが癒された頃、また天井を眺めながら頭の中であれやこれや考えていたら、こんなことも、私の頭に浮かんできた覚えがあります。

『…さっきの検査で、どんなことが、わかるんだろう？
…あとで、…お父さんに確かめておくのを…忘れないようにしなくちゃ…。
…治療は…またなにか、変わるのかなぁ…？
いたいことが…まだ何か…あるのかなぁ…？』

ちなみに当時、検査結果など専門的なことを知りたい時は、母ではなく父に聞くことにしていたのです。

…この記憶エピソードは、この頃、ようやく冷静な判断と思考が戻り始めたということを、意味していると思います。

当時の私の「判断と思考の仕方」は、「直感的な判断＋断続的な思考」というイメージだと思います。直感的で概念的に何か「思いつく」あるいは「判断する」。そういうことは「できる（できた）」、でも考え続けられない（なかった）、という感じでした。だから、何かを考えてから、だいぶ時間が経ったあとで、頭の疲れが癒されて「ものを考えることのできるような状況になった時」、初めて『…あぁ、…さっきのって、…こういうことだよね…？』とか、『…さっきのはなし、…ここ、ちょっと変…だよね…？』と、タイミングがだいぶずれてから「考えの続き」が出てくる。そんな思考パターンでした。

そしてその思考パターンは、その後少しずつ改善はしながらも、だいぶあとまで、そう、ほんの10年前くらいまでは少なくとも残っていたと思います。…なんて、本当のことを言えば、今でもあります、時々は。

傷病のまとめ

医学的にはどんな頭部外傷（脳挫傷＋頭蓋底骨折）だったか？

大脳実質の受傷機序は、①「右側眼窩上外側縁への直接外力によって生じた右側前〜側頭境界部付近の直接損傷（coup injury）」と、②「左側側頭〜後頭の反衝損傷（contrecoup injury）」でした。

受傷時の頭部外傷には頭蓋底骨折と脳神経の損傷が伴っていましたから、「重症」頭部外傷と言ってよかったと思います。損傷された脳神経とは、具体的には、①「右の視神経」と、②「左後頭部を中心とする脳挫傷」です。受傷機序から考えると、おそらく右前側頭葉から左後頭葉にかけての広い範囲を中心に軸索線維の損傷が起こっていた可能性が考えられます。

意識障害はどの程度だったか？

意識障害の程度を表す指標に、Glasgow Coma Scale（GCS、グラスゴー・コーマ・スケール）という評価分類スケールがあります。GCSは、意識障害のある患者さんの意識状態を、3点（深昏睡）から15点（正常）までの点数で表され、点数が小さいほど重症であることを表しています。簡潔かつ的確に記録できるため、ＧＣＳは脳神経外科領域で世界的に広く使用されています。

表：傷病名と経過概要

君津中央病院の初回退院時における主な傷病名

①頭部外傷（脳挫傷＋頭蓋底骨折）
②右眼失明（視神経管骨折による視神経萎縮）
③左顔面神経麻痺
④左耳難聴＋耳鳴《じめい》
⑤右膝内障
⑥左大腿骨骨折

君津中央病院入院中の経過概要

1978 年 2 月 5 日朝、自転車通学途中の路上で反対車線からの暴走車（時速 90km程度）に激突され、耳出血・鼻出血を伴う頭蓋底骨折および脳挫傷、左大腿骨骨折、右膝内障など全身多発外傷を受傷した。

Glasgow Coma Scale（GCS）スコア 3 点。意識障害は約 1 か月間持続。主な神経学的症状は、視神経管骨折に由来する視神経萎縮による右眼失明・左顔面神経麻痺、左耳の感音難聴および耳鳴、右側眼窩上外側縁周囲の頭部皮膚知覚異常、左側の顔面・上肢の発汗減少・右側上肢知覚障害および左側上肢運動麻痺、等であった。

左大腿骨骨折に対する観血的整復術および理学療法、右膝内障に対する保存療法および理学療法、また顔面神経麻痺に対する理学療法等によって両側松葉杖歩行レベルで軽快退院となった（第 134 病日）。

私の場合、受傷後はじめに病院に担ぎ込まれた時のGCSは、3点と判断できます。GCS3点の重症頭部外傷というと、脳疾患診療技術が飛躍的に向上した近年でさえも、生存率24%などの数字が国内で報告されているほど重篤な状態です。

もちろん、その後どのくらい回復するかという「予後」や生存率は、その意識障害がどのような原因で起こったか、など様々な要素に左右されるものです。だから、受傷直後のGCS点数だけですべてを判断することはできないのですが、受傷当時の医療状況などを考慮すると、私の予後予測は「極めて不良」だったと判断せざるを得なかったでしょう。

退院が近づいた頃

機能喪失に愕然とした日

入院生活の後半は、このように愚直に従順に忍耐強く、ひたすらリハビリに励む毎日でした。私は一日でも早く家に帰りたくて、膝の訓練のことで頭の中はいっぱい。まさに全身全霊を捧げている感じでした。おかげで両膝や「身体」の機能は、だいぶ一足飛びに回復しました。

その一方で、「脳」の機能について心配するのは、まったく忘れてしまっていました。というより、入院生活という「要介護」状態に甘んじていたので、自分の脳機能など、考えたこともなかったのです。

そんな中で、主治医の音琴先生から、初めて「退院」という言葉が発せられたようでした。第115病日（5月30日）のことです。看病ノートには、「音琴先生から『6月中頃には退院できるのではないか』と言われた」と書いてありました。その頃、茂原の自宅に帰ることが多くなっていた母が、ちょうど病室に来ていた時に、そんな場面があったように思います。

それまで「退院」は、はるかに遠い目標として思い描くだけでした。それが突然、手の届きそうなところにまで降ってきたのです。…そんな感覚だったと思います。

それからは、どんなに訓練が辛くても、終わって病室のベッドに戻れば『…もう少し頑張れば、ご褒美に…退院が早くなるかもしれない…』と思う楽しみができました。でも、それも束の間でした。私はすぐに、『…そういえば、退院したら、…学校って、行くよね…?…学校行ったら、やっぱり勉強…始めるんだよね…わたし…?』と思い至ったからです。

異次元の世界を思い出したようで、唖然とした気分になったのを覚えています。

「…『べんきょう』って、何だっけ？　どんなヤツだっけ…？」

そんな情けないことまで、吉原さんや母に尋ねてしまったかもしれません。冗談のような話とお思いかもしれませんが、本当に、そんな気がしました。

「勉強」というものについて、やっと思いが至った私

病室にいる時に、勉強のことを、あれこれできるだけ思い出そうとしているうち、ふと「アース earth（地球）」という単語が「音」で頭に思い浮かびました。「アース」は、それまでの病院生活では、聞いたことも使ったこともなかった音でしたが、なぜかその時、急に頭に浮かんだのです（ただし、その時「アース」は、あくまでも音であって「言葉」と認識はしていなかったと思います）。

『えーと、アース？　何だっけ…アース…。』

これって、事故以前には知っていたゾ、と思いながら一生懸命思い出そうとしてみました。すると、ふっと『マグマ大使』*に出てくる地球の創造主「アース」のイメージが浮かんだのです。つまり、テレビでみた白髪の仙人姿のおじいさんです。たしか、「♪アースが生んだ正義のマグマ…」という主題歌も、同時に頭に浮かんでいました。

とっさに私は、『あー…、これはきっと、ちょっと違う。…だって、テレビに出てくるヤツだから…勉強のことじゃない…たぶん』と思いました。マグマ大使版の「アース」は、自分の中であっさり正解候補から否定して、なおも『『アース』って、何だっけ…?』と思い出そうとしていました。

すると今度は、コンセントの横についている感電防止用の「アース」のイメージが、ふっと浮かんできました。

『えー…?　これ??　…なんだか、これも、すこし違う…と思うなぁ…たぶん。…ほかのアースが、もっとあったような…気がするんだけど…。』

なぜか直感的に、そう思いました。

結局、見舞いに来た姉に「英語の単語だよ」と教えてもらったのだと思います。いずれにしても、その日は『英語…英語…？　なにそれ…？』という感じでした。「言語」と認識したかどうかはよく覚えていません。

でも不思議なことに、「英語は最も得意で好きな科目のひとつだった」という感覚は、ちゃんと持っていました。

『…え？　…これって、マズイよね…？　たしか…得意だったのに…これじゃや、授業きいてもチンプンカンプンだよね…きっと…。』

…これが、学業再開に必要な能力欠落に気づいた最初の時だったと思います。

一旦は、愕然としました。落胆もしたはずです、その晩は。

でもそのうち、たぶん翌日くらいには、呆然とし続けていても仕方がないと思いました。

『…んー、もう一度、勉強するしかないよね…。最初から、また勉強すればいいんデショ…？』

＊マグマ大使：手塚治虫の漫画作品『マグマ大使』の主人公。地球の創造主アースが、地球侵略を狙う宇宙の帝王ゴアとの戦いのために生んだ「ロケット人間」という設定でした。これを原作にした実写の特撮テレビ番組が１９６６〜６７年にフジテレビ系で毎週放送され、私はそれをよく見ていました。

「もう一度はじめから、勉強すればいいんデショ…？」と思えた理由

…なぜ私はこんなふうに、『機能喪失』に気づいて一旦愕然としたのに、すぐに『また、勉強すればいいんデショ…』と思えた」のか？　また、この時点でなぜそんなに楽天的でいられたのか？

「もう一度はじめから、勉強すればいいんデショ…？」と思えた理由。主に、２つが考えられると思います。

一つめの理由は、もともと言語学習の方法を工夫すること自体が、好きだったということ。とくに英語は、将来、英語圏でコミュニケーションをとるための道具として実際に使えるようになりたいと思って、学習方法自体を、あれこれ工夫して楽しんでいたのでした。

事故に遭う直前の頃は、ラジオ英語講座の「百万人の英語」[＊1]がお気に入りでした。文法にとらわれず、会話や実用に重点を置く方針のこの講座を聞きながら、自分であれこれ工夫して勉強を楽しむのが好きでした。その頃私は、英語検定試験（以下「英検」）２級の

一次試験（筆記）に合格していました。だから事故の直前は、二次試験（面接）の受験に向けて、準備しているところだったはずです。結局、受験できずじまいに終わってしまいましたが。

いずれにせよもともと英語は、最も得意な科目のひとつであると同時に、「あれこれ工夫して楽しむ」類の好きな科目でした。そのためにおそらく、事故後の「勉強やり直し」に抵抗がなかったのではないかと思います。好きな趣味を「また最初からやり直す」という感覚だったかもしれません。

もう一つの理由は、「右脳」の影響です。すでに述べたように、私の脳は、右側前～側頭境界部付近から左側側頭～後頭にかけて損傷されました。ことに左大脳半球は、前頭葉を除く頭蓋底部を中心に、強い損傷が加わったと考えられます。

そのため、ジル・ボルト・テイラー（Jill Bolte Taylor）博士[*2]の主張する「コンピュータでいえばシリアル・プロセッサー（逐次処理装置）に相当する『左脳』」が抑制され、「パラレル・プロセッサー（並列処理装置）に相当する『右脳』」のはたらきのせいで、楽天的でいられたのかもしれません。

その延長線上のノリで、「もう一度はじめから、勉強すればいいんデショ…?」と思ってしまったのかもしれません。

話を、病室に戻します。

私は母に頼んで、家から中学生用の英語の教科書を持ってきてもらい、『…なにごとも…かんじんなのは、なれ（慣れ）、だよねー…』などというフレーズを、ぼーっとする頭に巡らせながら、アルファベット文字を毎日眺めていました。

入院中から始めたそんな行為が、その後の脳の回復に、どのくらい役立ったか、あるいは役立たなかったかはわかりませんが、自分では何となく回復してくるような気分になったので、続けていました。

さすがに、英語以外の科目には、入院中は手が回りませんでした。

＊1　百万人の英語：1958〜1992年に、文化放送やラジオたんぱ（現・ラジオNIKKEI）など、日本全国のAM・FM・短波ラジオ放送局で放送されていた英会話番組。旺文社系列の財団法人日本英語教育協会（英教）が制作し、番組テキストを兼ねた月刊雑誌が発行されていました。私が聴いていた頃の講師は、鳥飼玖美子さんだったと思います。

＊2　ジル・ボルト・テイラー（Jill Bolte Taylor）博士：『奇跡の脳』の原著作者（2009年 新潮社刊、竹内 薫 翻訳）。

第2学年をどうするか？

退院する時、私はまだ16歳でした。幸か不幸か、私の学校欠席期間はちょうど第1学年と第2学年にまたがることになったため、欠席日数は両学年に別々にカウントされていました。第1学年は事故以前の成績だけで修了することができたので、問題は「第2学年をどうするか？」でした。

つまり、退院の翌日から登校して、さらにそのあと毎日学校に通えば、第2学年の必要出席日数を確保できる、という状況でした。そんな事情を背景に両親は、第2学年をどうするかについて一応、「…どうする？ 退院したら、次の春まで半年くらい家にいた方がいい？」と私に聞いてきました。

この時、私に突きつけられた具体的な選択肢は、退院したら「①翌日から学校に毎日通って、ひとまず第2学年の修了を目指す」か、「②来年の春まで家で休養して1年留年する」か、ということでした。（おそらく「③学業は諦めて高校を中退する」という選択肢は、なかったと思います）。

もちろん、退院といっても脚のリハビリや通院から解放されるわけではないということは、わかっていました。あくまでも「療養を継続しながら、学業の方はどうするか？」という問いかけでした。

…結論から先に言えば、結局私は「選択肢①」を選びました。つまり、「退院の翌日から学校に通って第2学年の修了を目指す」ことを、私は選びました。

両親への回答に、それほど長い時間はかけなかったと思います。しかし実のところ私の頭の中は、その結論に至るまでに、当時としてはけっこう、一生懸命はたらいていました。

退院したあと、高校に通い始めることで生じる負担…漠とした不安が、ないわけではありませんでした。授業は、チンプンカンプンに決まっています。

『…できなくなった自分を…思い知らされるだけ…。…それって…惨めだよね…そんなの。…耐えられるかなぁ？』

でも、そのうち『…だけど…いつかはどこかで、…惨めな思い…しなきゃいけないんだよね…？　…それなら、先送りしてもしょうがないか…』と直感的に考えました。そしてさらに、もしいつかは恥をかかなければいけなくなるのなら、退院後、休学して半年も家でゴロゴロしていても、そんなの時間が無駄になるだけだ、と思ったのです。だって、ゴロゴロしていたって、身体も頭も良くなってくれるわけではないのですから…。

あれこれ考えてはみたものの、そのうち考えるのが面倒くさくなって、『…ま、いいや…なんとか、なるデショ…。なるようにしか、ならないわけだし…。もう、やるしかないし…』という結論に達したのでした。

ところが両親は、そんな私の回答を予測して、すでに学校側と準備を始めてくれていました（第２章「再出発」１４９ページ）。おそらく両親は、「先に頑張る」と「後で頑張る」という２つの選択肢を提示した時、私がどちらを選ぶか、わかっていたのだと思います。頭に傷を負った後だから「ぼーっと」してはいたけれど、私のアイデンティティは事故前後で変わっていないことを両親は見抜いていたようでした。…わが親ながら、何となく癪でした…。

両親・家族・友人の支え

父・（故）蓮沼貞男氏と、母・蓮沼さと子氏

ここまですでに述べたように、あの父がいなかったら、私はＳ病院で確実に命を落としていたし、また、あの母がいなかったら、私は君津中央病院の入院生活を乗り切れなかっ

たことでしょう。もし「あの」父と母以外の親・条件で、何とか生きながらえることができて、入院生活を乗り切ることができたとしても、あの二人がいなかったら、もっともっと「回復のしかた」は悪かったと思います。

父は事故当時、獣医として自宅開業していましたが、自家用車で往診に出ることがとても多かったのです。とても責任感が強かった父は、私が事故に遭ったあとも、仕事を途中で投げ出すようなことは決してなかったときいています。このことについて、後日姉からきいた短いエピソードがあります。

…私がまだ生死の境をさまよっていた頃。父は、しばらく病院に泊まり込んだあと、家政婦の吉原さんが付き添ってくれるようになったので、それからは病院と家との間を自家用車で何度も往復する毎日を送っていたそうです。

父が、「途中で1軒往診に寄ってから、君津中央病院に行ってくる」と言いおいて、家を飛び出して行ったある日、姉はそんな父を見送りながら、「…往診に寄って行く…って、自分の子供の命が危ないっていうのに、こんな時でも仕事を続けるのか…」と思ったことが忘れられないのだそうです。

おそらく父は、生死をさまよっている娘はもちろん心配…妻も心配…でも、家族みんなを支えている家業を無責任にはできない…そんな思いだったのではないでしょうか。

父だけでなく母も、責任感が強くて誠実で、そして前向きでした（前向きです、今も）。私たち子供たちにはもちろん厳しい面も多かったのですが、基本的には両親そろって「子煩悩」と言ってよかったと思いますし、何より「子供たち一人ひとりの人生」を大切に考えてくれました。

事故後、私が「命は助かったけど、一生たくさんの障害を抱えて生きなければならない」と知った時、父は私の将来について「珠算塾の先生なら、目や脚が不自由でも、何とかやれるかもしれない…」と考えてくれていたそうです。…実際、父がそんなことを考えていたのは、私がその話を聞けるほど容体が良くなる、ずっとずっと前のことだったようです。

なお、父が、私の将来を心配しながら綴ったと思われる文章を、ご参考まで紹介します。父のノートに残っていた文章で、知人に宛てた手紙の下書きだと思われます。おそらく退院が近くなった頃に、書かれたものだと思います。

【父のノートより】とも子の今後

（前略）

1. 最初の頃は私も、とも子は死亡すると思っていました。幸い命は助かりましたが、かなりの後遺症は残ると思います。

2. 相手の運転手は、事故後は3～4回くらい見舞いに来ましたが、自分から進んで来たことは一度もなく、親戚の人と一緒か、私が電話を入れた時に来るくらいでした。現在は一度も見えておらず、誠意などまったくありません。最初の頃は治療費も出さなかったのですが、現在は治療費を病院の方に入れているようです。

3. この事故の原因は、私が見ていたわけではないのではっきりしたことは言えません。が、とも子の話や現場の様子から判断すると、相手の運転手はかなりの高速で走ってきて、前を走っている車を追い越そうとして反対側歩道まで行ったため、事故を起こしたのだと思われます。無謀な運転だったのではないかと思います。

4. とも子は、これまで大きな病気はしたことがなく、学校も小学校からずっと休んだことはありませんでした。親ばかと言われるかもしれませんが、とも子は姉妹の中で一番頭が良く、学校でも二番と下ったことはないようでした。小学校へ行っていた頃、交通安全に関する作文を発表して県知事賞を受けたこともあり、本人は将来医者になると言って頑張っていたので、私も医者にさせようと思っていたのですが。

（後略）

姉・妹・親類・近所の人々

私が事故に遭った時、姉は高校3年生で、ちょうど大学受験の時期でした。

だいぶ後に母から聞かされたのですが、姉は私が生死の境をさまよっていると聞いて「もう今年は、どこも受験しない。家中が大変なのに、私だけ受験なんて、していられない！」と言って、現役受験を諦めようとしたそうです。

でも父が、「それはだめだ。絶対にだめだ。お前の人生は、お前の人生だ。ともちゃんの人生は、ともちゃんの人生だ。お前はお前の道を行けばいいんだ。諦めるな」と説得したのだそうです。

脚の手術も終わって、私がだいぶ「わかる」ようになった頃、私は姉の合格という吉報を両親から聞いて、ベッド上で天井を眺めながら安堵したのを、何となく覚えています。
姉は、私につきっきりだった母の代わりに家事の切り盛りや家業の手伝いを引き受けながら、ひとりで歯をくいしばって受験に臨んだそうです。その当時、両親を介して姉から届いた『会えないけど、お互い頑張ろうね』というメッセージは、私にとって大きな励みになっていました。

姉は三人姉妹の長女なので、小さい頃から両親に「妹たちを頼むぞ」と言われていました。そのせいか、すぐ下の妹である私には、かなり姉は厳しかったと思います。だから事故に遭う前までは、姉は私にとって、「怖い存在」というイメージでしかありませんでした。
それが、初めて姉が病室に私の見舞いに来てくれた時、一変しました。たしか脳外科病棟から整形外科病棟に戻ってしばらく経った頃でした。久しぶりの対面に、ベッド上に起き上がった私と姉は、思わず抱き合って号泣してしまいました。無言のまま、互いに互いを労り合う、そんな感じでした。私にとっての姉の存在が、「怖い」から「頼もしい」に変わった、そんな瞬間でした。

妹との再会は、姉より、もう少し後になってからのことでした。妹は当時、中学1年生と幼かったので、姉との再会ほどの感動はなく、むしろ淡々としたものだったと思います。すでに私の脚のリハビリが佳境に入っていた時期だったため、再会を楽しむ余裕がなかったせいもあったかもしれません。妹は妹で、私が入院している間、自宅にかかってくる様々な方面からの問い合わせ電話への対応に、かなりの期間、忙殺されていたそうです。

また、親戚のおじさん・おばさんにもずいぶんお世話になりました。母は6人きょうだいだったため、私にはおじさん・おばさんがたくさんいました。私の事故を知って、おじさんやおばさんは、互いに連絡を取りながら、私の両親、とくに母を支えてくれたと聞いています。心労の嵩む母の身を案じて、移動の足の手配や身の回りの世話、様々な連絡や物品準備など、身内ならではの気配りに支えられたおかげで、あの急性期を両親は乗り切れたのだと思います。ありがたいことです。

さらに近所の人たちにも、ずいぶん助けていただきました。父に事故の第一報が入った時、父は近所の床屋さんにいました。…「こういう時、自分で運転しちゃだめだ」と父を説得して、床屋のご主人は車を出してくれたそうです。

私の実家の周辺地域は、移動手段を自動車に依存することの多い地域です。当時はまだ

「ご近所づきあい」がかなり残っている地域でしたから、留守宅の姉や妹にも、近所の皆さんには、食事や家事の手伝いなど、何かと気配りをいただいたと聞いています。

そして何より、父がよく私に話していた「本気で2回、葬式の準備をした」というその時には、ご近所には何かとお世話になったに違いありません。

親友・(旧姓)渡辺紀子さんや多くの友人・恩師

私が事故当時通っていた高校の理数科は、1学年に1クラスだけでした。だから同級生42人は、基本的に入学から卒業まで3年間、同じクラスのままでした。私と(旧姓)渡辺紀子さん(=以下「紀《のり》ちゃん」)は、理数科の女子生徒8人の中で2人だけ背が高かったせいか、とても仲良しでした。お互い気が合ったし、そのうちには、家族ぐるみで行き来するようになりました。

紀ちゃんも私も、きょうだいが3人姉妹という点が、共通していました。ただし、紀ちゃんは長女、私は次女でした。そのせいか、私は紀ちゃんに何かと世話を焼いてもらうことが多かったと思います。私にとって紀ちゃんは、「怖くないお姉さん」。一方、紀ちゃんにとって私は「何かと世話の焼ける妹」。もともと、紀ちゃんとはそんな関係だったような気がします。

私の受傷後、意識が戻り、手術も終わった翌週、容体がある程度落ち着いてきた頃に、真っ先に見舞いに駆けつけてくれたのは紀ちゃんでした。紀ちゃんはお父さんの自動車で、その日は4日間の試験の初日だったというのに、イチゴを持って見舞いにきてくれました。本当に嬉しかったのを覚えています。

紀ちゃんのお父さんは、当時まだ私と面識がなかったので「よけいな神経を使わせてはいけない」と車の中で待っていてくださったと母の看病ノートには書いてありました。

私がちょうど脳外科病棟に移った3月下旬。学校が春休み期間に入る頃になると、高校のクラスメートはもちろん、小中学校時代の同級生や先生方が、大勢見舞いに来てくれました。一度に大勢おしかけては私が疲れてしまうからと、皆、互いに連絡し合って日程が重ならないよう調整しながら、数人ずつのグループで順々に来てくれました。どの人も、前回会ったのはずっとずっと以前だったような懐かしさを感じました。

私が欠席している間の授業ノートや、励ましの手紙、千羽鶴、三千羽鶴…などなど、みんなの心遣いがとても嬉しかったのを覚えています。

そんなふうに周囲の大勢の温かい人々による応援…、それは、私にとって本当に励みになりました。ありがたいことです。

「はじめの記憶」について

意識が戻ってきた頃の「はじめの記憶」(27ページ)の各場面は、「事故直前に、私が頭の中で考えていたことの『続き』」でした。ずっとあとになってから、いくつかの状況証拠を自分の中で重ね合わせてみてわかったことです。

①(…そうかぁ、これ、ゆめのつづきかなぁ……。)

事故に遭う1週間前の土曜日の晩、私は不思議な夢をみていました。その夢の中で私は、ストレッチャーに横たわって看護師さんを視野の片隅に認めながら、(…また入院しなくちゃいけないの…? …なんで? …アタシ、どこも悪くないのに…)と思っていました。翌朝目が覚めた時、「なぜ突然こんな変な夢をみたんだろう」と違和感を強く感じたことを覚えています。

Column

1年ほど前に虫垂炎で生まれて初めての入院を経験したので、その記憶が蘇ったのだと一旦は納得しましたが、それでも、「…不思議だなぁ…なぜあんな変な夢、みたんだろう?」という憮然とした思いが消えませんでした。だから、日記にもこの不思議なゆめを記したのです。

事故に遭ったのは、その1週間後だったというわけです。退院後しばらくしてから、日記帳のこのゆめのくだりを偶然見つけ、思い出しました。

事故当日の朝も、自転車をこぎながらゆめのことを考えていた気がします。今から考えると、これは予知夢だったのかもしれません。

②(…きょうは日ようび…だったっけ。)

これは、日曜日の朝、目を覚ます時によく思っていたことです。

③(…きょう、…『べんきょうしておこうと思った』と……どこだっけ?)

事故の約1か月前の冬休み、私は東京のお茶の水にある駿台予備校の冬期講習を受けました。それまで私はあまり地元を離れたことがなく、そこで初めて都会の大勢の同級生に接して、自信を得るとともに学ぶ楽しさを知った、そんな時期でした。学ぶことが楽しくて仕方なかったのです。

そのため、自転車を走らせながら、「午後帰ってきてから用事はないから、久しぶりにまとまった空き時間があるなぁ。苦手な『あの箇所』、みておこうかなぁ…」と思っていた気がします。

このように、「はじめの記憶」は、私が事故に遭う直前に自転車を走らせながら考えていたことでした。脳にひっかかっていた事故直前の記憶が、「はじめの記憶」として意識上に浮き上がってきた、ということなのでしょう。

おそらく、私は、暴走車に激突されたこと自体、認識できる暇もないうちに脳外傷、意識不明、となってしまった…。もし救命されずにそのまま死んでしまっていたら…!?

私は自分がなぜ死んだかわからず、天国（地獄？）の入り口で、ウロウロし続けなければならなかったかもしれません。

Column

「私の会った橘とも子①」 やり抜く人

国立情報学研究所特任教授　田辺良則

私は長生高校で、蓮沼とも子さんのクラスメートとして3年間を過ごしました。その日の翌日、なにも知らずに登校した私たちに担任が告げた、事故の知らせの衝撃。その時点では生命も危ない、と。クラス中が凍りついたのを思い出します。早い回復をと、このときだけは毎晩本気で祈ったものでした。

幸いに回復され（本書を読んだらこんな軽い言葉は使えませんが）、春休みに友人たちと木更津の病院に見舞いに行きました。どう振る舞えばよいかわからずオタオタしていた私に、蓮沼さんは逆に気を遣っていろいろと話題を振ってくれました。

今と同じように、当時も高校生といえば大学受験が大きな部分を占めます。以前から頑張る人という印象でしたが、事故後登校できるようになってからは、並々でない努力をされました。科目の内容が高度になってくる2年生の後半の授業を受けられなかったことも、後遺症に悩まされることも、大きなハンディだったに違いありません。それを、先生に個別に補習をしてもらったりして、熱意と努力で取り返したといえます。

一浪しましたが、当時はごく普通のこと。自分が通う予備校を、広告をもじって「親身の集金、日々是決算」と揶揄したりしつつ、見事、志望の医学部に合格されました。「優しい外見と謙虚な言動にだまされてはいけない。やり抜く人である」というのが、私の橘さん評です。

第2章

再出発

「第二の人生」の始まり

退院の日－高次脳機能障害と共に生きる「第二の人生」始まりの日－

退院は、第１３４病日（１９７8年6月18日）でした。午前中、両親が車で迎えに来てくれました。親友の紀ちゃんもご両親と駆けつけてくれましたが、加害者はこの日も現れませんでした。

私は退院祝いの半袖ポロシャツを着て、久しぶりに外界の空気を肌で感じていました。いつの間にか空気が初夏に変わっていたのがとても新鮮でした。

帰宅前に昼食をとりましょう、と皆で入った病院の食堂に私が足を踏み入れたのは、その時が初めてでした。それまで病院の食堂は見舞い客の会話に何度も登場していましたが、私にとっては「想像するだけ。自分は行けない所」でした。だから「私も『フツーの人が行く場所』にやっと来られるようになった」と、なんだかとても嬉しくなったのを覚えています。

整形外科の主治医の先生からは、「松葉杖なしで歩いて帰ってもかまわないよ」と言われていました。入院中、補助なしで病院外を歩いたことはありませんでしたが、それまでさんざん辛い訓練に耐えた甲斐あって両脚ともかなり回復していましたから、「自立歩行

（杖なし歩行）で外に出る」ということ自体に不安は抱いていませんでした。

ところが、昼食が終わって玄関前で記念撮影も済ませ、いよいよ帰る段になった時。病院の駐車場に向かって歩き出そうとした途端、私は脚がすくみました。

『…外を…手放しで歩くなんて…。そんなの…ぜったい無理だよ…。』

そんな気分に襲われたのは、いくつもの失認を抱えた頭には、屋外の景色がまるで異次元の世界のように恐ろしく映ったからです。

失認の内容自体は、あとで検証したらいろいろありました。が、少なくともその時、『…無理…』と感じた最大の原因は、右半側空間認識の喪失だったと思います。右眼の失明によって右側半分の空間を認識できない私が、この時初めて、手放しで外界に足を踏み出すことになったのです。

また、立体視ができなくなったために、足元の段差を認識できず、何度も踏み外したりつまづいたりしては転びそうになりました。それに、頭はぼーっとして注意散漫です。左には難聴や感覚障害があり、何かが自分に向かって衝突しそうでも、気づくことができません。脚の筋力は低下し、関節の可動域にもまだ制限がありましたから、「転びそうになったら即座に踏ん張る」とか、「自分に衝突しそうな物体をとっさに避ける」なんて芸当は、到底できそうにありませんでした。

『…これは大変だ。……(こんな自分に)慣れていくしかないのかなぁ…。いやだなぁ…。』

病院から自宅に向かう自家用車の後部座席でひとり、不安が頭の中で沸々《ふつふつ》と湧いていました。

『…んー、…これから、…どうしよう…?もとの生活が…むりなのは…わかってるけど…。ホントに、…やっていけるかなぁ…。』

もちろん、あれほど待ち望んだ退院でしたから、帰宅できること自体はとても嬉しかったのです。ですが、両親が「明日から…」という話をするたびに、いくら『なんとかなるさ…』と頭の中で呟いてみても消えない不安が私には残りました。とても複雑な気分だったのを覚えています。

こうして私は、退院と同時に「これは『第二の人生』のスタートだ…」と実感させられることになりました。

君津中央病院では「脚を治すこと」に専念して、頑張って訓練に耐えたおかげで晴れて退院となったけど、今度は、「ボケボケで以前とは違う頭で、後遺症と付き合いながら生きていく方法」を探しながら、生活を送らなくちゃいけないらしい…。16歳の私はそう察したのでした。

そして実際、翌日から登校して学業を再開してみると、入院中は気づかなかった脳の後遺症に、一つまた一つと気づくことになりました。

ちなみに当時はまだ、外傷性脳損傷（ＴＢＩ）への認知リハビリ[*1]の必要性に対する認識や、心的外傷後ストレス障害（ＰＴＳＤ）[*2]の概念などは、確立していませんでした。だから精神心理学的介入は、入院中も退院後も受けていません。退院後の通院フォローアップは、整形外科と眼科だけでした。

退院後、自宅に帰った頃の「身体の自覚」を言葉で表現すると、次のような表現になるでしょうか。

『…右眼が失明して右半分の頭に感覚がほとんどないから、身体右半分から入ってくる情報の多くが失われた。左耳はよく聞こえないうえ、中に真夏の林で必死に鳴いている金属製のアブラゼミの大群がいるよう。左手は「利かない」まま。左脚の大腿骨には金属の棒が入っていて、それを抜くための手術を次の春休みにしなくちゃいけないんだって。手術でできた脚の付け根の傷跡のところを、また切って取り出すんだって。何だかイヤだな。

右膝は…、ぐちゃぐちゃで皮膚の傷だけ治した上にサポーター。一応歩けるけどしょっちゅう痛くなる。

頭は…こっちも、痛くなり過ぎ。気圧が下がり始める時、寒くなる時、寒い時、湿気ている時、暑い時、暑くなる時、気候が変わる時、…どれだけ挙げてもキリがないけど、全部つらい。いつもつらい。汗や涙が両側同じように出ないから、何だか調子が…。

顔貌は…、まだ歪んでいる。顔面麻痺があったから。鏡をしょっちゅう覗きさえしなければ、自覚しないで済むけど。だいぶマシにはなったけど、まだ時々口角から食べ物がこぼれる。

…あぁ、なんでこんなに頭がぼーっとしてるんだろ。頭を使うの、なんでこんなに億劫なんだろ…。』

第二の人生は、このような「自覚症状や後遺障害の塊」が頭と身体を引きずっている状態で踏み出されたのです。

＊1　認知リハビリテーション：高次脳機能障害の回復、残存能力の活用、障害への正しい理解や管理方法の指導を通じて、高次脳機能障害による日常生活、社会生活における困難を軽減させること、もしくはこれを代償する技術の獲得を目的として行います。

＊2　心的外傷後ストレス障害（PTSD）：日常とかけ離れた強烈なストレスによって、心に深いトラウマ（心的外傷）を負った後に発症します。

久しぶりの高校生活

退院後は翌日から登校しました。高校2年生の1学期が終わりに近づいていました。新しい制服はまだでき上がっていなかったので、体操服の上下に両松葉杖という姿での久々の登校でした。

通学は、（加害者ではなく）父が、その日から卒業まで毎日、自家用車で送り迎えをしてくれました。学校では、同級生や先生方が皆、私の不自由を補って助けてくれました。

登校初日の母の日記には、こんなことが記されていました。

【母の日記より】

…クラス全員が気をつかってくれ、特に教室移動の時などは、女子全員でとも子を守ってくれたとか。とても嬉しくありがたいことです。服装が一人違って目立つのでと、渡辺さんが制服のスカートを貸してくれた。夕方、本吉先生と吉原さんに、とも子は学校へ行ったと報告。…

学校内を自立歩行できるようになったのは、1か月くらい経ってからでした。

また、第3学年になる頃までは、整形外科や眼科への通院が頻繁だったので、早退・遅刻が多くて、とても学業に専念できる状況ではありませんでした。とにかく第2学年は、出席も試験も「最低ラインで一応通していただいた」という感じで過ぎていきました。

そんな状況で春休みを迎え、再び君津中央病院に入院して脚の抜釘《ばってい》手術*を終えると、あっという間に私は高校3年生になってしまいました。

学校では進路指導も始まり、私も高校卒業後の進路を考えなければならなくなりました。

もともとの進路希望は医学部進学でしたが、もはやそんなことを公言できる状況ではありませんでした。実際、後遺症を抱えた頭と身体で、どんな人生を描けばよいのか、いえ、どんな人生を描くことができるのか、この時ばかりは、自分でも判断できませんでした。

＊抜釘手術：骨折部位の固定のために体内に入れていた金属を取り除く手術。

日常生活の支障となった症状は、どの程度あったか？

全身の不快感と激痛

気候が少し変動しただけで全身を襲う、どうしようもない不快感と激痛には、さんざん悩まされました。気圧が下がってくる直前などは、もう覿面《てきめん》でした。痛む箇所は、もちろん受傷した頭や脚が中心なのですが、たとえば頭痛ひとつをとってみても「ただの頭痛」ではありませんでした。「脊髄や背中から頭全体にかけてのしかかるように襲ってくる、とてつもなく嫌な痛み」という感じの頭痛でした。まさに「全身が痛みに襲われる」という感じでした。

そんな痛みに襲われた時は、座布団や毛布を手当たり次第に膝や頭に巻きつけて、上から抱きかかえながら「こんな痛い脚なら…いらないよぉ…、こんな頭、…取り換えてよぉ……!!」と泣き叫んでは、親を困らせていました。

当時は、鎮痛剤をうまく使うこともできませんでしたから、拳で座布団の上から膝や頭を力まかせに叩くしかありませんでした。痛みを痛みで紛らわせる以外、どうしようもなかったのです。

そんなことが、2～3日に一度は繰り返されていたように思います。おかげで、記憶に残っている当時の風景の多くは、どんより曇ってきた空の下、うす暗い家の畳の部屋で、うずくまって泣きながら苦しんでいる自分の姿です。医師になった今だったら、「何とか鎮痛剤を手に入れよう」くらいは思いついて、少しは痛みを楽にできたのかもしれませんが、当時は、なす術がありませんでした。

右半側空間認識の喪失等

一番煩わしかったのは、右眼失明に由来する右側の「視力損失＋半側視野損失＋立体視機能損失＋右半側空間認識の喪失（以下「右半側空間認識の喪失等」）」です。道を歩いていても右側の電柱などの障害物に気づかないので、正面から激突してしまうことがよくありました（今でもあります。頻度は減りましたが）。

あるいは、右方向から飛んでくるボール等の物体をよけないので、頭や顔面で受け止めては眼鏡を壊したり、はたまた、足下の段差を認識できないので、踏み外しては転んだり…。そんなことばかり繰り返していました。

易《い》疲労性、注意力・記憶力・判断力の低下

脳機能に関しては、「脳の易疲労性」、つまり脳が疲れやすくて長くは緊張を保てなくなったことに、すぐ気づきました。そのため、勉強しようとしても、取り組めるだけの脳の状態が極めて短時間しか続きませんでした。また、注意力・記憶力・判断力の低下も認識せざるを得ませんでした。

なお、退院してから約1年経った頃、事故による傷害証明のため受けた脳波検査の所見が、手元の診断書の写しに残っていました。脳波所見は「左側のα波抑制、徐波が前部は右に後部は左に多い。長期経過観察要す」でしたが、その後とくにフォローアップなどはありませんでした。当時としては、「壊れてしまった脳」になす術はなかったのかもしれません。

失語・非流暢性言語

言葉の表現も、しにくくなりました。あとで考えると、それは運動性の失語や発語の障

害でしたが、この時期、失語や言語障害に関する失敗行動として記憶に残っているエピソードはありません。当時は、私があえて言葉を発して会話しなくても事が足りるような環境だったからだと思います。その頃私の周囲にいた人たちは、事故以前の私を知る人たちばかりでしたから、みな好意的に私を理解してくれていたからかもしれません。

ただ、自分では『…黙っていたら、治らない、きっと…』と本能的に思っていたので、発語しても恥をかかない場面では、意識的に発語するようにしました。教科書や参考書を声に出して読むと、低下した集中力も補うことができましたから、「自己流の発語改善訓練」だと思って、よくブツブツ言いながら勉強していたと思います。それに当時は、神経障害のせいで唾液分泌が少なくなっていましたから、黙ったままでいると唾液分泌がいっそう悪くなるんだ、と私は気づいていました。だから、口の中の衛生に気を配るということも意識して、自己流の発語改善訓練を行うようにしていました。

左手指の不自由

左手は、相変わらずあまり利かなくなったままでした。指の一本一本がうまく動かせなかったし、また、親指と人差し指で「ピンチ」動作、つまり、ものをつまむ動作をすると振戦が起きて、ものを落としました。左は利き手ではないので、日常生活ができないほどの不自由はなかったのですが、それでも自分としては「もう少し何とかならないか」と思いました。

私は小学校入学の頃からピアノを習っていたので、自己流のリハビリのつもりで、高校から帰ったらバイエルピアノ教本で左手指の練習をすることにしました。1回30分程度の練習だったと思いますが、それでも毎日続けていたら、卒業する頃には不自由でない程度に左手指の動きが良くなってきました。…もっとも、事故以前に弾いていた中級教本の曲の左手パートは、弾けないままでしたが。

学業の支障となった症状は、どの程度あったか？

実際、脳や身体の機能欠落に愕然とすることは、多々ありました。

最初に気づいたのが、退院の話が出始めた頃の病室だったことは、すでに述べました（第1章「受傷」106ページ）。もともと英語は得意だったのに、英語という言語認識ができなくて呆然としたのです。一旦は非常に落胆したものの、「呆然とし続けても仕方がない。何も始まらない」と思い、中学生用の英語の教科書を家から持ってきてもらったわけです。

登校して授業を受け始めた当初は、英語以外の科目も、みな英語と同じような調子でした。異次元の世界でものを見るようでした。

『…なにごとも…なれ（慣れ）、だよねー。かんじんなのは…なれ…。』

そんなフレーズを、ぼーっとする頭で念仏のように唱えていました。そのうち、脳の奥から記憶を掘り起こす作業が一つひとつ始まり、やっと勉強「らしく」なってきました。でも気が散って全然集中できないし、なんとなくイライラするし、悲しくなるし、惨めだし、痛いし…。

それでも、その学年の試験をパスしないと進級できないので、新しいこともとりあえず頭に入れようと勉強してみたりしました。もともとの性格が勝気で負けず嫌いでしたから、『…精神一到何事か成らざらん…』なんてフレーズを頭によぎらせつつ、「脳に力を入れるような気分で」頑張って記憶してみたりしたのですが、記憶はすぐに消えて残らない…そんな感じでした。

勉強の遅れをとり戻さねばと、気だけは焦るのに、眼は文字を追っているだけ。得意だった理数系科目も、集中できるわずかな間なら理解できなくはありませんでしたが、短時間しか続けられませんでした。

また、右眼が失明したために、横書きの文章を読む時は、文字を、左から右にピンポイントで追わなければならなくなりました。だから横書き書物は、「読んでいる箇所を指先で押さえて認識を補助しながら」でなければ、読めなくなりました。

見える方の左眼は左眼で、近視・乱視のため急速に視力が落ちてしまいました。過度の負担をかけたせいかもしれません。それに加えて、左眼の涙がほとんど出なくなってしまったので、すぐに目が乾いてしまい、勉強を続けようとしても痛くて開けていられませんでした。頻繁に目薬をつけていたのですが、それでも駄目でした。

そのほか、頭・脚の激痛が一旦襲ってくれば、半日かそこら、私の身体は使いものになりませんでしたし、通院や再手術などもあって、正直、学業阻害要因が「多過ぎ」でした。

…なお余談ですが、このころ私の頭に考えが浮かんでくる時の「浮かび方」は、火にかけた鍋の水が70度付近になったあたりの様子に似ていました。つまり、水を入れた鍋を1気圧の室内で火にかけると、70度くらいに温まってきたところで、フツッ、フツッ、と気体の水が泡になって鍋底から浮いてきます。その気泡の「出方」に、当時の「考えの浮かび方」はよく似ていました。

気泡が発生する場所は不定。発生するタイミングも不定。順不同で断続的。「気まぐれに、とりとめもなく発生する」という表現が当てはまったかもしれません。

たとえば、一つのテーマについて考える時。ある考えがフッと浮かんだあと、次の考えを「すぐに」思い浮かべる、という具合にはいきませんでした。

はじめに浮かんだ考えは、とりあえず前頭葉でコロコロ転がして、『…あぁ、そうだよね…それでいいんだよね…そういうことだよね…』という感じで咀嚼・吟味します。次の考えがフッツと浮かんでくるのは、大抵、それからしばらく経った頃でした。

そのテーマを考えていたことなど、とっくに忘れた頃にフッツと浮かんでくることもよくありました。そんな時は『…あぁ、さっきの〇〇って、こういうことだ…。だから、△になるんだ…。でも、それって××ってことだよね…？』と思うわけです。かくして私には、何かを「唐突に思いつく」ということが、よくありました（今もあります）。

「半側空間無視」と「半側空間認識の喪失」の定義について

医学用語としての「半側空間無視」は、「視覚機能が正常であるにもかかわらず、大脳の障害が原因で半側空間が存在しないように振る舞うこと」を指しています。つまり、眼はちゃんと見えているのに、大脳の「見える」ということを認識する部分に障害があるために、身体の片側半分の空間を認識することができない、という症状が「半側空間無視」です。

私の場合は、大脳の「見える」を認識する部分（左後頭部）にも障害はあるのですが、その手前の視神経が萎縮してしまっているために「右眼が見えない」ので、正確にいえば「半側空間無視」の定義には当てはまりません。つまり、右目から大脳への中継コードに相当する視神経の障害が一義的な原因で右眼失明となっているので、本来の「半側空間無視」ではありません。しかし、「右眼失明」というのはあくまでも「診断名」であって、症状を表す用語ではありません。右眼失明と聞いておそらく普通の人が想像するであろう「片目を眼帯等でふさいだ感覚」とは、かなり違いがあります。

言葉で説明するのは難しいのですが、私にとって身体の右半分の世界は、「『真っ暗』もしくは『黒い』のではなく、『存在しない』感じ」なのです。おそらくは、右半側空間の認識には視覚情報が多く関わっていること、右側頭部の皮膚感覚が広い範囲で異常であること、などが関与しているのだと思います。

いずれにせよ、この「身体の右半分の空間が存在しない」感じは、同僚の医師に説明してもなかなかわかってもらえない感覚であるとともに、私が社会活動を行ううえで様々な「不都合を引き起こす症状」になっているために、ここではあえて「半側空間認識の喪失」と表現することにしました。

家族・友人・先生方の支えと理解

退院間近の頃、両親は私が退院翌日から登校することを見越して、学校側と準備を進めてくれていました（第1章「受傷」114ページ）。

退院後の私が学校に通うためには洋式のトイレが必要でしたが、学校の女子トイレには和式しかありませんでした。当時校長だった（故）戸田八蔵《はちぞう》先生が、そんな私のために洋式トイレを用意しておいてくださったのは、ありがたいことでした。

また、クラスの友人には、欠席中の授業ノートを用意してくれるなど、本当にお世話になりました。

担任の田村聡明先生は、私が病院に行くために「早退」せざるを得ない日の欠席授業は、全部補習してあげるからと申し出てくださいました。実際、数学の担当教師でもあった田村聡明先生や英語担当の大村光助先生には、欠席分を課外で補習授業していただきました。

補習は、放課後の1時間程度あるいは夏休みを使って行われ、とくに夏休みには家庭訪問での1対1授業をしていただきました。私にできるだけ負担がかからないようにという配慮は、本当にありがたかったです。

両親は、君津中央病院を退院してからも、私の身体を少しでも良い状態にするために力を尽くしてくれました。整形外科の通院は君津中央病院が主体でしたが、眼科の通院は市内の眼科医院のほか、東京の病院も何か所か受診しました。

受診の目的は、交通事故後の診断書発行のほか、私の右眼が「少しでも何とか良くならないか」という両親の切なる願いからだったと思います。

「セカンドオピニオン」などはまだ一般的ではなかった当時。「眼科や耳鼻科の評判が良い」と知人から紹介された東京の病院を、両親に連れられて私は受診しました。たしか昭和大学病院など2〜3箇所の病院の眼科・耳鼻科に行ったと思います。

さらに私は、父に連れられて、某宗教団体の呪元術実験を受けに門前仲町の会場にまで行ったこともありました。手元に残っている広告チラシによると、除災招福を願って呪元術実験を受けに行ったのは、1978年9月でした。呪元術を受けに来た人たちの長い行列でさんざん待たされたあげく、やっと順番が来たと思ったら、あっという間に術が終わってしまった、という印象が記憶に残っています。

「どんな結末になろうと自分らしく生きる」──私を支えた自尊感情

少なくとも高校卒業までは、頭がぼーっとして、外見的には反応が極めて鈍かったと思います。長い人生の先行きを思うと、不安や恐怖でいっぱいでした。でも、途方もない惨めさと悔しさ、悲しさの坩堝の中で、「徹底的に落ち込んで悩んでいた」というよりは、「途方に暮れていた」という感じの心情だったと思います。

まだ高校生で、後遺症を抱えて生きる不自由な将来を実感できなかったせいもあったとは思いますが、それでも、「こんな惨めな自分」を人前に出すのは嫌だとは思っていました。

…そのうち、こんなことも考えました。

『…でも、人前にこんな姿さらして、惨めになるような場面って、…いつかどこかで、ぜったいやらなきゃいけないんだよね…? だって…それが嫌なら…死ぬまで家に閉じこもっていなきゃいけない…デショ? …それはそれで、イヤだなー…大変そうだし…きっと無理だな…私には。…それなら、さっさと…この姿人前にさらして…慣れちゃった方が、いいかも…。』

ですが、どちらかというと若干消極的な、そんな思いの一方で「事故があろうとなかろうと、自分のアイデンティティは変わらない。私という人間の本質は変わらない」という直感はありました。「信念、意地、自尊感情」とも表現できるかもしれません。

もちろん「意欲や自発性、発動性が出てきた」といったポジティブな感情には至っていなかったと思いますが、少なくとも当時、潰れそうな心を何とか支えていたのは、自尊感情でした。それに、「見ず知らずの他人の暴走なんかで、一度しかない大切な私の人生を、めちゃくちゃにされてたまるかっ！」という意地もありました。

…だからこそ、茫然自失の中で「自分の人生は『自分で』何とかするしかないのだ」と思えたのだと思います。

実際、この事故で長年お世話になった弁護士の最首良夫先生が、被害者本人である私に事故後初めて会った時のことを、先日、私と母に感慨深く話してくださいました。私が最初に最首弁護士にお会いした30数年前、高校の制服姿の私は、次のような発言をしたそうです。

最首弁護士は、「非常に印象深く忘れられない。相手が当時18歳かそこらの高校生、しかも事故被害者であるということを、一瞬疑った」と熱く語ってくださいました。

当時の私の『潰れまい』と理性で自己コントロールしようとしている心情が窺われると思いましたので、ご紹介します。

①「私はハンディキャップを負って生きていくことになりましたが、この経験を生かせるような生き方がしたいと思います。」

②「弁護士さんには、加害者との折衝をする中で今後、事故の責任追求等々はもちろん進めていただきたいのだが、どうか相手の生存権を脅かすところまでは追い詰めないでいただきたい。」

…でも正直に言えば、そういった強い覚悟のすぐ傍に、限りない「諦めと不安」が潜んでいたような気はします。何と言っても、「惨めで、悔しくて、悲しくて、怖くて、痛くて、辛くて…」といった、尋常ではない感情が怒濤のように押し寄せてきたのですから。この私だって、当時は16歳の乙女。自尊感情もさすがに崩れてしまいそうでした。とりあえず前進し始めない限り、「自分が自分であり続けられない」。そんな感じでした。

卒業後の進路に悩む

私は、何とか高校2年生の修了要件をクリアし、高校3年になりましたが、頭や脚のコンディションは相変わらずでした。勉強の方は、「落第しない程度の最低ラインの出席と成績」を維持しながら、まさに綱渡りをしているようなものでした。

時には、「どうしても点数が足りないので、このままでは卒業を認められないんですが…。次の試験で何とか頑張れますか…?」と科目担当教師から呼び出されたこともありました。…たしか日本史でした。社会科はもともと、私が「最後に勉強し始める科目」だったのです。

そんな私個人の事情にはおかまいなしに、学校では、進路指導がどんどん行われていました。どの大学・学部を受験するかという会話がクラスでさかんに飛び交う中、私はひとり進路の方向性選択に迷っていました。

『この頭と身体、どのくらい良くなるんだろ…何年経っても、あんまり変わらないのかなぁ…。』

どのくらい頭や身体が良くなってくれるのか、あるいはならないのか。どの程度回復が見込めるのか、あるいは見込めないのか。それが知りたい、と思いました。それ次第で、進路の方向性がまったく変わると思ったからです。

その頃、左手指の動きや両脚は徐々に楽になってきていたので、「身体」については回復を実感していました。身体はもう少し良くなってくると思っていました。では「頭」の方はというと、正直、必ずしも自信はありませんでした。

『右眼の失明は絶対に良くならないわけだから、頭の症状も、もしかすると治らないかも…。ぼーっとしているのだって、全然良くならないし…。』

進路指導の先生からは、もし進学を希望するなら医学部は諦めるべきでは…という趣旨の指導もあり、「そもそも医学部は、体力的に厳しいのでは…」と両親が心配していることも当時の私は、ぼーっとしながらも感じていました。

その頃、勉強は、1~2年生の未習分の自己学習と、3年生の勉強を同時並行で進めざるを得ない感じでした。気が散って集中できないので、その日勉強する箇所は、あっちへとんだりこっちへとんだり。そんな時は、気が散ることにあえて逆らいませんでした。気が散って、たとえ注意の対象がコロコロ変わってしまったとしても、その時々で注意の向いた対象に手をつけるのが一番効率的で脳が疲れないだろうと思ったからです。

家族が寝静まった深夜なら、気が散らずに集中できるのではないか…。そう思って学校から帰るやいなや寝てしまい、夜中に起きて明け方まで勉強するという生活をしてみたこともありましたが、とても体力がもたず逆効果でした。

そうこうしながら、私は自分の進路について、人生について、こんなふうに考えていました。

『…結局、私の人生がどんな人生になろうと、…それは「私の」問題だよね。他の誰の問題でもなく…。自分の人生は、自分で何とかするしかないんだよね…。迷っていたって新しい人生に生まれ変われるわけじゃないし…。自分は自分以外の何者でもないんだから、新しい条件設定で人生を再プロデュースすればいいだけだよね…。』

少なくとも、『事故さえなければ、私は〇〇だったのに…。△△のはずだったのに…』

などと「思う自分」には、なりたくありませんでした。また、そんなことを考えていると他人から「思われる自分」にも、なるのはまっぴらごめんだと思いました。

そんなふうに過去ばかり見て生きていく人生になってしまうようなら、自分は死ぬ間際に絶対後悔する、「そんなの私らしい人生じゃない」……！

……かといって、時間が経てば頭や身体が良くなってくれるのか、少しは良くなるとしてもどの程度良くなるのか。

まったくわかりませんでした。そして、途方に暮れるほかありませんでした。

第一歩を踏み出すことを決めた先生の言葉

進路の方向性が決められないまま時間だけが過ぎていきました。そして、書類の提出期限が近づいたので、いよいよ最終決定しなければならなくなりました。結局、最後の決め手になったのは、高校のクラス担任であり、数学担当の教師だった（故）古市博徳《ふるいちひろのり》先生の言葉でした。

進路指導室で古市先生が、私の最終面接をしてくださった時のことです。私の「進路や人生に対する想い」をじっくり聞いてくださったあと、古市先生は私の目をしっかり見据えて、ポツリとこう仰いました。

「…とも子、おまえ、『やれ』。とことん、やってみろ。やれるだけ、やってみろや。」

私はその言葉で、ポンと背中を押されたような気がしました。そして、「第二の人生でも医学部受験を目指す」ことをこの時決めてしまったのです。

もちろん私の頭の中に、『…結局、「がんばってみたけど、なぁんだ…やっぱりダメでした…」って結果になっちゃうかもしれない…』という失敗への不安が、なかったわけではありません。決して。

『…失敗して…みんなから「…事故に遭っちゃったんだもの、仕方ないよね」…なんて…同情の目を向けられ続ける人生…それで終わっちゃうかもしれない……そんなのイヤだ。…ぜったいイヤだ…。だって、すごくカッコワルイもの…惨めだもの…そんなの…。』

でも、少し経ってから、改めて自分自身に『…じゃあ、どうする…？　どんな人生だったら、ワタシは、気が済むの…？』と問いかけてみたんです。そうしたら、脳の底の方からこんな声が聴こえてきました。

『…失敗はイヤだけど、まぁ、それでもいいや…。だって、「何もやらない」よりは、「やってみたけどダメでした」っていう方が…、ずっといいもの。その方が…ずっと「私らしい」もの。…どんな結末になったって、私の人生は、「私の」人生なんだから。…「私だけの」人生…なんだもの。…私らしくなくちゃ、私の人生とは言えないよ…。』

…そんな思いの根底には、自尊感情があった気がします。

こうして私は、ようやく第一歩を踏み出す決心がつきました。

当時、そんな私を周囲で支えてくれていたのは「私という個人を尊重し、理解し、能力の可能性を否定しない人々」でした。だから、体力的に困難な医学部受験という進路を、「仮に」とはいえ、高校卒業の時点で私が選択する気になったのだと思います。

「第二の人生でも医学部受験を目指す」ことができたのは、様々な条件が複合した結果に過ぎません。少なくとも当時の人生再プロデュースの決断には、「積極的な覚悟」と、「目をつぶって清水の舞台から飛び降りるような」とでも表現できる自暴自棄気味の気分での決断が、混じっていたと思いますから。

父が提示した「受験浪人の条件」

さて、医学部受験を目指す決心はしたものの、「『現役で』医学部に合格するのは無理」ということくらいは、さすがに当時の私でも理解できました。いくら何でも、そこまでは頭も身体も回復していませんでした。

そこで、受験浪人を許してくれるよう、父に頼むことにしました。もともと父は「受験浪人は許さない」という方針で、大学に入学したければ「現役で合格する」ことが、わが家の条件だったのです。

しかし、事情が事情、状況が状況です。一旦私が「第二の人生でも医学部受験を目指す」と決めてしまった以上、受験浪人して医学部の受験勉強を『私のやり方で』やらせてほしい。そのために、東京で寮生活を送りながら予備校に通って、受験勉強に専念させてほしい。…そう頼むことにしました。

この時父は、実は、ずっと判断に悩んでいたそうです。父が亡くなってから、母が思い出したように私に話してくれました。

まだ私が、障害をかかえた身体の操作方法にも十分慣れきっておらず、痛みや苦痛と闘わなければいけない場面も少なくなかったその頃。父は、「学力云々ということよりは、身体的・体力的にも厳しい医者なんて道を、ともちゃんに選ばせて、これ以上苦痛を与えてしまってよいのだろうか…」と、親として心配していたそうです。

しかし、退院してから私は休まず登校したので、休学も留年もせず高校を卒業できそうだという、ある意味での実績も後押ししたのか、父は「条件付きで」受験浪人を認めてくれることになりました。

父が提示した「受験浪人の条件」とは、①浪人してよいのは1年間のみ、②受験してよいのは千葉県か東京都にある大学に限定、というものでした。

おそらく父は、ただ私の身体が心配だったので、できるだけ自分の傍に置きたくてこの条件を出したのだと思います。

何しろ当時はまだ、高校への通学ですら、毎日父に送り迎えしてもらっているような状況でした。そしてその頃はまだ、私が道を1人で歩いていると、「(あなたが歩く様子は)危なっかしくて見ていられない」と、遠くで私を見ていた友人に言われる、そんな時期だったからです。

しかし私は内心、この「父の条件」に少し戸惑っていました。

なぜなら(医学部受験生の多くがそうするように)私も、国公立大学と私立大学の併願受験を考えていたからです。父の条件に従い、受験対象の大学が千葉県と東京都に限定されるとなると、医学部を受験できる国公立大学は、東京大学・東京医科歯科大学・千葉大学の3校のみになってしまいます。3校とも医学部はきわめて難関なので、私は戸惑ったのでした。

でも、もうそんなことを言っている場合ではありませんでしたから、私は『…まあいいや…とにかく、もう、なんとかしたければ、なんとかするしかないんだし…。なるようにしかならないし…』なんて、ぼーっと考えていたのでした。

現役受験の結果

受験浪人の許可が出たものの、私は結局、現役でも医学部を何校か受験しました。その冬は、第2回の大学共通第1次学力試験（共通一次）が実施された年でしたので、それも受験しました。無謀にも。

当時、共通一次の試験科目は、国語・数学・理科・社会・英語の5教科7科目（理科2科目・社会2科目は選択制）で、合計1000点満点でした。私は、理科では物理・化学、社会では政治経済・倫理社会を選択して受験しました。マークシート方式の小さな回答欄を、はみ出ないよう塗りつぶすのが、当時の私には、とてつもなく大変でした。

さすがに当時、現役ではどこも合格するわけがない、とはわかっていました（実際、全滅でした）。どうせ受験しても全部不合格だろうということも、実際に不合格が突きつけられればおそらく気分が落ち込むであろうことも、わかっているつもりでした。

それでも私は、あえて共通一次や数校の医学部を現役受験しなければならなかったのです。

『…現実から目をそらしてはいけない…。…足下を、きちんと見つめよ…。そうしなきゃ、私の人生、前には進めない…。結果は悪いに決まってるけど、…落ち込んじゃいけない…今の「立ち位置」を、しっかり見定めることが、大切なんだから…。…そうしないと、その先の…戦略が立てられない…。』

ちなみに、現役受験での共通一次自己採点結果は、たしか660点台くらいだったと思います。

予備校での受験浪人生活

私は高校を卒業すると、上京して予備校（代々木ゼミナール）の国公立大学医学部進学コースに入り、受験浪人することになりました。第二の人生の『最初の一歩』を踏み出した、と言えるかもしれません。こうして予備校（JR代々木駅）と女子寮（地下鉄丸ノ内線中野新橋駅）の間を往復しながら、医学部の受験勉強に専念するという毎日が始まることになりました。

両親は、入寮式が終わって私が自室で生活し始めるまでを見届けると、その日のうちに帰ってしまい、それからは極力「私のやりたいように」勉強させてくれました。

もちろん、茂原の自宅では毎日、私の身を案じてくれていたのでしょう。時折、元気か？と葉書をくれたり、段ボール箱いっぱいに果物や季節物の衣類などを詰めて送ってくれたり、また、東京に1人で下宿していた姉を私のもとに使いによこしたり…。けれども私が受験勉強に専念している間は、具体的な進路や勉強に関して両親に干渉されることは一度もなく、それは結果的にとてもありがたいことでした。

寮から予備校には、1人で電車と徒歩で通学しました。道を歩けば右側の電柱に体当たりし、階段を踏み外しては転び、また電車の乗り換えでは、新宿駅構内の人混みを半側空間を認識しないまま毎日歩くことになったので、なかなかスリルがありました。

女子寮は賄い付きだったため、通学と授業、食事・入浴以外の時間すべてを自分のペースで使うことができました。当時の私の服装は専らトレーナーにジーパンで、散髪は床屋さんでした。プライオリティ（優先順位）の高いものにしか、自分のエネルギーと時間を使わないようにしていました。

その頃の私はすでに、「受験勉強が自分の脳機能訓練であり自己流のリハビリだ」と実感していました。だから、それを最も効率的かつ効果的に行う方法を探ることが、当時の私にとって最大の関心事でした。

『時間を最も効果的に使うにはどうしたらよいか？　どうやったら脳や身体のエネルギーを最も効率的に使えるか？』

そんなことを考えて工夫するのは、ある意味で勉強の合間の娯楽であり、楽しいことでもありました。

寮の自室で勉強している時は、「脳が疲れてきたな」と感じると、すぐ隣のベッドに寝転んで休息をとりました。体調に合わせて勉強と休憩のリズムを小刻みに調整し、「疲れた脳でダラダラ勉強を続ける」といった無駄な時間の使い方はしないようにしました。

また、あまり親しくない予備校の友人などに接すると、右半側空間認識の喪失や斜視、失語を馬鹿にされて気落ちすることが多いとわかったので、他人と関わる場面は極力避けることにしました。女子寮仲間のうち気の合う友人何人かとは、寮ではしゃぎ合うこともありました。

勉強自体は、決して思うように順調に進んだわけではありませんでした。どうしても「疲れやすい脳・激しい頭痛や膝の痛み・左眼の限界」等々の体調と折り合いをつけながら勉強せざるを得なかったので、「辛い」と感じることはたびたびでした。

そんな時の座右の銘は、やなせたかし氏の詩の一節『過ぎてしまえば今は昔』でした。

ほほえむことを　忘れちゃいけない
涙は今も　流れているが
過ぎてしまえば　今は昔
思い出しちゃいけない　悲しいことを

そのフレーズを頭の中で何度も唱えながら、苦痛が去ってくれるまで耐えていたこともありました。が、個室にいて自分でペースをコントロールしながら進めていく分には、イライラしたりはせずに済みました。

しかしそうはいっても、無理・無茶のために極度の疲労が溜まったようでした。

夏休みには、帯状疱疹にかかりました。ある夏の朝、自室のベッドで目が覚めたら、腹部に水泡が点々と並んでいるのに気づきました。

『…いやだな、…おなか出して寝てるうちに、…アリにでもやられたのかな…。』

はじめは、そんなふうに思って、虫刺され軟膏だけつけて勉強を続けていました。そのうち、だんだん身体が痛くなってきたので、寮母さんに整形外科に連れて行ってもらったら、皮膚科に行くよう言われて、帯状疱疹と診断されました。おかげでしばらくの間、「痛いよー、痛いよー…!」と呻きながら寮の自室で寝込まなければなりませんでした。

また、外気温が下がり始めた頃に、急に目眩と寒気に襲われて体温40℃近くに発熱してしまったので、寮母さんが呼んだ救急車で病院に搬送されたこともありました。

二度目の医学部受験

結局その年、第3回共通一次試験は「一応受けました」。結果はたしか、770点台くらいだったと思います。はじめから、『もし共通一次が800点にも満たないようなら、国公立大は潔く諦めよう』と思っていましたから、そのあと大学ごとに行われる二次試験には、出願しませんでした。

なぜなら、出願したとしても、東京大学・東京医科歯科大学・千葉大学の医学部が相手では、足切り（共通一次の結果判定だけで不合格になってしまうこと）にあう可能性が大きかったし、それに、無駄にエネルギーを使いたくなかったからです。そうしないと、脳のエネルギー切れのために、併願していた私立大学も総倒れになってしまいそうでした。

私立大学の受験は、科目が数学・英語・理科（物理・化学）に絞られたとはいえ、とても苦労しました。当時代々木ゼミナールがはじき出していた昭和大学医学部の偏差値は75くらい、また出願倍率は27倍くらいだったと思います。だから一次試験の受験会場には、大学の講義棟や実験棟だけでなく隣接する高校も借りないと、受験生が入り切れないような状況でした。

昭和大学医学部の一次試験には無事合格し、二次試験の面接を目前に控え体調を整えていた頃、父から「面接で左耳の聞こえのことを訊かれても、よく聞こえないとは言うんじゃないぞ」とアドバイスが入りました。父としては、もう「医学部入試の二次試験面接」という段階まで私が行ってしまった以上、「合格に不利になることは、できるだけ言わない方がいい」という、親心のアドバイスだったのだと思います。

実際、昭和大学の面接に臨んでみたら、面接官が私の健康診断書にある「右眼視力：零《れい》」の記載を見つけて、失明理由を尋ねてきました。私が頭部外傷だと答えると、面接官はさらに「耳は大丈夫なの？」と訊いてきました。私は「…大丈夫です」と答えながら、ひそかに『…そうかぁ…やっぱり、お医者さんだと、（頭部外傷で右眼失明ってきいただけで、受傷機序とか、聴力も影響受けているんじゃないかとか）わかるのかぁ…。…すごいなぁ…やっぱり、…お医者さんって…』と感心してしまいました。

併願していた他のいくつかの大学も、受験にまつわる悲喜交々、苦労話やエピソードは多々ありましたが、ここでは省略します。

いずれにせよ、父との約束どおり、私は1年間の受験浪人を経て東京の大学の医学部に入学することができました。今でもそれは、私の第二の人生をスタートするにあたっての「最初の大きな幸運」だったと思っています。現夫・橘秀昭氏とも、同級生として出会えたわけですから。

「できなくなったこと」と、その対処方法＝「できること」で機能補完する工夫

受験浪人生活を送っていた頃、私は自分の「できなくなったこと」に気づくと、まず、周囲にはできるだけそれを「気づかれないように」振る舞うようにしていました。私だって、「できなくなったこと」を人から馬鹿にされたりするのは、実は嫌でしたから。

幸いなことに、「記憶力低下」や「注意力低下」、「脳の易疲労性」、「失語・非流暢性言語」「右半側空間認識の喪失等」などの「できなくなったこと」は、失敗行動さえしなければ、第三者に気づかれることはほとんどありませんでした。

右眼の外斜視だけは外見上、隠しようがありませんでしたが、それすらも「外見上わかりにくく」なるよう日常的に工夫していました。つまり、「相手の目を見て話さなければいけない時は、相手の右眼を必ず見る」ようにしていました。そうすれば、私の（見えている方の）左眼は相手の右眼を、私の右眼は相手の左眼あたりを見ているように、相手には判断してもらえるのではないか、「ちゃんと相手の目を見て話をしない」などと誤解されずに済むのではないか、と思っていたからでした。

受験生というのは皆お互い、目の前の自分の目標に夢中になっているために、人のこと

を詮索したり、わざわざ侮辱したり、ということがなかったのは幸いでした。そのおかげで私は、受験勉強に励みながら、『できなくなったこと』を『できること』で機能補完する工夫」という自己流のリハビリに、力一杯没頭することができました。

記憶力低下

記憶力の低下は、明らかに学業の支障要因でした。

受験勉強を始めた当初は、「覚える」「思い出す」という行為自体が、まだかなり苦痛でした。必死に勉強してせっかく覚えたつもりでも、いざ試験になると頭の中から記憶がフッと一斉消去されてしまう、そんな感覚の連続でした。記憶の消え方は、スイッチに触れた途端に、スクリーンの一端から文字や映像がサーっと消えてしまう、そんな感じでした。自分の頭なのに、これでは記憶と想起が、全然あてになりません。なにしろ当時の私は、期限付きで学力を無理矢理にでも上げなければいけない立場でしたから、模擬試験会場でそんな一斉記憶消去が起こるたび、それなりに焦燥感が募っていきました。

「覚える」勉強から「考えを巡らす」勉強へ

…それでも、諦めないで悪戦苦闘を続けていたのです。愚直にも。他にどうしようもなかったから。そのうち、「考えを巡らす」ということは、割合よくできるということに気がつきました。

「考えを巡らす」ことで習得した内容は、再現しようとする時にあまり損なわれることがない。少なくとも、全面的思考停止になるとか、いきなり頭がまっ白になってしまうようなことはない。勉強や試験で一斉記憶消去が起こるのは「覚えたことを思い出そう」とする時だけだ。そうか、『…えーっと、これは○○デショ?…ちがう?…』と自問自答しながら考えている時は、そんなトラブルが起きないんだ、とだんだん気づくようになってきたのでした。

その場合の難点は、考え続けることに、かなり厳しい時間制限があることでしたが、無意識に勉強は、「覚える」ではなくて「考えを巡らす・思索する・柢徊する」という感じで進めていったら、「コツ」というか「攻略法」が次第につかめるようになってきました。

この「もの思いに耽る」という感じの思索型勉強法は、少なくとも「覚えよう」と脳に力を入れるような勉強法より、当時の私には省エネ型勉強法のように思われました。そしてさらに、「考える」という頭の使い方の合間で、小刻みに頭を休めながら、得意の理系科目に重点を置きつつ勉強を進めることにしました。

ただし、選択した予備校のクラスは一応「国公立大学医学部進学コース」でしたから、文系科目も、ちゃんと授業を受けて勉強していました。国語（現代国語・古文・漢文）も、社会（政治経済・倫理社会）も。

そのうち私は、「理系受験者が、『覚えようと思わないで』文系科目の授業を聴く」という方法は、脳の自己流リハビリを行う環境としては、最高であるということを発見しました。つまり、文系科目の授業を「考える素材」という視点で聴いてみたら、脳の「考える機能」自体が、何だか少しずつ良くなってきたように思えたのでした。

もしそれが、あながち的外れでなかったのであれば、まさに私の場合、「受験勉強が、回復のための自己流リハビリになっていた」といえると思います。予備校に入学する際、履修コースを最初から理系科目だけに絞る「私立大学医学部進学コース」ではなく、文系科目も履修する「国公立大学医学部進学コース」にしておいてよかった、と思った次第です。

また、当時はまだ発語が「しにくかった」ため、そのぶん余計に、前頭葉で考えをコロコロ転がすのは癖になりました。ゆっくりと自分のペースで、「頭の中の自分自身と会話しながら、もの思いにふける」。それはそれで案外楽しい時間でした。ある意味「発想を進めるトレーニング」にもなったのかもしれません。

最近では、その「前頭葉で考えをコロコロ転がす癖」はそのままなのに、発語の方はかなり改善したからか、ふと誰かに転がした考えを話したら、「理屈っぽい・くどい」と言われてしまったことがありました。

高校卒業当時の私の頭に考えが浮かぶ時の浮かび方が「火にかけた鍋の水が70度付近になった時の気泡の出方」なら、予備校での1年間で、鍋の水温は80度から95度くらいにまで一気に上がった、そんな感じだったでしょうか。


そしてこれは単なる感想なのですが、「大学入試は、脳機能のうち『覚える・思い出す』が駄目でも『考える』が残っていれば、何とかなる」と思いました。少なくとも私が受験した医学部の入試では、問題の多くが「正解選択方式」であり、提示された解答選択肢が「正しいか正しくないかを判断」すればよかったからです。そのため、当時の私の脳機能でも、何とか対処できたのではないかと思います。

もし入試問題が、「細部まで正確に覚えたものを記述できなければ解答できない」とか、『問題がAなら正解はB』というような線結び解答を、スピードを競って答えなければならない」といった類のものだったら、おそらく私には太刀打ちできなかったことでしょう。

どんなふうに、「覚える」ではなく「考える」で対処していたか？

その後の医学部での勉強を含めて、私が何か物事を習得しようとする時は、「教わる」というより、「活字資料や講義を材料にして『考える』」ことをしていたと思います。当時私が勉強していた時の頭の中を、あえて言葉で表現するとすれば、こんな感じだったでしょうか。

『…（テキストなどの活字を見ながら）これが○○だったら、…これは△△になるはずだよね…、…そうだったら※※は、きっと、××だってことになるよね…、（ここで、講義などの外部刺激が加わる）…あぁ、そうか、それがそういうことだったら、じゃあ、さっきの※※は、（××ではなく）☆☆だってわけだぁ…、それならたぶん◎◎は…、††ってことになるから、この間の（＝この間考えた）♭♭と併せれば、…＃＃ってことになるんだな…きっと…。』

…こんな感じに、決して素早くでも明瞭でもないけれど、当時かろうじてまともに機能していた『考える』を、ひたひたと朝から晩まで続けることで、第二の人生における私の勉強は行われていたのです。

幸いだったのは、そんなふうに考えて導いていった先が、結果的に教科書等に書いてあることと「あまり外れていなかった」ということ。少なくとも、私が考えて導いた事項が、教わる内容と「当たらずとも遠からず」、まあ、十中八九は当たっていた、ということ。受傷以前に頭の中にしまい込んでいた知識や考え方、そこに自己学習や予備校で得た活字・講義等の情報を追加し、それらすべてを材料にして『考える』というプロセス。その『方向性』が、妥当な路線から大きくは外れていなかった、ということ。

そういった意味で、「私の『考える』のベクトル」が、「私の第二の人生の開始ベクトル」としては、最適に限りなく近かった。それだけは幸いだったと思います。

高校3年生の進路相談で、「…とも子、おまえ、『やれ』。とことん、やってみろ。やれるだけ、やってみろや」という決定打を返して下さった担任の（故）古市先生は、もしかすると、そんな私の「今後のベクトル」を見抜いたのかもしれません。

決定打を返された時の、（故）古市先生の「私の眼底から頭の中まで見極めようとするかのような『眼差し』」を思い出すたび、そんな気がしてならないのです。学校教育における進路指導とは、かくあるべきと言えるのかもしれません。

いずれにせよ、そんなふうに前頭葉をフル活用しながら、努力・工夫・思索を勉強でも仕事でも日常生活でも続けてきたら、少しずつ良くなることができたのです。重度ＴＢＩでも。

右半側空間認識の喪失等・外斜視

事故前は両眼とも見えていましたから、それに比べると右眼失明後の右側視機能は「感覚機能の存在自体」がなく、右側の視野を認識しなくなりました。横書き文章は左から右に文字をピンポイントで拾って読み進めざるを得なくなり、読む速度が極端に遅くなりました。左眼が見つめている文字の右側がよく見えないためです。

解答のスピードを競う類の試験はもともと得意だったのですが、右眼失明後は全く対抗できなくなりました。

また、試験では、右側に書いてある試験問題や解答選択肢を頻繁に見落としたり、解答を指定の枠内にきちんと記述できなかったりしました。試験の際、見落としや書き間違いは命取りになるので、意識的に注意を払って機能を補おうと努力しましたが、易疲労の脳や眼に過大な勉強の負荷がかかっていたため、注意力の低下軽減には限界がありました。

さらにこの時期、右眼失明に伴って、右眼の外斜視が外見上徐々に顕性化し、顔貌が侮辱されるようになってきました。そのため、1984年に外直筋後転術（6ミリメートル）を受け矯正しました（第1回外斜視手術）。

注意力低下・易疲労性・集中力の低下

もともと、好きなことには熱中する性格なので、集中力はとても高かったと思います。一人遊びで何か工夫しながら作っている時など、おもしろければ何時間でも没頭できたものです。今でいう「ヲタク」の素質はあったかもしれません。

でも、受傷後は、注意力も集中力も非常に落ちました。とくに勉強を再開してからは、得意科目を勉強していても集中できず、すぐにぼーっと他のことばかり考えてしまい、気が散って仕方ありませんでした。

そのうち、集中力はとくに心配事や懸案事項が頭のどこかにあると、頻繁に途切れると気づいたため、つまらない心配事や懸案事項は、きっぱりと切り捨てることにしました。少なくとも、気が散った時に、つい考えてしまうような懸案事項を自分で抱え続けなくて済むように割り切りました。

また、頭の「易疲労性」、つまり脳が疲れやすくて、長い時間考えていられるだけの緊張が保てなかったので、躊躇せず勉強と休憩を短時間ずつ切り換えることに配慮しました。

「頭が疲れているな」と感じる状態で勉強するのは時間の無駄だと思っていましたから、そうならないようにＯＮとＯＦＦを調節していました。脳のエネルギー温存を図るつもりで。

失語・非流暢性言語など、発語に関する症状

予備校での英語の授業は、失語を改めて自覚させられるエピソードで始まることになりました。大教室で行われた人気講師による授業での出来事です。

私は目と耳が悪いので、よく見えよく聞こえるよう、いつも前から3番目の中央列付近あたりに席をとっていました。

英語の授業は、まずは基本の内容から進んでいきました。そのうち講師が「Sun（太陽）の形容詞形は？」という質問を、いきなり生徒に投げかけました。

最前列にいた生徒がまず指名されましたが答えられなかったので、からかい口調の講師とその生徒との間で、少しの間、やり取りが続いていました。その姿をぼんやり眺めながら、私は『…Sun の形容詞形は…solar だよねー…フツーの名詞の形容詞形と、ちょっとちがうから…よくでる受験英語…だよねー…これに、sunny って答えちゃいけない…ってのも、受験英語の鉄則…だけど口語では…最近、使うらしいけどねー…』などと考えていました。

と、最初に指名した生徒から顔を上げた講師の目が、私と合ってしまいました。講師はすかさず、「はい、それではあなた。わかりますか？」と私を指名してきました。

私は答えようとしたのですが、さっき最初に思い浮かべた「solar という答えを掘り出して」「考えを発語に変換する」ということが、どうしてもできませんでした。

講師は、少し待ってから『この生徒も正解がわからないらしい』と判断したらしく、さっさと自分で解答と解説を述べると、次の内容に入っていきました。

私は、『…あぁ、そうか。…言葉がでないのを知られると…まわりから…こんな問題も、わからないの？…っていう目を向けられちゃうのか…。いやだな…』と思いました。そして『…言葉がでにくいの…やっぱり…ちゃんと自覚しなくちゃ…。…もう少し…なんとかしなくちゃ…』と思ったのでした。

なおその間、私の頭の中では、肝腎の solar という正解は、いろいろ転がした思考の山の、下敷きになって埋まっていたのだと思います。その思考の山の「どこかに私は正解を持っている」という認識はあったのですが、どこに埋もれたかがすぐにはわからなかったし、また、山を掘り返して探すのは億劫でメンドクサイ…そんな感覚だったと思います。

そう考えると、これは失語単独というよりは「脳の易疲労性」の方が主体と言うべきエピソードかもしれません。

このように、失語や非流暢性言語は私の「できなくなったこと」の1つでしたが、人と話をしている時に相手にそれを知られ、馬鹿にされるのは嫌でした。だから、なるべく周囲に知られないよう「人前では黙っている」ようにしていました。でも頭の中では、『…それでは、ダメだよね。…黙っていたら、…ぜったい、いつまでたっても、良くならないよね…。…どんどん話す練習しなくちゃ…ちゃんと話せなくなる、よね…』と思っていました。そのため、1人で勉強している時は、よく意識して声を出していました。

今だったら、言語訓練の専門施設に相談していたのかもしれませんが、当時の私には、そんな知識も時間も体力も、ついでにお金も、ありませんでした。だから、受験勉強しながら自分で、いろいろ自己流トレーニングを「試してみる」以外に方法はなかったし、工夫すること自体は楽しかったのですが、…でも、それを「他人に見られる」のは嫌でした。

そんなふうに「不自由な身体機能の訓練を、一生懸命やっている」ところなんて、絶対に人には見られたくないと思っていました。そんなの恥ずかしい、みっともなくて自分が惨めになる…と思っていましたから。

その点、個室は「他人の目を気にする必要がない」ところが好都合でした。幸い、女子寮の私の部屋は1階の角部屋だったので、多少、発語練習の声が大きくなったとしても「壁の耳」を気にする必要はなく、頭や身体を楽にする工夫を、好きなように何でも試すことができました。

だから自室で勉強する時は、言語障害の自己流リハビリを意識して、テキストは「声に出して」読んでいました。これは、気が散りやすい頭の集中力を高めるのにも役立ちました。また、問題を解くために「考える」時も、声を出しながら自問自答していました。たとえば解答を考えながら、「…え？　それ、ちがうんじゃない…？　だってサ、○○は…△△ってことでしょ？」「…あぁ、そうか、そうだよね…だから××は、こう考えなくちゃいけないんだ…」という調子で。専門的な発語リハビリの方法は知りませんでしたが、できるだけ「はっきりと発音」するように意識していました。

もし当時、たどたどしい言葉で変な一人芝居のような問答をブツブツ言っている私の所作を観察している人がいたとすれば、その人は私のことを『…頭がおかしいのでは…？』

と思ったかもしれません。けれども寮の個室ですから、外聞を気にする必要はありませんでした。この「発語の改善の自己流リハビリ」は、受験勉強しながら行えることから時間的無駄がなく、しかも脳の集中力もいくぶん高めることができる一石二鳥の効率的な方法だったと思っています。

発動性を保つことができた理由や背景について

当時、このように意欲・自発性および発動性（以下「発動性」）を保つことができたのは、前頭葉の障害が少なかったことの影響が大きかったと思います。右の側前~側頭境界部付近の脳は、事故の衝撃による直接損傷（coup injury）がありましたが、それ以外の前頭葉、とくに左の前頭葉はほぼ無傷でした。そのため、知能や自分のアイデンティティ（個性）に対する自尊感情や理性を保つことができました。

前にも述べましたが、「どんな結末になろうと、自分らしい生き方をする」という自尊感情が、高次脳機能障害と身体障害と共に生きる『第二の人生』での、発動性や生きる姿勢を支えていたのだと思います。他人との競争の延長上にある自信では決してなく、自分自身への誇りとしての自信です。
少なくとも第二の人生を、「事故さえなければ、自分の人生は〇〇だったはずなのに…」と「思いながら生きる人生」にも、「思われながら生きる人生」にも、したくはありませんでした。だからこそ、事故以前の自分を気持ちの上ですべて封印して人生を再出発する勇気が持てたのだと思います。

そんな大層な自尊感情が、当時いったいどこから来たのかは、自分でもよくわかりません。ですが、周囲の人たちの協力や好意的な支援環境があったこと、そして事故以前の生育歴で築かれた私自身の成功体験の関与は、小さくなかっただろうと思います。

いいえ、おそらくそれらは間違いなく、自尊感情の支えにはなっていました。だからこそ、「高次脳機能障害と共に生きる『第二の人生』」を歩み始める際に、『これから、人生の再プロデュースにチャレンジするのだ』と思うことができたのではないかと思います。そう思わなかったら、その後様々な機能障害の現実に曝されるたびに、『これが自分のペースだ』と受け入れて、気持ちが落ち込まないように自己コントロールすることはできなかったと思います。

しかし、たしかに発動性を支えていたのは自尊感情でしたが、それを促進していたのは、自己実現の欲求であり、同時に、焦燥感やいらだちであったと思います。事故や障害自体を封印した上での発動性でしたから、そこには、焦燥感やいらだちからの逃避手段という側面も加わっていたような気はします。

そして、これは強調したい点ですが、発動性の維持には、個室で受験勉強に取り組めたという環境が、大きく貢献した要因の1つだったと思います。個室にいれば「他人の目を気にする」という必要がありませんでしたから、頭や身体を楽にする工夫や無理・無茶を、何でも試すことができました。

たとえば、自室で勉強する時にテキストを声に出して読むのは、気が散りやすい頭の集中力を高めるための工夫でしたが、それは同時に、言語障害の自己流リハビリにもなっていたのです。

もしその時、私がテキストを読むのを部屋の中で聞いている人がいたとしたら、もしかするとその人は口まねをして私をからかいたくなっていたのかもしれません。そして、おかしな話し方を指摘された私は、不愉快になって前に進むことができなくなっていたかもしれません。

そんな観点で、「自己流リハビリを個室で行うことができた」のは、回復のために重要だったと思います。

このように私は、自分の「できないこと（＝欠落した脳や身体の機能）」があると、それを補完できる「できること（＝残された能力）」がないかどうか探しました。そしてそれを発見すると、それを生活習慣にできないか、と考えました。

つまり、その「できないこと」をしようと思った時、その「できること」を無意識にしてしまうよう「習慣づけてしまう」、「癖にしてしまう」。そんなふうに考えればよいのだ、と思いました。だから、そういった類の工夫をあれこれしてみるのが、勉強の合間の娯楽にもなっていました。

くどいようですが、そんな私の勉強姿を誰かが見ていたら、その人は私のことを『…えっ、この人…ちょっとおかしいんじゃない？』と思ったかもしれません。そうなれば、私の発動性も抑制されていたかもしれません。きっと。誰が何と言おうと「年頃の乙女」でしたから。…でも個室だったからできました。思う存分に。

大学医学部での医学生生活

大学医学部には、最初の1年間は大学と同じ敷地内の寮から徒歩で、また2年目以降は、姉の下宿から電車で通学しました。講義や実習・病院の臨床研修等、医学部の通常カリキュラムすべてに参加しました。

各学年の進級および卒業には、3学期×6年間分の試験に合格しなければなりませんでした。どの科目も、60点に満たない場合は「不可」と評価されて再試を受けなければなりませんでした。私が再試を受けたのは、6年間のうち1回だけ。たしか3年生か4年生のとき、生化学か何かだったと思います。

留年したり休学したりすることもなく、私は、無事6年間で医学部を卒業することができました。

「できなくなったこと」と、その対処方法＝「できること」で機能補完する工夫

記憶力低下

医学部では、1年生でラテン語・ドイツ語、2年生で解剖学・生理学など、特に多くの新しいことを「覚える」行為が求められました。圧倒的に膨大な量を記憶するのはまだまだ苦痛でしたが、「外的代償」や「内的視覚イメージ」などで対処しました。つまり、イメージや視覚画像など何かに関連づけて覚えたり、繰り返し紙に書き独り言で自問自答しながらプロセスを理解していって、記憶のノルマを乗り切りました。

また、脳の記憶容量とエネルギーの節約を図るつもりで、試験に関係のない「覚える」ものは、「頭の中」にではなく「外部媒体」に記憶させました。つまり、情報そのものを自分の脳に記憶させるのではなく、その情報が必要になった時に「どこを見ればよいか」だけを把握しました。

このように、機能低下を補う工夫を考えて習慣化してきた結果、それが脳機能にとっては回復訓練となって、症状改善につながったのではないかと思っています。

失語・非流暢性言語など、発語に関する症状

医学部の教室で、皆の前で不明瞭な話し方をしては、よく私をからかっていた友人がいたのを覚えています。彼女は、私の話し方を真似ていたようでした。このように、当時の私の発語や話し方は、まだおかしかったようです。

少しあとになってから、別の同級生、つまり現夫・橘秀昭氏に、私の話し方はその頃どんなふうにおかしかったのかと尋ねてみたところ、「たどたどしい話し方だった。たしかに言語障害はあるなと思った」と言われました。

余談になりますが、2008年頃、「3の倍数と3が付く数字のときだけアホになります」を持ちネタにしてテレビ番組に出演していたお笑いタレントがいました。そのタレントが「アホになった」時の話し方が、かつて私の話し方を真似ては皆の前で何度もからかっていた友人の話し方に、よく似ているなぁ…と思い出しました。そして、そのお笑いタレントの持ちネタ芸を、おもしろがって笑っている観客を見て、こう思いました。

『…あぁ、やっぱり「アホ＝知的障害」とか「言語障害」を堂々と笑いものにしたい心情って、今の日本社会には健在なんだな…。「健常者が障害者を笑いものにしたい気持ち」って、人間の本能的な感情なのかもしれないな…。でも、そういうのも「多様性のある個

性」の1つ、なんだろうな。「障害と共に生きる個性」を認め、多様性のある個性が共存する社会をつくっていくには、そういう「障害を笑いものにしたい個性」も、同じように認めなきゃいけないわけだよね…。本能的感情を知性で補って調整しながら多様性の共存を目指すのが、品格のある文明社会だとは思うんだけどな…。』

右半側空間認識の喪失等

教養科目の授業で心理学を選択した際、視覚による両眼立体視と神経心理学的なアプローチについて、授業でとりあげたことがありました。

私たちは、視覚によって「光の強さ・光の方向・光源の種類・事物の同定と定位・自己の身体の位置・姿勢の知覚・運動の状態」など様々な情報を取得していますが、視覚が瞬時的に膨大な情報を的確に分類処理することで、自己の生存と活動に有利な情報を得ています。認知心理学では「外界を見るという単純な行為」と「脳機能を介して外界の情報を内界で再構成するという複雑な情報処理」の間のプロセスを解明する研究が進められてきた、ということで、「視覚の両眼立体視」を学生が体験してみる授業がありました。

人間の右眼と左眼は、ふつう約6〜7㎝ほど離れて位置しているので、両眼に写る網膜像には若干の違いが生まれます（両眼視差）。人間は両眼視差その他の要因によって、事象の奥行きを知覚することが可能となります。そんな「立体視＝二次元画像を三次元の立体的表象に脳内で変換処理する」ということも授業では体験しました。要は、紙に描かれた右眼用・左眼用の絵を「両眼で立体的に見る」という体験、つまり「両眼ともちゃんと見える」ことを前提とするテーマであり、体験でした。

…私は、『(これは心理学という学問を勉強する授業なんだということは) わかっちゃいるけど…』と思いながらも、なんとなく、少しだけ、ちょっぴり、悲しくなりました。あとの時間は、他の学生と同じように両眼視を体験している「ふり」をして過ごしました。

ところがこの両眼視体験には、後日談がありました。心理学の学期末試験の問題に、「立体視体験の感想を書きなさい」という自由記載解答の問題があったのです。…試験時間中だというのに私は、再び「わかっちゃいるけど…」と思いながら、なんとなく、少しだけ、ちょっぴり、悲しくなったのでした。

でも、すぐに『…ほら、しっかりしろ、自分…』と気を取り直し、「両眼視は、今回は右眼失明のため体験できなかったが、失明以前に〇〇や△△の方法で体験したことがある。その時の感想は…」という趣旨の解答をしました。

医学部3年か4年の時も、両眼立体視に関する生理学の実習がありました。その頃までに私は、『…ふん、片眼しか見えなくたって、なんでもできるもんね…』と思っては、様々な「立体視が求められる場面・立体視できた方がよい場面」を乗り越えてきていました。

もちろんその間、本当は立体視ができないのに「できるふり」をしていたわけですから、踏み外して転んだり、何かにぶつかって壊したり、逆に自分が何針も縫うようなけがをしてしまったり、実験用ガスバーナーの火で火傷をしたり…。それでも、それなりに「片眼視で立体感のない三次元の世界を生きる」ということに、慣れてきていました。

だから、生理学の実習で「片眼視と両眼視を比較する実験」があった時、『…もしかすると、私ならこの実験で、「片眼視でも両眼視と同等の機能がある」という結果が出せるかもしれない…!!』と密かに思ったのですが、……そんなわけにはいきませんでした…やっぱり。

病識欠如、焦燥感・いらだち

医学部で勉強していた頃には、頭がぼーっとする感じは、いくぶん改善してきましたが、身体の障害には、相変わらず悩まされ続けていました。左脚は、大腿骨骨折手術の影響か股関節の動きに制限がありましたし、また右脚は、膝の痛みがかなりの頻度で起こって、膝関節の不安定さを感じることが時々ありました。だから身体の後遺症への病識はありましたが、脳の後遺症への病識はありませんでした。「脳機能の障害」については、それまで受診したどこの病院でも説明されたことがありませんでしたし、親からも聞かされたことはありませんでした。私自身はというと、頭のぼーっとした感じが少しずつとれてきたので、『考える習慣を続けていれば、そのうち頭の働きは戻ってくるのだろう』という程度にしか考えていませんでした。

脳機能の障害についての病識は、医学部で脳外科や神経内科を勉強してからでも「ないまま」だったのですから、のん気といえばのん気だったかもしれません。おそらくそれまで「欠落機能を、残存機能で補完するにはどうしたらよいか?」という工夫ばかり考えながら夢中で生きていたので、それなりに「何とかなっていた」からかもしれません。

ですが、病識が欠如していたおかげで、発動性が阻害されたりすることなく、私は興味と知的好奇心の赴くままにチャレンジし続けることができたのかもしれません。チャレンジにはかなりの無理・無茶が伴ったため、その間、焦燥感やいらだちは生じたのだと思うのですが、あまり覚えはありません。

もっとも、興味や関心の湧かない対象には時間を割いている余裕がありませんでしたから、興味と知的好奇心の赴くままに身を任せている限り、あまりいらだつことはありませんでした。それに学業は、基本的に自分1人で判断することのできる「自分との対話」なので、そのために感情も自己管理ができた、ということだったのではないかと思います。

結局、私が「脳機能の障害について病識を持った」といえるのは、医師の眼で自分の頭部のCT検査画像を確認する機会があった2001年頃になってからのことでした。

現夫・橘秀昭氏との出会い

現夫・橘秀昭氏は医学部の同級生で、入学時からお互いに面識はありました。医学部での実習はすべて名簿順のグループで行われましたので、「橘」（た行）氏の属するグループと「蓮沼」（は行）の属するグループの実習台は、近くになることがよくありました。だから、解剖実習の休憩時間や実験の待ち時間になると、近くのグループにいた彼と、実習や実験について会話する機会が少なくありませんでした。『…まじめで博学な人だな…』とは思っていました。

少しずつ親しくなっていったのは、医学部4年生の頃だったでしょうか。教室内での会話が、そのまま帰りの電車内まで続いたりすることがありました。学期末試験の頃には、私が毎朝、遅刻寸前で東急大井町線の九品仏駅から電車に飛び乗ると、決まって彼がその車両に乗っている、ということが何回かありました。この頃よく会うね、と、その日の試験科目の話をしながら登校して試験に臨む、という朝が何回か続きました。最後の試験が終わってから大学近くの喫茶店で話すうち、お互いの価値観に共通点が多いので、気を使わず接していられることを双方が確認したのではないかと思います。

初めてのデートといえるデートは、4年生が修了した頃だったと思います。竹橋の科学技術館に行きました。それは彼が子供の頃、毎週末のように通っていたという場所でした。

医学部5年生になると臨床実習が昭和大学藤が丘病院で始まったので、私は時に、体力的に辛くなることがありました。それはたとえば、外科系の科をラウンドしている時、放射線防護用のプロテクター（鉛の入った防護ガウン）を着けたまま手術室に入らなければならない場合などでした。膝にプロテクターの重みがかかり続けることになるとわかっていても、同じ実習グループの男性医学生たちの中で、私1人だけ「できない」とは言いたくありませんでした。どうしても。だから「何食わぬ顔」でプロテクターを着けて手術室に入っていました。

実習が終わると案の定、膝の痛みのためにしばらくは脚を引きずらなければ歩けなくなるのですが、そんなとき彼はいつも、さりげなくそっと私に手を貸してくれました。

その年の夏休みに、茂原の蓮沼家に帰省する際、私は彼を初めて両親のもとに連れて行きました。その時の印象を、母は、孫である私の子供たちに、よくこんなふうに話していました。

「…秀昭先生が初めて茂原のうちに来た時、庭でみんなで、花火をしたの。とも子お母さんは目が悪いから、近くと遠くがわからないでしょ？　だからその時、花火に、なかなか蝋燭《ろうそく》の火がつけられなくて、とも子お母さんが困ってたの。そしたら秀昭先生が、何も言わないで横からそっと、とも子お母さんの手に自分の手を添えて、花火に火をつけてくれたの。…それがね、すごく自然な仕草で、全然わざとらしくなかった。だから、それを見ていたお祖父さんもお祖母ちゃんも、『ああ、この人なら（ともちゃんを任せて）大丈夫だ』って思ったの…。」

Column

「私の会った橘とも子②」 運命の人

橘 秀昭

大学に入学して新生活にも慣れた頃、黒板の所でたどたどしく叫んでいる学生を発見。「ナンテコトイウンダヨー…！」だか「ナニスンダヨー！」だったかなあ。丸顔であか抜けないえんじ色のセーターで着ぶくれてニコニコしている。一見して性別不明だが、よく見るとどうやら女らしい。

その後、4年生の半ばまでは実習を一緒にやったことがあるぐらいでほとんど接点なし。秋か冬の頃に実習が終わって外が真っ暗になった教室で遭遇して以来、旗の台から九品仏までを一緒に帰るようになった。どんな話をしていたかはよく覚えていないが、彼女は生き生きとしていて陽だまりに咲くタンポポのような生命感にあふれていた。

朝も電車の中で出くわすことがあり（待ち伏せしていたなんて人聞きの悪い！）、

いつの間にか同じ車両に乗るのが習慣となっていった。若い頃は老け顔といわれていた僕はその女《ひと》に「おにいちゃん」と呼ばれていたと思う（学年で2番目に若いのに！）。

2月始めのある週末、何かの拍子でまだ日があるうちに授業の終わった帰り道、突然、思いつめたように僕の方を見て、「おにいちゃん、私、片目が見えないの」と言う。それまで、全然気がつかなかったし、どうにかすれば治るか、見えないといっても視力が悪いという意味合いかと思った。話を聞いてほしいと言うので、駅の向こうの今はもうない「砂時計」という喫茶店に行く。高校生の時に交通事故にあったこと、1か月も意識不明だったこと、お父さんが必死だったこと、遠近感がないからできないことがある、膝が悪くて天気の変わり目には切り落としたくなるほど痛い、等々。

21歳そこそこの僕はその時、小説やテレビでしか聞いたことのないリアルワールドを知る。どうしたらよいかわからなかったけれど、とりあえず目の前の人が持っていた鞄を持ってあげることにする。それが、始まり。

医学部を卒業して

医師国家試験

医師国家試験（以下「国試」）はマークシート方式でしたが、解答するためにマークを塗りつぶすのは、共通一次の時よりはるかに楽になっていました。右半側空間認識の喪失等による不自由さを、その頃にはもう「うまく処す」ことができるようになっていたからです。なにしろその頃にはもう、医学部の実習で、他の医学生と同じように採血までできるようになっていたほどでしたから。

ひとえに、受験勉強や医学部での勉強をとおして回復してきた「注意力」によって、右半側空間認識の喪失等を上手に補えるようになっていたおかげだと思います。…もちろん、左眼と脳は、その分だけ疲れるわけですが。

右膝関節の靭帯形成手術

国試の受験が無事終了すると、翌日に大学病院の整形外科に入院し、翌々日に右膝靭帯の形成術（ヒュー－ストン法）を受けました。16歳時、君津中央病院で「様子をみましょう」といわれ、損傷が残ったままになっていた右膝の靭帯を、自分の右脚大腿部の筋膜を使って再建するための手術でした。だんだんと、歩行するのに差し障りが出てきましたし、また、膝関節の複数本の靭帯損傷や半月板の損傷を残したまま激務を続けて、変形性膝関節症に移行してしまったりしてはいけないと思ったからです。

実際、現夫・橘秀昭氏は、「医学部6年の臨床研修の頃、あなたが痛そうに右脚をひきずって歩いているのを、よく見かけた」と話していました。そんな膝では医師として何の仕事をするにも不便だろうと思い、整形外科の阪本桂造准教授（現・昭和大学病院整形外科客員教授）に、国試が終わった直後に右膝の手術をお願いしていたのでした。卒業試験の期間中にも、「国試が終わったら手術を受けるから」と言って診察や術前検査を受けに整形外科外来に私が通っていたのを何度か見かけた、と秀昭氏は言っていました。

手術は、持続硬膜外麻酔下で約6時間にも及びました。そんなに時間のかかる関節の手術なのに、全身麻酔ではなくて、意識が残ったままの持続硬膜外麻酔で受けたのは、私自身の希望でした。

その時すでに全身麻酔での手術は経験したことがありましたから、全身麻酔にすれば「目がさめた時に手術は終わっている」という感覚は知っていました。「眠っているうちに手術が終わる」と。

しかしそれが、「朝、眠りからさめる」という感覚とは、かけ離れたものであることも知っていました。手術が終わって目がさめた時の、あの「悪夢からさめたあとのようなイヤな感じ」は、なおさら私にとって恐怖でした。

そしてさらに、私にとって大きな恐怖だったのは「意識消失の強制」でした。おそらく16歳の時、事故直後に搬送された医療機関で匙を投げられたこと、「何とか助けたいという父の意思」が存在しなかったら私は絶対に助からなかったこと、そんな経験が私に「意識消失を強制されたまま第三者に生殺与奪の権を委ねる」という事態への恐怖を抱かせたのではないかと思います。

現夫・橘秀昭氏の支え

全身麻酔ではなく持続硬膜外麻酔で整形外科手術に臨んだものの、いざ手術が始まってみると、苦痛は予想外に大きいということがわかりました。私の膝靱帯形成術では、控えめに見積もっても脚の傷跡は50センチメートル以上、そして骨に医療用ドリルで穴を開けなければならないような手術でしたから、ある意味、手術台の上で「死の恐怖」を味わうことになりました。

どうしても耐えきれなくなって、手術の途中で先輩の麻酔科の先生に「眠らせてください」とお願いすることになりました。でも、そんなことをお願いする気になったのは、手術台の枕元に現夫・橘秀昭氏がいてくれたおかげだったと思います。

もし万が一、私の意識がない時に死ぬかもしれない事態が起きてしまったとしても、この人が傍にいてくれれば、蘇生用のアンビューバッグを泣きながら最後まで押し続けてくれるのでは、そう思えました。彼に「生殺与奪の権を委ねて」眠りにつこう、そんなふうに腹をくくった覚えはあります。

…そういうわけでしたから、手術が終わっても、すぐにホイホイと動き回れたわけではありませんでした。しばらくは、また激痛と闘う日々になりました。そんな中、手術直前に受けた国試の正解を彼が持ってきてくれたので自己採点してみたところ、ある程度の余裕をもって合格圏内だということがわかり一安心でした。

が、それにしても連続休暇になるはずだった期間を病室のベッドに縛られて悶々と過ごすのは、やはり苦痛といえば苦痛でした。そして、その私の入院期間のほとんどに相当する期間を、私の見舞いにあててくれた彼には、本当に感謝しています。

入院期間中、春の大型連休（ゴールデンウィーク）が入りました。世間には行楽の話題がとびかい、私は退屈でたまらなくなりました。その時私はまだ、右脚に長いギプスを巻いた両松葉杖姿でしたが、彼は私のわがままを聞き入れて、新幹線とジェットフォイルで佐渡旅行に連れて行ってくれました。

国試の合格発表は、彼の父上（現 義父）に見てきていただきました。私も彼もそろって合格し、私は消化器内科医として、彼は循環器内科医として仕事を始められることになりました。

私は、これで私も親の手を実質的に離れて自立することになったのだと思い、右膝関節の機能障害に対する身体障害者認定を申請することにし、5級を取得しました。右膝靱帯の形成手術が終わったので機能障害が固定したこと、また、今後私がＱＯＬ（生活の質）を保ちつつ自立生活を送るためには、身体障害者手帳の取得が必要だと考えたからでした。

手術から約1か月後、私は両松葉杖歩行で退院しました。

第3章

医師として社会へ

障害と共に社会参加する難しさ

昭和大学病院第2内科（消化器内科・血液内科）への入局

国家試験終了後、右膝の靭帯形成手術のために入院していた私でしたが、退院の目途がたった頃、私は入局予定の内科医局に国試合格の報告に訪れていました。まもなく退院予定であること、入局後しばらくの間は両松葉杖歩行での業務になること、脚のリハビリのため診療の合間に階下の理学療法室に通わせてほしいこと、などをお願いするためでした。

医局長は、そんな私の報告を聞くと、ちらりと私の松葉杖に目を落として「…それ（両松葉杖歩行）じゃ、何もできないね」と素っ気なく答えただけでした。

…私は、ほんのちょっとだけ悲しくなりました。

『…たしかに、その通りなんですが…。…両松葉杖で新人医師業務をしようなんて、無茶だってことは、私もわかっているんですが…。…でも私には、そんな切羽詰まった生き方しか…できないから、仕方ないんです…。』

頭の中ではそんな思考がぐるぐる回っていました。何となく、少しだけ、しょんぼりしながら。

けれども、「何もできないね」と人から言われて悲しくなっても、一晩寝ると『…そんなことはない。それなら何でもやってみせるよ』と思ってしまうのが、私の悪い癖なのでしょう。

いざ第2内科に入局したら、私は両松葉杖をつきながら、一緒に入局した新人医師仲間と同じように業務をこなさなければ気が済みませんでした。採血当番や、名誉教授外来のベシュライバー（カルテ記載係）当番といった新人医師業務を必死にこなしつつ、入院患者さんの診察や夜間休日の当直も、人並みに担当しました。

入院病棟のラウンドは最初の2か月間は、血液内科でした。当時医長だった日野研一郎先生をはじめ先輩医師の指導を受けながら、様々なタイプの白血病や貧血など、悪性の血液疾患で入院している患者さんを何人も受け持ち、最期の看取りも次々に経験することになりました。

Column

「私の会った橘とも子③」 初期研修の頃

鎌倉市・由比ガ浜内科クリニック院長　日野研一郎

橘さんと初めて会ったのは1987年の春、私が所属する内科に来た新人たちの一人であった。大学病院の内科はどこも大所帯で、いくつかの診療グループに分かれていて、彼女は私のグループに配属された。

新米医者の日常は、研修というよりも徒弟修業のようなもので、男女の区別もない。早朝から深夜まで病棟であわただしく過ごす毎日である。

仕事にも慣れてきたある日、橘さんは自分が受けた事故とその後遺症について打ち明けてくれた。深刻な口調ではなく、私は専ら聞き役であった。聞き終わった私は「じゃあ、○○さんの点滴を頼むね」と言い、彼女は明るい表情で「わっかりましたー」と休憩室から病室に飛び出して行った。その日のことを今でもよく覚えている。

病棟では一日に何度も人の「死」について語られている。橘さんは自分自身も生死をまたぐような過酷な体験をした。今もその後遺症を抱えて、はたして彼女は患者の「死」をどのように耐え、いつそれを受容しているのだろうか…そう思わずにはいられなかった。

のちに臨床から行政へ、さらに研究機関へと転身した橘さんの行動力に、私は驚くとともに大きな敬意を抱いてきた。そんな一人の人間の、奮闘する若い姿に立ち会うことができてよかったと思う。

彼女は数か月間の研修を終え、元気に次のグループへと移って行った。

右半側空間認識の喪失等と採血業務

針刺し事故という言葉をご存知でしょうか?

医療従事者が患者さんの血液などで汚染された注射針を指に刺してしまう、などの創傷を指します。傷口から自身が感染してしまうことが問題となるため、医療従事者は針刺し事故を起こさないようにしなければなりません。

外来診療にせよ入院診療にせよ、新人医師業務には「採血」がつきものです。当時、新人医師の採血当番には、外来の当番と入院の当番がありました。外来の採血当番は、診察室並びの採血室に待機していて、複数の診察室から検査オーダーが出されてくる患者さんの採血を、次々に行いました。また、入院の採血当番は、当直業務に併せて行われました。大学病院の内科に入院している患者さんの中には、夜間や休日でも採血検査や点滴が必要な方が少なからずいましたから、それらを当直医が手分けして行っていました。

私は片眼しか見えず立体視ができません。

患者さんを傷つけるようなことはありませんが、その静脈に注射針を刺すという行為は、やりにくいだけではなく「自分自身が危険である」ということを、自覚していました。つまり、立体感がないのに時間に追われて大勢の患者さんの採血業務をしていれば、「針刺し事故」を起こすリスクが高いということを知っていました。

それでも、自分の意思で内科臨床医を目指した以上、「片眼だと針刺し事故リスクが高いので、できるだけ採血業務はやりたくない」とは言えませんでした。
他の新人医師と同じように、手袋なしで採血当番をこなし、その結果、明らかに感染性の血液を採血した直後に、針刺し事故を起こしてしまったことが何回かありました。

私が入局した当時、臨床現場では針刺し事故防止に対する配慮は、近年ほどなされていませんでした。また、当時の大学病院の消化器内科の受診患者さんの中には、肝炎ウイルスに感染している方が少なからずいらっしゃいました。ＨＣＶ（C型肝炎ウイルス）がまだ発見されておらず、非A非B肝炎という病名があった、採血当番も素手でやっていた、そんな時代です。

私は、自分がいかに危険なことに携わっているかは理解していたのですが、内科医として一人前になるためには「危険でも、乗り越えるしかない」と思っていました。おそらく、ただでさえ半人前扱いされかねない新人の女医が「採血はやりたくない」なんて言おうものなら、その日から内科医として相手にされなくなっていたことでしょう。

私のこんな無理・無茶を、皆さんがどう思われるかはわかりません。

ただはっきり言えることは、それらはすべて私自身の意思で行っていたということです。私も医者の端くれですから、リスクと自分の「できること」と「できないこと」はちゃんと天秤にかけたうえで、「その与えられた仕事をするために、自分は無理・無茶をすべきか」を判断していたつもりです。

無理・無茶を「させられた」と言いながらメソメソ泣くなんていう「女々《めめ》しい」こと(!)、誰がするものですか。…そんなふうに思いながら当時は、自己コントロールするだけで精一杯でした。

「死に対する恐怖感を伴う鬱《うつ》状態」の発症

当時の私は、そんな「自分が感染するリスク」にすらかまっていられないほど、時間的に余裕のない切羽詰まった心境で、多忙な新人医師業務にただひたすら必死に取り組んでいました。そんな中でも右膝の理学療法には毎日、診療の合間を縫って通っていたのでした。

午前中の外来診療業務が一段落する昼過ぎになると、他の医師が昼の休憩をとる隙間の時間を使って階下の理学療法室に向かい、右膝リハビリの激痛に耐え、それが終わると何食わぬ顔をして午後の入院診療業務を始める、という毎日。その間、途中で片松葉にはなったものの、松葉杖を手放すことができませんでした。

しかし、このような激務の毎日を、そう長くは続けられるわけがありませんでした。膝は思ったほど順調に回復しないどころか、歩くたびに痛むようになってしまいました。夜、病院の向かいに借りたワンルームに帰って休もうとしても、脚が痛くてどうしようもなくなって夜間救急外来に駆け込むこともありました。

それでもそんな毎日をやめずに続けたものだから、夏を過ぎる頃にはついに「死に対する恐怖感を伴う鬱状態」を発症してしまいました。精神的・身体的な過剰負荷が、限界を超えてしまったのでしょう。夜、自室の布団で休もうとしても、死ぬのが怖くて眠れなくなりました。

当時の指導医だった日野研一郎先生のすすめで、私は一度だけ精神科の外来を受診しました。手元に残っている精神科のカルテの写しには、その時の様子がこんなふうに書かれています。

『なぜそんなに無理をしたのか』と尋ねたところ、（患者は）『高校卒業以来、ずっとこんなペースでやってきたから』と答えた。」

実際、当時としては他に答えようがなく、私には、無理をしたのだという自覚はなかったと思います。

とはいえ、さすがに自分でも『…少しは、ペースを落とす必要があるのかもしれないなぁ…』とうすうす感じていたのも事実です。私は周囲の忠告をありがたく聞き入れて、しばらく休業して右膝のリハビリに専念することにしたのでした。

なお、この「死に対する恐怖感を伴う鬱状態」の発症について、現夫・橘秀昭氏は最近になって、「右膝の手術が終わってから、あなたが『リハビリに通いながら内科の仕事を始めるんだ…』と当然のように言うから、つい反対もせずにいた。でも今思えば、内科の入局を遅らせて、ゆっくり仕事を始めたらどうかと助言すべきだった…」とコメントをくれました。当時の私の迫力に圧倒されていた、ということでしょうか。

当時の研修医の生活

大学医学部を卒業し、医師国家試験に合格して医師免許を取得した医師には、診療を始めるに当たって「研修医」としての一定期間が必要です。

現在は、2004年4月から必修化された医師の新臨床研修制度に基づいて、研修医は労働基準法で守られた働き方をすることができます。しかし、私が研修医だった当時（1987年）は、実地修練制度（いわゆるインターン制度）はすでに廃止（1968年）され、医師免許取得後は2年以上の臨床研修を行うことが努力規定に過ぎない（＝臨床研修制度）という時期でした。そのせいか、誰も研修医を労働者という観点で捉えていなかったような気がします。

ちなみに私の初任給は月給4万5千円でした。大学病院の近くに借りたワンルームの月額家賃が5万円だったので、自分の給料では生活費どころか家賃すら払えず、しばらく両親に補助してもらっていた覚えがあります。

研修医の仕事には、日中の外来・入院診療のほか、休日夜間に大学病院の当直やアルバイト先病院の当直がありました。当直は、運が良ければ（時間外受診に訪れる患者さんがいなければ）仮眠がとれますが、忙しくて一睡もできなかったとしても、翌日はそのまま通常どおり朝から診療を始めることになりました。

また、様々な臨床系の学会で発表するために必要な資料作りは、当直をしながら救急車が来る合間に準備していました。学会発表用の資料作りといえば、今やパソコンは必須アイテムですが、私が研修医になった頃は、パソコン（ＮＥＣのＰＣ９８０１！）のワープロソフトが出てまもない頃でした。たしか12万円くらいでしたから、月給４万５千円では到底買えない高価なものでした。学会の研究発表会場にも、まだ手書きのポスターが珍しくなかったような気がします。文献や資料を集めようと思っても、インターネットもメールもない時代ですから、空き時間をみつけては図書館に直接行かなければなりませんでした。

ただし、それでは大学病院の研修医は皆、悲惨な顔つきで働いていたかというと、そうでもなかったと思います。

当時、私が当直の時は「救急患者さんが、よくつく（＝大勢いらっしゃる）」というジンクスがあったのですが、私が先輩医師と当直していたある晩にも、急性心筋梗塞の患者さんと自然気胸の患者さんの受診、そして入院病棟での患者さんの急変が起こったという連絡が、医局で待機していた私のもとにほぼ同時に入ったことがありました。時計を見ると夜中の12時をまわっています。『どうしよう、当直医師だけでは手が回らない…』と思っているうちに、医局に研修医や先輩の医師がぞろぞろ病棟や研究室から集まってきました。

どこから湧いてきたのか、こんなに、という感じでした。あっという間に、連絡のあった急患それぞれに対して、担当する責任者の先輩医師が決まり、研修医（大半は当直ですらなかったと思います）は、先輩医師が何をするのか熱心に勉強し始めた、ということがありました。

当時は、当直でなくても夜半過ぎまで病院にいることは、全然珍しくありませんでした。もちろん皆、毎日クタクタでしたが、眼は輝いていたと思います。

熱海総合病院でのリハビリ入院生活

福島県磐梯熱海《ばんだいあたみ》市の熱海総合病院にリハビリ入院する日の夜、現夫・橘秀昭氏は大学病院の診療を早めに終わらせて、私を磐梯熱海まで送っていってくれました。新幹線で郡山まで行き、磐梯西線に乗り換えた頃には、初冬の空はすでにとっぷり暮れていて、病院に着いた時には周囲はもう真っ暗でした。

病室に到着すると彼は、私の身の回りの世話を焼きながら、私が病床に落ち着くまでをしっかりと見届けてくれました。夜も更けたので明日の朝一番の電車で東京に帰る、そうすれば午前中の診療には間に合うから、と言って病室を去っていった姿を今でも覚えています。

熱海総合病院に入院してからは、私は毎日、まじめに脚のリハビリに専念しました。膝の訓練の間だけは、痛くて叫ばずにはいられませんでしたが…。

リハビリの時間以外は好きなように好きなことをして過ごしていました。外出届けを出して近隣の散策に出かけるのは、よい歩行訓練にもなりました。また、週末は訓練がお休みだったので、毎週のように外出届けを出しては郡山や会津若松あたりまで出かけていました。週末は秀昭氏がいつも見舞いに来てくれていて、時には五色沼や仙台、松島あたりまで一緒に脚を伸ばしたこともありました。

しかし平日の入院生活は、案の定、私には耐えられるわけがありませんでした。せっかく病院にいるのに、「じっとしている」なんて！

そこで、消化器内科に勤務していた大学医局の先輩医師に頼んで、腹部超音波検査の手技診断を教えてもらうことにしました。腹部超音波検査テキストを駅前の書店で取り寄せてもらって購入し、毎日、膝のリハビリが終わると超音波検査室に通って、検査の手技診断を勉強していました。おかげで退院する頃までには、ひととおりをマスターしてしまいました。

こうして、リハビリと休養を兼ねた2か月間の入院によって鬱状態は改善し、右膝の調子も良くなりました。

職場復帰―ベッドサイドから研究へ

熱海総合病院を退院後は、杖なし歩行（自立歩行）で昭和大学病院第2内科に職場復帰し、内科診療を再開しました。今度のラウンドは消化器内科でした。リハビリ入院で膝の調子が良くなったので、今度は楽に診療業務ができるかと思いきや、かえって手加減せずに仕事をしてしまうという悪癖は、自分でもどうしようもありませんでした。

実際、日中の仕事を終えてやっと自宅に帰った後、膝や眼の不調がどうしても良くならなくて、また大学病院に逆戻りして夜間救急外来を受診せざるをえなかった、ということがよくありました。そんな時、やはり大学病院の近くに住んでいた秀昭氏は、よく私を助けに夜間救急外来に駆けつけてくれました。

そんな「働き方の加減を知らない」私の無茶苦茶ぶりを見るに見かねたのか、消化器内科で私の指導医だった米山敬一郎先生から、肝臓研究グループへの参加のお誘いをいただきました。私は、診療が終わって病院を出ると毎日、大学裏の古い実験研究棟に通うようになりました。

ここでは、肝臓の臨床病理学的研究や、初代培養肝細胞を使った肝細胞生理学の研究などを進めることになりました。

研究室にいる方が、ベッドサイドで臨床に携わっているよりも私の脚への負担は少なく、しかも「他人のペースに合わせるため急ぐ」必要がありませんでした。実験研究は、基本的に「自分のペースで頭や身体を働かせられる」利点がありましたから、自分には合っていると思いました（もちろん培養細胞という「生き物」を扱っていたので、休日や夜中でも「細胞の顔」を見に行かなくてはならない場面は多々ありましたけれど）。そのため次第に、病院にいる時間より研究室にいる時間の方が、ずっと長くなっていきました。

結婚

医師1年目が慌ただしく過ぎ、右膝の抜釘《ばってい》手術も無事に終了して退院する頃には、私も秀昭氏も、お互いに第2内科（消化器内科）と第3内科（循環器内科）での診療や研究がいよいよ忙しくなっていました。

そんな医師2年目の1988年11月。私は彼と結婚しました。

プロポーズの言葉は、…なかったと思います。あえて言うなら、彼が、日常会話の延長でこんなことを私に聞いてきたのが、プロポーズといえばそうだったのかもしれません。

「…日程的には、11月あたりなら、こっちは都合が良さそうなんだけど…。どう、そっちは。…空いてる？　早めに、場所とか教授の予定だけは押さえとかないといけないから…。」

たしか医師2年目に入った春頃のことでした。あまりにも日常の会話だったので、場所はまったく覚えていません。

聞かれた方の私は私で、頭の片隅で『…？？　…日程って、何の？　…結婚式のこと？…あー、もしかすると、結婚するんだ…？　やっぱり。……まぁ、いいや。何のための日程でもいいけど…。日程は日程だし…』なんて思いながらも、

「11月？　…11月は、別に大きな行事、入ってないよ…？　学会も終わってるし…。」

そんなふうに事務的に答えたような気がします。

当時は、何かお互いに「共通する予定」を入れたければ、思い立った時に「とりあえず

お互いの日程確保」をしておかなければならないような毎日だったのです。その予定がどんな些細な用事であれ、重要な用事であれ、内容はともかくとして。

だから「結婚式場と教授の予定を確保するための日程合わせ」も、その延長でした。……シャイで誠実な秀昭氏の人柄がよく表れているな、と思いました。

もっともその頃すでに私は、彼のサポート（気配り・配慮・助言を含む）なしの生活など考えられない、というくらい彼に依存するようになっていましたし、私の両親も秀昭氏には全幅の信頼を寄せていました。もしかすると周囲は「結婚する以外、ないでしょ…」と思っていたのかもしれませんが。

そうして、相変わらず慌ただしい日々の中、結納を済ませ、仲人を新谷名誉教授（当時の第3内科教授・故人）ご夫妻にお願いし、11月には無事、私は「蓮沼とも子」から「橘とも子」になりました。当時私のいた第2内科の医局で現役女性医師が結婚するのは、初めてのことでした。

結納は蓮沼家の和室で行われました。私は、補助具は使ったものの「きちんと畳に正座」して、結納の場に臨むことができました。両親の嬉しそうな笑顔を見ながら私は、膝リハビリの激痛に何度も耐え抜いてきた甲斐があったな、と思いました。

妊娠・出産・育児 × 2

27歳で結婚して以降も、私は独身時代とあまり変わらないペースで大学病院の仕事を続けていました。漠然と『子供はいつかは欲しいな。できれば複数人』と思っていましたが、研究がだんだん佳境に入ってきたところで、自分の「やりたいこと＝自己実現」と「体力」「家庭」と相談しながら『いつか決めよう、いつになるかはわからないけど』と思っていました。その点は、夫との合意事項でもありました。

ところが25歳頃、膠原病のひとつである混合性結合組織病（ＭＣＴＤ）の疑いと診断され、もし妊娠を希望するならできるだけ早く、という事態が生じていました。さすがの私も「…今度こそ、私の寿命は尽きるのか…」と一旦は思わざるを得ない事態に陥ったのです。

一方で、少し良くなってきたら「…『妊娠・出産するならできるだけ早い方が良い』というなら、一体どうなるのかやってみようかしら…」と、例によって前向き思考が頭をもたげてきたのです。子供を生むのは諦めようという発想は、私にはありませんでした。

もちろん夫と十分相談したうえで、「もし私の身が危なくなったら、その場合は（子供の命ではなく）私の命を優先する」という条件で、妊娠・出産にトライしてみることにしたのでした。一度ぐちゃぐちゃになった人生だし、徹底的に無茶してみるのも悪くないかも。…そんな気持ちもあったかもしれません、正直にいえば。

医局に、勤務を続けながら妊娠・出産したい旨を告げたところ、ほとんど研究室勤務のみで済むような勤務形態を許可してくれました。

結局、29歳で第1子を出産しましたが、骨盤位出産（逆子）だったので、難産になった場合にそなえて整形外科で右膝にテーピングしてもらって分娩に臨むことになりました。幸いなことに妊娠経過中、膠原病（疑い）の悪化はみられませんでした。

それから育児と研究との両立生活が始まり、保育園やベビーシッターサービスをフル活用することになったのですが、喉元過ぎれば何とやらで、つい「やっぱり、きょうだいはつくってやりたいよね」と2回目の妊娠にトライすることにしてしまいました。

一応、医者として『…胎児は母体にとって異物だから、さすがに2回目は母胎免疫反応が強くなるよね…』と心配はしたのですが、「じゃ、どうなるか、もう1回やってみようか…」という実験のノリもありました。

案の定、第2子の妊娠中に切迫流産になり、救急室に駆け込んで何とか我が子の命は守りました。…こんな「有事の対応」は、私は得意なのだと思います。一度死にかける体験をしたので腹はすわっているし、普段から「先を読んで」行動しているので、有事の時ほど冷静に判断できるという自信があります。

膠原病（疑い）の悪化は幸いなことに2回目もありませんでした。第2子も骨盤位出産のため、再び右膝にテーピングして分娩に臨むことになったのでした。

胎児がお腹の中にいても臨月まで、ラットの初代幹細胞培養は続けていたので、「(「シャーレの中に肝細胞」と、「お腹の胎盤に胎児」という）ダブル培養だね」と同じ研究グループの医師からよくからかわれていました。

共焦点レーザー顕微鏡のある施設まで、大きなお腹で、培養細胞と実験器具を何回も運んでは、夕方までよく実験していました。日本サイトメトリー学会でシンポジストを務めたりしながら、少々無理・無茶をすることはあったものの、研究が楽しかったので続けているうちに、第2子出産後に医学博士号（内科学）を取得することができました。

公衆衛生行政医師として、公衆衛生研究者として

医学博士号も取得して脂ののってきた医歴8年目頃、私は次第に、内科臨床医としての自分に限界を感じるようになりました。「目の前に来てくれた患者さんにしか関わることができない」、「社会のしくみを変えない限り解決しない健康課題がたくさんある」、そんなことを考えるようになったからです。

今思えば、その頃は、圧倒的に男性優位の臨床医学界に身を置きながら、女性や障害者に対する日本社会の冷たさや差別的態度を痛感していた時期でもあったかもしれません。そんな1994年、偶然にも「最近、地域保健の制度が大きく変わったから『公衆衛生』がおもしろくなってるわよ。来ない？」という声が、公衆衛生行政に携わる先輩医師からかかったのです。自分の活動の場が地域社会に広がるという点に魅力を感じたので、『…おもしろいなら私もやってみようかな…？』と、内科から公衆衛生への転向を決めました。

それ以来、約9年間の公衆衛生行政医師経験を経て、現在までずっと、公衆衛生に関わり続けています。

「公衆衛生行政に行く」と伝えたら、医局には「あ、やめるのね」とあっさり言われました。

その頃、臨床でも研究でも指導医をお願いしていた米山敬一郎先生は、「公衆衛生行政の方が身体障害への理解は得られやすい環境なのではないか」と送り出してくださいました。

その後1~7年程度の周期で都内各地の保健所、都庁などを異動し、その度に上司や職場環境は変わることとなりました。現在所属している国立保健医療科学院には2003年4月に厚生労働省の医系技官（研究職）として勤務を開始しています。その後、人材育成部、研究情報センター、健康危機管理研究部、と内部での異動はありましたが、基本的な業務は研究と教育ということに大きな変更はありません。

「私の会った橘とも子④」 意志と努力で「見えない障害」に

名古屋市立大学国際保健看護学感染疫学研究室教授　市川誠一

１９９８年、橘先生が東京都衛生局に異動されてきたのがおつき合いの始まりです。当時、私はＨＩＶ感染の予防に関する研究を始めたところで、ＮＧＯの人たちとの協働による啓発等を模索していました。東京都は、早期検査・早期治療のために、利便性の高い検査環境として、南新宿検査相談室を設け、検査とともにアンケートを行っていました。

私は、この施設での受検者層の特徴や検査室を知るきっかけとなった情報源などの分析を橘先生にお願いしました。ＨＩＶ検査の受検者を対象としたアンケート調査は貴重で、数年分のアンケートが蓄積されていました。しかし、年によって質問項目や回答肢に変更があり、数年分のデータを整理して分析することは思った以上に大変な作業でした。

橘先生は、日常の業務に加え、この分析作業を進め、受検者の経年的な動向を示してくれました。結果は厚生省（現・厚生労働省）研究班報告書に掲載され、また学会等でも発表されています。そして、橘先生が東京都から異動した後も、このアンケート分析は継承されました。

この研究を進めるにあたって、何度か橘先生に会い、また電話などで意見交換をしました。私は、橘先生が身体障害・高次脳機能障害と共に生きているということをまったく知りませんでした。また、そのことを感じることもありませんでした。橘先生から、ＴＢＩ（外傷性脳損傷）のこと、身体障害・高次脳機能障害と共に生きてきたことを聞いた時ですら、先生のこれまでを想像することができませんでした。私の想像を超えた先生の意志と努力によって、私からは「見えない障害」になっていたのだと思います。

橘先生から、家族、ご主人、お子さんとのこれまでの話（一部ですが）を聞いたことがあります。その話からは、一緒に生きていくことの大切さと強さを感じました。この著書の執筆を決めたこと、そしてここまでに至る橘先生の努力に拍手を送ります。

「できないこと」と、その対処方法＝「できること」で機能補完する工夫

医師になってからの「できないこと」は、それまで悪戦苦闘しながら克服方法を必死に工夫しているうちに、おそらく外見的にほとんど気にならない程度にまで症状が回復しました。機能自体が良くなったか、あるいは「できること」で機能補完もしくは代償できるようになってきたため、失敗行動は少なくなりました。

失語・非流暢性言語

医師になってからも発語は、ほとんど一貫して億劫でした。医師になってすぐの頃には、自発的思考はかなり回復していたと思いますが、外部刺激に対する脳の処理速度や反応速度は、まだ鈍かったので、発語にもその影響は出ていたのではないかと思います。

医歴10年目の頃に一緒に仕事をしていた職場の上司から、ずっとあとになって、こんなことを言われたことはありました。

「あなたに仕事を頼むと『あれ？　わかってないのかな？』という反応しか返ってこないから、心配してしばらく見ていると、そのうち仕事はちゃんと進めているので、『ああ、

わかっていたのか…』と安心する、そんなことが何回もあった。」

…たしかに、「客観的に理解してもらえるような素早い反応は返せないし発語も億劫、だけど前頭葉で思考はコロコロ転がしている」と自覚していた時期はありました。比較的長い期間にわたって。

言葉の発音そのものは、勉強しながらの発語訓練という自己流リハビリが功を奏したのか、おそらくはかなり改善してきたようでした。「もごもごした話し方なので、聞き取りづらい」と指摘されたことはありますが、少なくとも「はっきりした話し方で話そう」と意識して話しさえすれば、話し方自体をからかわれるようなことはなくなりました。

…ただし、「明瞭な発音を意識して話す」時は、自分として、通常より余計にエネルギーが必要でした（必要です）。だから、自分としてはひどく疲れました（疲れます）。

易疲労性

脳の易疲労性は、受傷から時間が経つほど改善してきました。ですが、現在に至るまで『…何とかならないかな、この後遺症…』と最も頻繁に感じているのが、この「易疲労性」

です。

たとえば、大学病院の臨床講堂で夕方の講演を頼まれた時のこと。講演後の質疑応答の時間では、会場の参加者からたくさんの質問が続きました。そのため、予定の講演終了時刻をだいぶ超過しても質疑応答が終わらず、脳が急に疲労に襲われて、どうしても脳の緊張を保つことができなくなってしまったのです。

それは、客観的にもわかったようでした。講演が終了してから、聴講側にいた三田村圭二教授から、「途中で、スイッチ切れたでしょ。話すトーンが、急にストーンと落ちちゃったから、みんなで(内科医局の元同僚医師らと)『あ、橘先生、スイッチ切れちゃったね…』って話してたんだ…」と、にこやかに指摘をいただいたことがありました。

今日に至るまで、外部刺激に対する脳の反応、つまり誰かに呼びかけられたり質問されたり、あるいは何かがぶつかってきたり…といった、身体の外から加わった刺激に対して、『あぁ、〇〇と言って反応しなきゃ…』などのように、「脳が反応するのが億劫」だという自覚が消失することは、結局なかったと思います。

たしかに、「『脳の体力・持久力（?:）』が、まだ保っているな」と思えるうちは、よいのです。おそらくは客観的にも健常者と遜色のない反応が返せていると思います。

しかし、残念ながら長くは保たないのです。それが「脳の易疲労性」だと思います。また、「健常者らしくはっきり発語する」のも、今となってはその気になればできるのですが、『…エネルギー使った…』という感じの行為ですから、一定時間以上になると疲れます。

こういった症状について、受傷後時間が経過してせっかく症状が改善してきたのに、今度は「加齢変化」が加わってきたので修飾されてしまっているのだ、と指摘する方もいるかもしれません。その通りだと思います。ですが私は、その指摘を否定できる根拠も、肯定できる根拠も持ち合わせていませんので、今後の科学の発展に期待したいと思います。

記憶力低下

内科臨床に従事していた頃の学術学会で、発表の最中に突然すべての言葉を忘れてしまうことがありました。話しながら、頭の中に『…あ、アブナイかも…』と不安に似た感覚がふと頭をよぎったように感じた瞬間、記憶の一斉全消去が起こって二度と現れない…。人前での研究発表は初めてというわけでもなく、自分が実際に主導した研究成果の発表であって発表内容自体は当然理解しているはずなのに、例の如く「サーッと」記憶が消去されてしまう。そんなことが何回かありました。

あたかもそれは、「脳の持久力がある限界に達すると、一斉記憶消去のためのスイッチが入ってしまう。まるで、ノートパソコンを電源につながないで使っていたら、バッテリー残量が少なくなってきて、強制的にシャットダウンされてしまうように」というような感覚でした。

記憶が消える瞬間は「パソコンのDeleteキーにうっかり触ったから、入力内容が全部消えてしまった」という感じでした。最初に経験した時は、みっともないとは思いましたが、その時点で発表を終了し退場せざるを得ませんでした。そのあとの何回かは、発表の直前に頭の疲労をとる（＝当直室で仮眠する）などで対処しました。

そんなことを何回か繰り返しているうちに、ある程度記憶に頼らざるを得ない「話す」という方法ではなく、あらかじめ書いた原稿を「読む」という方法に切り替えれば、記憶力をあてにせず対処できると気づいたので、実行することにしました。

自分の研究成果の発表なのに原稿を読むなんて、まるで誰かにやってもらったみたいですし、手元の暗い会場ではさすがにお手上げでしたが、それでも『一斉記憶消去が突然起こって失敗してしまったら、どうしよう』などとビクビクするよりは「ずっとマシ」でした。

右半側空間認識の喪失等

習慣的に右側視野に注意を払って視認障害を補完するよう努力していたので、半側空間認識や遠近感の喪失は、ある程度であれば機能的に代償できるようになっていました。そうはいっても、「両眼視と同じように振る舞う」というのは土台無理な話で、しょっちゅうけがばかりしていました。

たとえば、大学病院で初代培養ラット肝細胞を使って実験に精を出していた頃には、研究室のクリーンベンチ内*のガスバーナーの火で、よく手に火傷をしました。片眼視では遠近感がないので、ガスバーナーの炎が遠くにあると思って手を伸ばしたら実は近くにあって、炎で手を炙って「アチっっ（熱い）！」と火傷する、というわけでした。

また、顔の右半分だけ化粧するのを忘れたり、階段を踏み外しては転んだり、道端に置かれたものにつまずいたりしてしまうのは、相変わらずのことでした。とくに疲れて注意散漫になっている時などは、歩いている私の右側にいる小さい子供に、よくつまずきました。さらに、外に出て人混みを歩いている時などは、右側から走ってくる人をよけないので、激突されてひっくり返されたうえに罵倒されたり、身の危険は絶えませんでした。

私も半側空間認識の喪失等とのつき合いが長くなり、学習して単独の失敗行動は少なくなってきたのですが、著書や学術論文の執筆では、どんなに注意を払っても誤字脱字という初歩的ミスが最後まで残って、読者や査読者から辛辣かつ手厳しい批評を受け、「凹む」ことになるのは避けられませんでした。

＊クリーンベンチ（clean bench, laminar flow cabinet）：埃や環境微生物の混入（コンタミネーション）を避けながら無菌操作を行うための装置。作業スペースの周囲を壁と天井で囲った箱のような構造をしていて、フィルターで精密濾過した空気を吹き付けることで作業スペースを無埃、無菌の状態に保ちます。

右眼外斜視の詳細と対処・克服方法

大学4年時の前回手術から2～3年経った後、右の外斜視がまた増悪してきてしまったのには気づいていました。でも、再手術はせずにしばらく放置していました。何度も手術するのは大変ですし、また矯正してしまうと、「両眼とも見える」ように第三者から誤解されることになって、私自身がかえって危険に曝されるのではないかと思っていたからです。

しかし、実際に外斜視をそのままにしておいても、「右眼は見えていない、右側半分の空間は認識していない」ということは、ほとんど誰にも理解されないのだということに次第に気づくようになりました。

また、外斜視があると、侮辱的言動を投げつけられたり、電車内で向かい側座席に座った他人に不作法にジロジロ見られたりなど、不快を感じる経験が日常的に絶えませんでした。そこで、やむなく眼帯を装着して外斜視の右眼を隠したところ、他からの不快な言動や視線は一定程度解消しました。

なお、右眼はもともと失明しているわけですから、眼帯をしてもしなくても私自身の自覚は変わりません。不自由さの度合いも自分では全然変わらないのですが、眼帯をしてからは、「片眼見えないと、不便でしょ」と私にやさしく声をかける方まで現れました。

『眼帯ひとつで周囲の態度はずいぶん変わるのだな…。』

もっとも、私の頭の中では、こんな考えもぐるぐる回っていたのです。

『右眼失明は以前から告げてあったはずなのに…。…ってことは、右眼が見えないって言ってた私の話は「嘘」だと思われていたのかなぁ? …自分では、失明のことを誰かに話す時って、けっこう勇気出さないと言えないンだけどな…。フツーの人には、失明なんて大したことじゃないのかな…。片眼だけだし…。…もしかすると、「右眼はもう見えるようにならない」と言われて一晩中布団かぶって泣いていた私の反応は、異常だったってこと…？』

眼帯は、外斜視を隠すとともに、半側空間認識の喪失等を外見上の情報として伝える役目も果たしたと思われました。『いっそこれからずっと右眼には眼帯を着けようか』とも思いましたが、被覆部が不潔になるので断念しました。アイパッチを使ったり、眼鏡の右レンズに曇りガラスを入れたりする方法もあるのですが、日本で女性が使うには一般的な方法でないと思ったので、これも断念しました。

結局、斜視顔貌への侮辱や嘲笑にさすがに耐えられなくなって、再度の矯正手術を学生時代の恩師にお願いし、２０１０年に右眼の内転筋短縮術（7～8ミリメートル）を受けました（受傷32年後）。術後は、斜視への侮辱的言動や不作法な対応がなくなったので心が軽くなりました。

Column

「私の会った橘とも子⑤」 人生に合理性ばかり求めても面白くない

国立保健医療科学院研究情報支援研究センター長　緒方 裕光

今から4年ほど前にある機会があって、橘とも子先生は、同じ研究所に所属する私に、ご自分の過去の経験を率直にお話しくださいました。その時私の頭に浮かんだことは、ご本人のご苦労はもちろんのことですが、それ以上にご両親がどのような「思い」でいらしたのだろうかということでした。

当然ながら、私たちは自分以外の他者の人生経験を真の意味で「理解した」と言うことはできません。しかし、もし自分が橘先生の立場だったら、もし自分がご両親の立場だったら、ということを想像することはできます。私は、ご両親の長きにわたる勇気ある対応が、橘先生の人生にとって大きな支えになってきたのだということを強く確信しています。

橘先生は医者であり研究者ですが、私たち研究者は職業柄なるべく物事を科学的に見ようとする性質があります。つまり、自分の弱さも強さも合理的に見なければ気が済まないようなところがあります。しかし、人生に合理性ばかり求めていても面白くありません。様々な逆境を乗り越えてこられた橘先生は、そのことをよくご存じなのだと思います。

ご自分の状況を冷静かつ客観的に眺めながらも、時にはユーモアと遊び心を持って、趣味やご家族のことなど幅広い話題を情熱的に(!)語る先生の姿に、私だけでなく、本当の「橘とも子」に会った多くの人が癒されているのではないでしょうか。

「理解されない」と感じたこと・「理解してほしい」と感じたこと

ここまで述べてきたように、受験勉強と医学部での勉強が、私の自己流リハビリとなって、私は医師になりました。そしてさらに医師となってからは、診療や研究が私の自己流リハビリとなって、身体や脳の後遺症状が改善してきました。

改善した症状の中には、機能自体が本当に良くなったものもあったと思いますが、基本的には「『できないこと』を『できること』で上手に補完もしくは代替させて、不自由さを解消する工夫を生活習慣化させる」という、自己流リハビリの効果があったといえるのではないかと思います。

実際、医学博士号（内科学）を取得した1994年（医歴8年目）の頃には、右眼外斜視以外の障害は外見上、おそらく素人の方にはわからないというくらい、後遺症状が改善していました。もちろん、後遺障害が治ることはないのです（それ以上治らないから「後遺障害」なのです）が、とにかく後遺「症状」はとても楽になってきたと自覚できるようになりました。

ところが、医師として仕事を続けていく中で、私の「できないこと（=脳の易疲労や半側空間認識の喪失等、軽度の失語といった『失認』、鈍い反応などの後遺症）」は、思っていたよりずっと、周囲の人々に理解されないのだな、と感じる場面にたびたび遭遇することになりました。それは「もしかすると私は、ある意味『良くなり過ぎて』しまったのではないか…？」と後悔（!?）すら感じるくらい、矛盾に満ちた体験でした。

私の「できないこと」が理解されない。…というより、「理解し、よ、う、と、さ、れ、な、い」

仕事をするにあたって、私は自分の「できないこと」をあえて周囲に話そうとはしませんでした。

なぜなら、障害のあること自体は、自分から周囲に言いふらすべきではないと考えていたからです。たとえその障害が「見えにくい障害」や「理解されにくい障害」であったとしても。

幸い私の周囲は医療や保健の専門職ばかりでしたし、また、労働衛生管理に必要な診断書等の書類はきちんと職場に提出してありましたから、必要もないのに自分の障害を宣伝する必要はない、…そう思っていたのです。

一方、現実問題として、私には、自分で自分の身の安全を守りきる自信の持てないような場面があります。

仕事をするうえで、私の『できないこと』を丁寧に話しておいた方がよいだろうと判断した場合には、必要最小限の人にだけは、伝えようと決めていました。

医療や保健の専門職のスタッフでも、単に書類上の「障害の名称」では伝わらないこともあるかもしれない。仕事をしていくうえで、「(その障害があるために自分は) どんなことが『できない』のか」、「どんなことが『困る』のか」ということを、念のため伝えておこう。

しかも、自分の障害は「客観的にわかりにくい」…。

必要に応じて私が補足説明しておかないと、周囲の人間が「どんな配慮をすればよいか」という判断をしにくいのでは、と思ったのです。

しかし、『念のため告げておいた方がよいな』という私の思いは、むしろ私が思いも寄らない現実を、私に突きつけることになりました。

実際、私が「できないこと」を話し始めてみると、周囲は私のことを「障害を口実にして優遇されたがっている『信用できない人間』」と誤解してしまうようでした。

『こんなふうに「障害が理解されない」のは「特定個人の個性の問題」かもしれない。「たまたま相手が悪かった」のだ。』

最初のうちは、そう思おう、そうに違いないと考えていましたが、私がいざ「できないこと」を話し始めてみると、決まって周囲から返ってくるのは、そうした誤解や思いも寄らないような反応ばかり。

こんな経験を何回も繰り返すうち、『どうやら普遍的に私の「できないこと」は「理解しようとされていない」らしい』と、ようやく私も学習するようになりました。

『「できないこと」を説明しようとしても、冷静に話をきいてもらえないどころか、私自身が誤解されて信用を失い、孤立することになるだけらしい…。』

次第に私は、本来は丁寧に「できないこと」を伝えておきたいと思っても、自分からはあえて伝えずに業務に就くようになりました。「できないこと」があるのに、「できるふり＝健常者のふり」をして。

その結果、いきおい無理・無茶をしてけがをしてしまうことも少なくありませんでした。

もちろん、自分がする無理・無茶にどんなリスクがどのくらいあるのか、健常者のふりをして無理・無茶をしてまで、その与えられた仕事を自分が実行するか否か、その都度、医者として自分で判断してきたつもりです。

私は、これを「誰か他人のせいにしたい」と思っているわけではありません。

だって、「誰かのせいで無理・無茶を『させられて』仕事をしている」生き方なんて、絶対に「私らしい生き方」ではありませんから。

遠近感のない片目で自転車に乗って、交通量の多いM通りを走る

「…いや、私、こっち（右）の眼、見えないんですよ…。」

業務に先立って、私が「できないことを丁寧に」話し始めようとした時のことでした。

「そんなこと言って、仕事をサボりたいんじゃないの?」

…この言葉で、私はそれ以上、障害の補足説明ができなくなりました。

『…あぁ、そうか。「できないこと」を伝えようとすると、私の勤労意欲そのものを疑われることがあるのか…。』

そのあと私は、自転車で移動しなければならない業務に就くことになっていたのですが、「遠近感のない片目で自転車に乗って、交通量の多いM通りを走るのはとても危険なので、他の移動手段を使わせてほしい」とは言いだせなくなりました。

結局、負けず嫌いの私は「交通量の多いM通りを、片眼で自転車を運転して」しまうことにしました。無謀だということは、自分でもわかっていました。でも、私の「できないこと」はそれ以上理解されそうになかった…。

何より私は、サボりたいのではなく仕事をしたかったのです。危険なのはわかっているけれど、自転車を走らせると自分で判断するのだから、何があっても自己責任だと腹をくくっていました。

…と、勇ましく自転車でM通りを走り出したものの、通り沿いに停車中の自動車を右側から追い越したり、道を右折したりするたびに、ハンドルを握る手は冷や汗で滑りそうになっていたと思います。

その日、無事に仕事を終えて帰宅し、夫に「今日ね、M通りを自転車で走ったんだよ」

と報告しました。少々得意げに。

すると彼は青ざめた顔をして、こう言いました。

「…後生だからやめてくれ、そんなこと。こっちの寿命が縮む…。」

ちなみに、暴走車に突っ込まれて右眼を失明してから私は、これまで公園や自転車専用道路といった「自動車の走っていない道」でしか、自転車を走らせたことはありませんでした。

私の「できないこと」を、「理解しようとする人が、いない」

部下から「なぜ私を睨んでいるんですか?!」と反抗されて、他の同僚とストライキを起こされたことがありました。右眼が失明していることは、彼女には伝えていたはずだったのですが、おそらく、私の「見えていない右眼」が彼女を睨んでいるように見えたのでしょう。

『…そんなこと言われたって、「失明してる眼がどっちを向いてるか」なんて責任まで、私が持ちきれるわけないのに…。』

私はちょっぴり悲しかったのですが、すぐに『いや、今は立場上、自分のことで悲しんでいる場合じゃない。何とかしなきゃ…』と気を取り直して、上司に相談に行きました。部下のストライキは、私の「できないこと」への誤解の積み重ねがエスカレートした結果だろう、と思われたので、上司に私の「できないことを丁寧に」伝えて、介入と調整をお願いしようと思ったのです。

ところが、上司からは逆に質問が返されただけでした。

「…それで、(あなたは)どんな優遇をしてほしいわけ?」

トラブルの解決策を相談しに行ったはずなのに、結局、解決の方向にすら向かうことなく、私が減給されることで組織としての解決が図られました。

私は自分が、ますます誤解され、どんどん孤立していくのがわかりました。私は戸惑い、そして観念するしかありませんでした。

『…あぁ、ここには私のできないことを「理解しようとする人」が、いないんだ…。』

もちろん、ストライキを起こした部下らには、彼らなりの言い分はあったのだと思います。私に反抗するにあたって、彼ら自身が私の上司に宛てて書いた「(私の) 悪業の数々」なるものを、あとで見せてもらいました。

そこには、種々雑多な「あることないこと」が書かれていました。『…わー、すごい。こんなの、私のこと全然知らない人が読んだら、私って、品格も何もない極悪非道人って思うんだろーなー…』という感じの文章が並んでいました。

しかし、そこには発見もありました。

『…あー、この時の私の発言とか態度って、相手には、こんなふうに解釈されちゃったんだー…。』

そして「(私の) 悪行の数々」の記録を読みながら、正直呆れつつ、皮肉っぽく、こんなことを思ったりしていました。

『…申し訳ないけど、ムリだよ…こっちが「認識できない」ことまでケチつけられても…。私の「△△△という言動が気に入らない」って言われても、それが私の「できないこと

＝障害」なんだから…。ひとの「できないこと」にケチつけるヒマがあるなら、「できないこと」をきちんと理解するための勉強でもしてくれればいいのに…。』

認識していないところで何が起こっていても、私にはわからない

人混みや交差点を歩いていると、右側から走って来る人や対向右折車に、衝突されるまで気づけないことがあります。たとえ右空間を認識していなくても、元気な時なら「注意力」など他の機能で補って「健常人並みの反応が返せる」のですが、疲れていると、そんな機能補完ができなくなってしまうからだと思います。

横断歩道を渡っている時、右手や右脚に金属が触れる感覚があったので、顔を向けてみたら右折自動車だったので驚いた、ということもありました。また、私の右側から急いで走って来る人がいる時も、身の安全を確保するのが大変でした。

私の右眼は開いているので、外見上は見えていると判断されます。走ってきた当人は、私が「どける」という予測で猛ダッシュしてきますが、私は右側空間を認識していないので、相手が私に「激突してからでないと気づかない」のです。

こういった突然の衝突はまれではありませんでした。

「邪魔だよ。どけよ。」

衝突された私は、『…え? 何が起こったの…?』というしばしの驚きと痛み、相手が吐き捨てた捨て台詞や罵倒の言葉を浴びるだけ…。

そんなことが何回か繰り返されるうち、私もさすがに「危険な右側を何とかしなきゃ…」と思い、身の安全を図る具体策を考えました。

その結果、「歩行時に、右手でキャスター付きのバッグを携行する」という方法を考えつきました。右手に、白杖を持つような感覚で、キャスター付きバッグを携行すれば、私が認識できない右側で「ガラガラ…」というキャスター音がすることになるので、周囲に対してある程度のアピールができると思ったのです。

それに、私の右側から何かがぶつかってきても、バッグが楯の役目を果たすことが期待でき、また、バッグ内の荷重が直接脚にかからないので、私の膝にとっても好都合です。一石三鳥のグッドアイディアだ、と自画自賛していました。

ちなみに、このようにキャスター付きバッグを楯代わりにするようになってから、最も多くぶつかってきたのは「長い傘の先」でした。

多くの人々は、長い傘を携行している時、その先端が他の人にぶつかったり突き刺さったりしないか、などということは一向に気にしていないように見えました。

きっと、みんな「傘の先端がどこにぶつかりそうかなんて、管理しきれないよ…」と思っているんじゃないでしょうか。

『このみんなの傘の先端への感覚は、きっと私が「認識していないところで何が起こっていても、私にはわからない」とか「失明してる眼がどっちを向いてるかなんて責任まで持ちきれない」と思う感覚と、似ているのかもしれない…。』

ちなみに、傘の先がキャスター付きバッグにぶつかっても「カーン」という音がするだけですが、もしバッグがなかったら、傘の先端は、障害のある方の私の右膝を直撃していたことでしょう。

できることが「ある」ということも、理解されないことがある

「できないこと」だけではなく、「できることが『ある』」ということも理解されない…と感じることがあります。つまり、『できないこと』があります」と伝えると、自分の能力が全否定されるかのような対応をされてしまうのです。「健常者」の区分から、いきなり「障害者」の区分にくくられてしまうかのように。

当然ですが、「できないこと＝障害」は、人によって異なります。たとえば同じ「高次脳機能障害」と呼ばれる障害であっても、原因によって、傷害病変部位によって、傷害病変の程度によって、患者本人の個体差によってなど、病態はまったく異なります。

私のように、受傷後の経過がきわめて長いうえに、「できないこと」を「できること」で補完させながら外見上健常者のように振る舞っているという「（おそらく）標準からかなり逸脱した障害者」であれば、なおさらです。

とくに、何らかの障害を抱えて社会参加や就業をする人々に対して、支援や医療を提供する専門家にとっては、障害者個人ごとに「〇〇はできないが、△△や××はできる…」といった個別判断が、より丁寧になされて然るべきではないかと私は思っていました。

しかし、残念ながら高次脳機能障害の場合、ことに外傷性脳損傷（ＴＢＩ）の場合、そんな判断が必ずしもなされていないと感じる場面が少なくありませんでした。つまり、「ＴＢＩ患者は、（いつまでたっても）頭が壊れてしまった人」という接し方の専門家が、少なくなかったように思います。

科学的に妥当な長期予後の疫学エビデンスも不十分なのに、ＴＢＩという傷病名だけで病態をひとくくりにする短絡的判断の先には、専門家の「失礼な態度や言動」と「誤った判断」しか生まれないのではないでしょうか。

ＴＢＩと聞いた途端、私に「まともな人間」として接しなくなった専門家の態度に、憮然としたことが何度かありました。そんな時は、とくに焦燥感・いらだち・不安感が募ったように思います。

焦燥感・いらだち・不安感の増強について

「見えない障害を理解していない」ということに気づいていない専門家からの侮辱や嘲笑・不合理に、私は一番『凹んだ』…

「私のできないことが、『理解しよう、と、さ、れ、な、か、っ、た、』」経験のうち、私の焦燥感やいらだちが増強するきっかけになったエピソードがいくつかあります。

私が上司の部屋で、仕事上の報告をしていた時のことでした。黙って聞いていた上司が、片手で口元を押さえて笑いを堪えているように見えました。何だろう?と思って顔を上げたところ、私の外斜視の顔貌が滑稽だと言うのです。

『…あぁ、ひとの身体的欠陥を馬鹿にする人って、まだいるんだ…日本には。…それにしても、「目の前が真っ白になる」って、こうなることを言うのか…。あ、チカチカして、ほんとに何も見えなくなってきた…まずいな…早くここを離れないと…。倒れそう…。』

嘲笑されている間、私は、こんな体験学習をせざるを得ませんでした。

初対面に近い同僚の歓迎会に参加したら、「アンタみたいに変な人、見たことがない」という相手の嘲笑で私との挨拶が始まったこともありました（あとで、私のどこが「変な人」だったのか訊ねようとしましたが、回答は得られませんでした）。

一方、私の外斜視については、「ちゃんと相手の目を見て話さないのであいつは信用できない」と陰口をたたかれたこともありました。

また、私には頭部外傷の既往があるとわかった途端、したり顔で「あぁ、それで…（あなたはそんなに変なんだ）」と、侮蔑的な眼差しを皆がいる前で向けてきた人もいました。調査研究について私が意見を述べようとしたら、汚いもの・気味の悪いものでも見るような視線を何度も返されるので、私自身戸惑ったこともありました。

細かいエピソードの一つひとつまで、全部覚えているわけではありません。

でも、こんな感じに「できないこと」や身体的欠陥への侮辱や嘲笑・不合理が「オフではない場面で」続き、不快な反応ばかりが返されたので、だんだんと焦燥感やいらだち、不安感は募っていきました。

「『見えない障害を理解していない』ということに気づいていない専門家」から受ける侮辱や嘲笑・不合理。

これが私を最も凹ませました。

そう、もし「素人」だったら、こっちは『仕方ないな』と思うしかないのです。相手が、見えない障害を理解できない素人だったら。

もちろん相手が素人でも、侮辱されたり馬鹿にされたりすれば、こちらが不快になることに変わりはないのですが、私は『仕方ない。理解できないんだから』と思うしかない。ずっと、そう思って生きてきました。

でも相手が「専門家」となると、話はまったく別です。見えない障害と共に人生を過ごしている人々を含めたすべての人に対して、保健・福祉・医療の専門的サービス提供に関わる以上、「きちんと理解しようとすべき」ではないかと思うのです。

いろいろな無理解や侮辱に出会うと、大抵の場合、私の思考はしばらく停止していました。そして、自分に対して懸命に『相手は悪気があって言っているわけではないのだ。「できないこと」の何たるかを知らないだけだ。無邪気なだけだ…』と言い聞かせていました。

その場面が職場であれば、そう自分に言い聞かせながら終業までの時間を堪えました。

ちなみに職場では、呆然と非常階段に座り込んでいたことはありましたが、抑制のきかない行動（突然「きゃーっ」と叫ぶ、とか…）をとったことは、ありません。

しかし、帰宅して自室で過ごす頃になると、その日の出来事やそれまで受けた侮辱・攻撃が突然止めどもなく思い起こされてしまうことがありました。

悔しさや惨めさ・悲しさが一度に溢れてきて、涙が止まらなくなって、屋外に飛び出さずにいられなくなったこともありました。

自分ではわかっているつもりでした。

『…こんな状況、誰にも理解されるはずはない。』

わかっているつもりでした。

『…わかってほしいと思って説明しようとしても、私自身が「変なヤツ」ってレッテルを貼られることになるだけ…。』

それでも、あんまり苦しかったので、一縷の望みを託して家族に話そうとしました。

でも、結局、私はうまく説明することができませんでした。それがさらにいらだちを募らせ、八つ当たりや皮肉に近い言い方になってしまった時もありました。

家族に迷惑をかけている！　それが自分でもわかっていたので、よけいに辛くて、私の内科主治医でもある夫に相談し、ＳＳＲＩ（選択的セロトニン再取り込み阻害剤）などを服用し始めました。

学業に専念していた時期は、多少焦るようなことがあっても、いらだったりすることはほとんどありませんでした。基本的に「自分のペースで進めることができれば、それでよい」と思っていたからかもしれません。

何しろ、不愉快になるようなことは「大切な脳のエネルギーが無駄になる」と思って全部切り捨てていましたから、そのおかげで私は、感情を自己コントロールできたのだと思います。「気の向くまま」「あるがまま」に進めないと、易疲労性のある脳が「保たない」から、いわゆるストレスは極力避けていました。

でも、社会に出て対人接触の機会が増えてきて、「できないこと」が理解されない、否、理解しようとされない、という私にとって異質な価値観に日常的に晒されるようになってから、だんだん焦燥感・いらだち・不安感は強くなったように思います。

見えない障害が「理解しようとされない」とはどういうことか？

「私のできないことが、『理解しようとされなかった』」エピソードの裏には、自覚的知能と外見上の知能との乖離、があるのではないかと思います。

私の自覚
「前頭葉知能はそれほど極端に落ちていないから思考・理解・判断している」
⇔
周囲の感覚
(私の外見は)「精神の緊張が保てず、失敗行動があり、反応が鈍く、話し方がたどたどしく、外斜視…」(…だから馬鹿にされる)

この乖離が「わかってもらえない・信頼されない」と感じることの一つかもしれません。

私が持つ高次脳機能障害は、「外見だけではわかりにくい障害（hidden disability）」とか「目に見えない障害（invisible disability）」などと呼ばれます。

しかし、高次脳機能障害の代表的症状である、①注意障害（集中力がない）、②半側空間無視（からだの片側半分の空間について気づかなくなる）、③失語（言葉を理解・表現できない）、④記憶障害（新しく何かを覚えられない）、などは、外見だけで相手に判断されてしまう部分でもあるのです。

たとえば会話時、私の前頭葉は、相手の間違いや侮辱を理解しているから「それは違う！馬鹿にしないで！」と告げたいのに、即座に健常の反応は返せません。

あらかじめ前頭葉で自発的に転がしてある思考なら、自分の意見としてフツーに聞こえるくらい話せると思いますが、「外からの唐突な刺激に対する反応」は駄目です。

ポコン、ポコン、と前頭葉で思考は膨らむのに、外にうまく伝えられない…。未だにそんな感覚はあります。とくに「頭が疲れてきた時」は。

それはまるで、社会集団に身を置きながら孤立・孤独を強制されたようで、拘禁《こうきん》反応*（ガンザー（Ganser）症候群）が起こるのではないかという恐怖さえ感じました。

そんな中、「口頭表現が駄目なら文章にすればよい」とほどなく気づいたのは幸いだったと思います。これまでに医学誌の原著・総説（和文・英文）に執筆した筆頭著者論文が25編ほどになったのは、その産物かもしれません。

ところが、そんなふうに自分では自覚的知能を表現したつもりの論文でさえも、「誰にやってもらったんですか？」と言われる始末でした。

尋ねた人にしてみれば、私の外見上の知能と、論文から読み取れる自覚的知能との間に乖離を感じたからこそ、そんな問いを投げかけたのでしょう。

もちろん私が筆頭著者の論文であれば、普通は「私がやった」以外に回答はありません。だから私は『自分が筆頭著者でもないのに、研究を主導してあげるなんて、そんな暇を持て余している奇特な人が、私の周りにいるものか』と思っていたものでした。

ひとは「馬鹿にしている相手を前にして話していると、案外、本音を漏らす」ものです。私の経験では、外観的に知能の高そうな相手には、構えてしまって絶対に話さないだろうと思われるような本音を、一見知能が低いと思う相手には、比較的容易に漏らしてしまっている場合が多い気がします。

私の場合、理解できずにただ黙って聞き流しているように見えても、頭の中には内容を理解するレセプターがあって働いているので、入手できる情報量という点では有利になります。

皮肉を言えば、私の自覚的知能と他覚的知能の乖離というのは、まんざら悪いことばかりではなかったかもしれません。

ただ、そんな場面で漏らす相手の本音を介して、「見たくもない、知りたくもない、人間のエゴやイヤな面」まで知らされることになりました。だから、そんなことばかり続く毎日を過ごしているうちに、「空しくなった」…これは正直な気持ちです。

「周囲の人たちに障害をきちんと伝えれば、精神的に楽になることができたのではないですか？」と人に言われたこともあるのですが、前述のように機能障害を伝えるのは百害あって一利なし、とわかったのであえて伝えなかっただけです。

「あえて理解しようとされなかった」という表現の方が適切だと思わざるを得ないような場合も、少なからずありました。身体障害などの「見える障害」と違って、「見えにくい障害」の場合、相手に「理解しようとされる以前に、侮蔑や嘲笑から対人関係がスタートする」という場面は決して少なくなく、正直辟易しました。

そんな経験がたびたび続くうちに、障害のことを考えるだけでフラッシュバックが起こるようにさえなってしまいました。

できること（＝残された能力）を最大限に発揮して創造的に仕事を進めようとすると、できないことによる失敗行動は、かえって顕在化するのかもしれません。でも、そんな失敗行動、つまり「自分では認識していなくても、第三者から見れば『あれ？　変だな』と思われるような言動」があったとしても、「できること」はあるのです。

「正しく病態を知って、正しく支援してほしい。」
「侮辱したり馬鹿にしたり嘲笑ったりしないでほしい。意欲が削がれるから。」
「『できること』を最大限に発揮する工夫が続けられるように。」

「理解してほしいこと」は、実はそんなことかもしれません。
そうすれば、人間、できないことがあったとしても、できることを最大限に発揮して「何でもできる」気がします。

＊拘禁反応：ガンザー（Ganser）症候群ともいわれます。刑務所や拘置所などで自由を著しく制限される環境下で発症し、的外れ応答、気分変調、意識障害等の症状がみられます。以前はヒステリーと呼ばれていた病態に分類されていましたが、現在では解離性障害に分類されています。

後半期に鬱傾向が増強した背景

受傷後の人生は、自分の「できないこと」を考えないようにして、「できること」を最大発揮するために生きてきました。

しかしながらこれまで、不安と焦燥感・いらだち、理不尽への悔しさ、不全感が常につきまとい、何をどれだけ達成しても充分な満足感は得られませんでした。

顔や声では笑っていても、心から笑えない、どこか心の根底に冷たい水がひたひたと流れている…。

職場では気持ちを切り替え、ひたすら元気にしていましたが、後遺障害が理解されないどころか、誤解され侮辱されて生じた精神的葛藤があまりに苦しくて、抗不安薬の服用をしていた時期もありました。

その間、いつ如何なる時も「やり場のない気持ち」は、消えることがありませんでした。

そして、グチグチ言いつつも、走り続けるのをやめられませんでした。

私の事故は賠償調停にまで30余年もかかり、その間、加害者は一度も直接謝罪の連絡をしてくれませんでした（第5章参照）。

加害者が誠意を示さなかった背景の一つとして、「（被害者である私は）医者になったそうじゃないか。医者になれたんなら、（もう謝罪しなくたって）いいじゃないか」という態度があったと聞いています。

そう、「当時のTBI後遺症者としては、きわめて環境的に恵まれていた」ということも、自分ではわかっていました。私自身の努力や苦痛は別にして、「環境」ということだけを考えれば、それはとても恵まれていたのだと自覚していました。それでも、どうしようもありませんでした。自分では。理屈ではなく。

精神科を受診すれば、きっと単にPTSDと診断されるだけなのだろうな、ということも。

それでも「やり場のない気持ち」を、どうすることもできませんでした。

望ましくないことの起こらない人生なんてあり得ないし、もしあったとしたらツマラナイ人生だろう。

そんなふうに思えるくらいには私も成長しましたから、「事故に遭ったこと自体が不満」とか「人生が狂わされたことが不満」というわけではありませんでした。

ましてや「事故にさえ遭わなければ、私は〇〇だったのに…、私は天才だったのに…」なんて思っているわけでもありませんでした。決して。


では、何だったのでしょうか？　「やり場のない気持ち」が消えることはなく、後半期に鬱傾向が増強してしまった背景は？


「見たくもなかった人間の嫌な面を見せられ続けて、シラケた」というのが近いのかもしれない。「加齢に伴う、ただの鬱…」と片付けられてしまうのかもしれないけれど、それは違うのでは…？

そんな思考が、自分の頭の中だけでぐるぐるぐるぐる回っていました。ただ、自分としてはひたすら辛く、やり場がなく、『人間社会が嫌になったのならいっそ、隠遁《いんとん》してしまうしか手はないのかしら…？』そんなことまで考えていました。

それからしばらく経った頃だったと思います。

夫がやっと、私には「できないことがある」、「補助すれば楽にしてあげられることがある」ということを理解し、「具体的に何を補助すればよいか」を考えてくれるようになったのは。だんだん「病態をきちんと理解しようとしてくれるようになった」ということかもしれません。

具体的な補助として、たとえば、夫は週末の外出時など、必ず右側を寄り添って歩いてくれるようになりました。

右側の空間認識が代替されるのでリスク回避ができるうえに、夫に掴まれば、私の触覚が空間失認を補えるようにもなりました。おかげで行動時の精神的負担が、大幅に軽減されました。

ほとんどは、そんな些細な補助だったのですが、おそらく最も重要な点は、「本人も配偶者も、双方がそのような些細な補助の必要性に気づかなかった」ということだったかもしれません。

「補助の必要性に周囲はおろか、本人ですら気づきづらい。」それが、見えにくい障害ゆえのTBI後遺症の特徴なのかもしれないと思います。

そして、さらに。

私にとって最も大きな安心感を与えてくれたのは、補助が得られたという、そのこと自体ではありませんでした。

もちろん些細な補助はありがたかったには違いないのですが、それ以上に…より大きな安心感を私に与えてくれたのは、「理解しようとする人・理解してくれる人が傍にいる」ということでした。

その点を、是非たくさんの皆さんに「わかっていただきたい」と思います。

社会の無理解や侮辱・嘲笑を心理的にどのように乗り越えたのか？

正直、社会の無理解や侮辱・嘲笑は、まだ「乗り越えた」という心境ではありません。もちろん、乗り越える努力は続けてきましたが、今も苦しくてたまらなくなる時はあります。心理的には…やはり、「自分の人生をこれ以上他人に惑わされてたまるか。これは『私の人生』だ」という自尊感情が、私を支え続けたのだと思います。

「医師としての自己実現」は、前向きに生きる手段の一つに過ぎなかったような…いや、それだけではなく、焦燥感からの逃避手段でもあったと思います。

受傷後の人生は「知的好奇心に従って真摯に邁進してきただけ」…それは嘘ではありません。座右の銘は「実るほど頭を垂れる稲穂かな」でした。決して驕ることなく、ひたすら真摯に。

けれども、受傷後何年経っても、一旦立ち止まると心が崩れそうな脆弱性が常に同居しているのが、自分でもわかります。自尊感情のすぐ隣に「こんな自分が嫌でたまらない自分」がいます。


所詮、発動性を支えているのは、障害を負った脆弱な脳機能なのです。だから、私の発動性を支えた自尊感情とは「自己愛」なのかと問われたことがあるのですが、自己愛はあくまでも「健常脳の積極的な欲望感情」ですから、私の場合に当てはめるには違和感が強いと思います。

私の自尊感情に比べ、数年前から病態に見合った手助けをしてくれるようになった夫の支援は、現在進行形で心強い支えになっています。

「見えない障害」にも、「見える障害」と同じくらいの「理解しようとする姿勢」「手を差し伸べる必要があるか否か配慮する姿勢」が必要なのかもしれません。

…しかし、…しかし、です。

夫でさえも、病態を正しく理解してもらうまでに30年以上もの年月がかかったのです。妻の立場で申し上げるのもなんですが、夫は、医師としても人間としても尊敬できる人であり、私とは、人間的に信頼関係にあるパートナーです。そんなパートナーでさえも、病態を正しく理解してもらうには30年以上が必要だった、ということです。

ましてや、赤の他人ではどうでしょうか？

たとえ医師という専門職であっても、赤の他人に私の病態を正しく理解してもらうのは、きわめて難しい気がします。

ことに、社会参加すればするほど、私の心の中には、「天涯孤独」という感が、どんどん強くなって際限なく膨らんでいました。それが自尊感情をつぶす寸前で、ようやく病態に理解を示してもらった、それが夫だった…それが、事実です。

これが、20世紀終わりから21世紀の初頭にかけての日本社会で、ＴＢＩ後遺症による「見えない障害」が、いかに理解されにくい障害であったかを象徴する事実です。

次の章にて、夫が私の病態を正しく理解してくれるきっかけになった、私が夫に宛てた少し長いメールの文章を紹介します。

私も知らなかった、夫が私の病態を「正しく把握してくれる」までの物語も添えて。

第4章

理解

夫が妻の病態を正しく把握するまで

私が彼女の病態を正しく把握するまで（橘 秀昭）

よく仕事帰りに彼女と夕食を待ち合わせていた頃、会っても何も言わず、急に後ろを向いて一人でどんどん歩いていってしまう、ということが時々ありました。結婚前後の、少なくともまだ子供は生まれていなかった頃だったと思います。

はじめは、どうしたのだろうと思っていたのですが、1回や2回ではなかったので、そのうち私も慣れてしまいました。大抵は、その日に遭遇した誰かの不愉快な言動等が原因だったようです。

仕方がないので後ろを歩いていると、そのうちある程度落着いてきて一緒に食事を始めることができるようになるのですが、時には30分～1時間くらいほとんど口をきかずに表情をこわばらせたままだったこともありました。

もっとも我々は、普段からお互いに自立して行動していましたから、学生時代からデートで一緒に食事していても、それぞれに読みかけの単行本を取り出して言葉も交わさずに食後を過ごしている、なんてことは珍しくありませんでした。

だから私は、彼女のそんな態度を心配しながらも、『必死で何か我慢して、自分で解決しようとしているのだろう』と察して見守っていました。彼女が自発的に何かを発してくるまで、私は、食後のお茶を飲みながら待っていました。

そのうち少しずつ会話を進められるようになっていくと、まだ彼女が私に話してもいないことに対して、「なぜわかってくれないの?」とよく怒っていたのを覚えています。

そんなエピソードは、医学部の臨床研修で負荷が大きくなった頃から、少しずつ始まったように思います。

…今思えば、うまく言葉に表そうとして、彼女は懸命に頭の中で格闘していたのでしょうね。でも、なかなかうまく私に説明できなくて、彼女のもどかしさやいらだちが、よけい募っていたのかもしれません。

その後、結婚や2度の出産が続き、このような彼女のいらだちは一旦落ち着きました。それが再びみられるようになってきたのは、おそらく2000年前後の頃からだったように思います。私が仕事を終えて帰宅し、くつろぎながら一緒に雑談をしていると、彼女が急にいらだちや焦燥感を表情に浮かべてフイッとどこかに行ってしまうことがありました。

何も言わずに表情だけ硬くして、スッと部屋を出て行く。そのまま、玄関に向かい屋外に出て行ってしまうこともありました。大抵は後を追って行って、落着いたところで一緒にお茶を飲んだりしていましたが、もともと自律（self-directing ＝自分自身で立てた規範に従って行動すること。自らの意志によって普遍的道徳法則を立ててこれに従うこと）型の彼女のことでしたから、『また何かに堪えながら、自分で必死に解決しようとしているのだろう』と思って、あえて探しに出たりしなかったことも時にはありました。

案の定、「本当に戻ってくるのかな？」と心配し始める頃になると、大抵は不機嫌な表情のまま戻ってきました。戻ってきてからも硬い表情の沈黙が続き、そのまま一緒に食事をして片づけも済ませ、さらにだいぶ時間が経過してから、ようやくポツリポツリといらだちの内容を話し出す、というパターンが多かったと思います。

いらだちの原因は、ほとんどが「人に理解されない」という類のものでした。私が、彼女の話の要点をやっと理解し意見を言い合えるようになってくると、だんだん機嫌が直ってくるという具合でした。このようなことが、だいぶ頻回にあったと記憶しています。どうしてそんな反応をしているのかが全くわからなかった時期は、正直、私自身もだいぶ戸惑いました。

また、時には私が帰宅するとすでに不機嫌になっている彼女に迎えられる、あるいは自嘲的に皮肉を連発しながら迎えられる、ということもありました。職場が変わるたびに、そんな状況は増えていたような気がします。

時には感情のコントロールが不安定になって、「悔しい…」と目に涙を溜めて、パニック発作を起こしかけたこともありました。でもほとんどは、自室に閉じ籠もって一人で解消していたようです。論文を仕上げるとか、何か仕事の続きでもしながら気を紛らわしていたのでしょう。少なくとも、翌朝まで不機嫌が続くことは、ありませんでした。

…けれども今にして思えば、彼女が「なぜわかってくれないの?」という言葉を向けていた相手は、私ではなかったのです。

私ではなく、彼女が頭の中に思い浮かべていた「わかってくれない誰か」。その日、彼女の不機嫌の原因になった「わかってくれない誰か」。その「誰か」に向かって、彼女は「なぜわかってくれないの?」と叫んでいたのでしょう。

あの時、彼女の頭の中には、その誰かの「わかってくれない」攻撃を、どうやったら回避できるか、という思考でいっぱいだったはずです。

こんな解釈は、今だからできることです。

当時はまだ若かった私も、彼女の病態を冷静に判断できず、「わかろうとしていなかった」と思います。あの頃は、「まだ自分に話してもいないことに、彼女が怒っている」とか「彼女が責めている相手は、私自身だ」と思っていましたから、「悪いのは彼女の方だ」と思っていました。だから、的外れなお説教をしてみたり、彼女を攻撃する言葉を投げ返してしまったり、ということも多かったように思います。

考えてみれば当時は、夜帰宅してからの彼女の話し方は、朝よりずっとたどたどしくなっていたと思います。日中の仕事で身体も脳も疲労していたと思いますから、夜はとくに、自分の状況をうまく説明できなかったのでしょう。そのせいで彼女の焦燥感やいらだちを、ますます募らせてしまったのだとしたら、本当に可哀想なことをしたと思います。

言い訳になるかもしれませんが、私自身も当時は仕事が忙しくて疲れていたので、彼女が何かをたどたどしく説明しようとするたびに、ため息をついて「…またか（また愚痴か）。…今度は、なに??」と、うんざりして答えていたような気がします。

正直に言えば、当時の私は、彼女がそんな態度をみせるたび、『…また、何だかわけのわからないことを言い始めた…。もう、いいかげんにしてよ…』と思っていました。

でもそれは彼女からみれば、とんでもなく腹立たしい態度にうつっていたのかもしれません。今であれば、一見わけのわからない反応を誰かがしたとしても「それには必ず何か理由がある」ということはわかります。少なくとも私だけは、彼女を「わかろうとしなければいけなかった」と思います。それなのに、彼女が当時「わかってくれない」と言っていた周囲の人たちと同様、私も彼女を「理解しようとしていなかった」。いえ、「病態を自分が『きちんと理解していない』ということを、理解していなかった」のかもしれません。

2009年頃から、彼女は私によく、「…正しく病態を把握してほしい。きちんと正しい病態を知ってほしい」と訴えていましたが、実は私自身まだ、それがどういうことかよく理解していませんでした。その頃、彼女から私への電子メールの中には、「…つらい。1人になりたい」という文面の混じることが多かったと思います。

そんな電子メールを受け取って、私は『…何を言ってるんだ…。僕が気にいらないとでも言うのか…』と憮然としたものですが、今にして思えば、それは彼女からの「…誰も私の『できないこと』を理解しようとしない…助けて…」というメッセージだったのでしょう。

結局、私が彼女の病態を「正しく把握した」と言えるのは、2011年6月以降だったと思います。彼女が「理解されないと感じたエピソード」を電子メールで2回、送信してくれたからです（285ページ）。それらを読んで私は、「『外見上わかりにくい障害』であるからこそ、身体障害など『目に見える障害』に向ける目と同様に、あるいは、より冷静な医師の目を向ける」ことが必要だったと気づきました。

「できないこと」は、どんなに上手に「できること」で補完しても、そこには「無理」があるはずです。補完している機能が多ければ多いほど、彼女は無理していると考えるべきです。パートナーである私は、彼女に「無理」という形でかかっている負担を、「見えない障害」についても、もっと早く気づいて支援する姿勢を示すべきでした。

（285 ページへ進む）

に来ていたらしい１～２歳くらいの子供が、転んだ姿勢から起き上がろうとしているところでした。

すぐ傍にいた母親は、自分の子供が起き上がるのに手を貸していましたが、その間、私の顔をずっと見つめたままでした（食い入るように見つめていた、という感じ）。

子供は泣きもせずに立ち上がったので、母親と一緒に奥のエレベーターの前に移動して行こうとしていました。が、その段階になっても、母親はじっと私から視線を外さないままでした。

まるで、不気味な化け物が自分の子供に襲いかからないか監視しながらそーっとその場を離れて行くかのようでした。

身体は私の方を向いたまま、私から視線を離さずに、子供をかばいつつその場を去ろうとしているのがわかりました。


『…え？　何？　…この反応？』とっさに私はそう思いました。

自分の子供が私にぶつかったのに、私に謝ろうとしないどころか、まるで「アブナイひと」から逃げようとしてるみたいな、失礼きわまりない態度…。

『…えっ？　何？　…いったい何がおこったの？…』

何だかよくわからなくて思わず私、「えっ？　謝らないんですか？」と口にしてしまいました。まるで「アブナイもの」でも監視するような眼を母親に向けられたので、私も当惑していました。


…と、突然私の右側からその子の父親らしきスキンヘッドの男が現れ、私の顔を指差しながら「お前がぶつかって来たんじゃないか！　謝れ！　謝るのはそっちじゃないか!!」と言うのです。

私を睨みつけるその目は「イッチャッテる」感じでもありました。

…そんな言いがかりを、いきなり知らない人から言われて、不愉快な気持ちにならない人なんているのでしょうか？　しかも、人の顔を指差して、睨みつけながら、そう言われたんですよ？

287ページへ

送信日時：　2011年6月12日（日）21：33
差出人　：　橘とも子
宛先　　：　橘秀昭
件名　　：　悲しい出来事

今日は日曜日。自家用車で豊洲のららぽーとに家族で来ています。

到着後、駐車場横のエレベーターホールで貴方を待っていた時、「悲しい出来事」がありました。


…だから私は、さっき、突然スタスタと歩き出して貴方の前から姿を消してしまったのです。

ひとりで気を沈めたくて。いつものように。

今、○階の△△カフェにいます。


このままじゃ、また私が「急に怒り出して１人でどこかに行ってしまう奇行を繰り返している」なんて、本当に思われかねないんじゃないか。

さすがの貴方でも、私の人格自体を疑ってるんじゃないか。

そう思ったので、携帯メールを送ることにしました。

貴方にだけは、どうしてもわかってもらいたいから。

だから、今日の悲しい出来事について書きます。

どんなことがあったから、私がいたたまれなくなったのか。できるだけわかってもらえるように。


さっき私は、なかなか来ないエレベーターの前で、貴方を待っていました。

いつものように、立ったまま下腿を片脚ずつ交互に後ろに曲げて、膝の屈伸運動をしながら。


すると突然、右側の脚に、強く絡まったと思ったらすぐ離れて倒れた感じの「モノ」の存在を感じました。足元をみたら、私の右側から母親と一緒私にとって事態は「子供が急に私の膝にぶつかってきて勝手に転んだ」という説明になります。

一方、相手の親たちにとって私は、「自分たちの可愛い子供が駆け寄っていくのが視界に入っていたはずなのに、子供をよけるどころか、片脚ずつ膝の屈伸をしながら立っているという奇妙な行動を続けていた『アブナイひと』」、という認識になったのでしょう。子供を追って親が近寄ってみたら、当の相手は外斜視で「アブナイひと」にしか見えなかった。だから、「アブナイひと」がまた我が子に襲いかからないように、できるだけ「アブナイひと」を刺激しないよう気をつけて、その場を去ろうとした。…そんなところだったのかもしれません。

それが今回のトラブルの原因なのだとすると、どちらの言い分も間違ってはいない、という説明ができます。当たらずとも遠からずの解釈だと思います。


…こんなふうに、冷静に解釈できるようになったのは、つい最近のことです。

案外、「自分は他人からどう見られているか」って、わからないものだから。

だから『なぜ私は、相手にあんな失礼な接し方されなきゃいけないんだろう？』って、ずっと思ってた。自分の「自覚と他覚のギャップ」に気づくようなにったのは、やっと最近になってから。


でもね、冷静に解釈できるようになったんだったら、じゃあ私は平気なの？ってきかれたら、やっぱり私は、悲しいんです。とっても。

…これ、わかってもらえます？　私が「悲しい」と感じることに変わりはないんです。何年経っても、わかってもらえなかったり侮辱されたり馬鹿にされたりすれば、悲しい。それは変わらない。

それだけはわかってほしいな。

289ページへ ◂……

私は、とっさに「極めて不愉快に」なりました。自分ではわけがわからなかったけど。


だって、こっちは膝内障で不安定な膝に、横から奇襲をかけられて、痛みこそ強くなかったものの、イヤな思いはしたのですから。

(膝内障で不安定な膝に、弱点をついた奇襲をかけられると、本人への衝撃は、けっこう強いものなのです。)

子供がしたこととはいえ、他の人に迷惑をかけてしまったのなら親は一言謝るべきなのに、それをしないどころか、まるで私が「アブナイ」人間だから監視するように、じっと顔を見ながら立ち去ろうとするなんて、そんな「失礼なこと」って、普通の大人には不快ではないのでしょうか。


…で私は、その極めて不愉快な父親の命令には直接答えることはせず、即座に目をそらすと、山のように膨らんだ不愉快を抱えつつ、足早に歩き出したのです。

不愉快からできるだけ遠ざかりたくて。

その時、やっとエレベーターホールに来た貴方とすれ違った、というわけでした。

頭の中に、不愉快と理不尽が思い切り膨らんだ傍らで、前頭前野だけが頑張って『…え？　今の…なに？　…いったい何だったの？』と一生懸命考えようとしている、説明なんてできない、そんな感じでした。


すると、歩きながら考えているうちに、ふと、あることに気づきました。

「…あぁ、右目は見えていないのに、あの親達からは見えているようにみえるからだ、きっと」と。


要するに、私は右眼が見えていないので、右側から来た子供に気づくことはできません。

です。

つまり、相手から「なぜ自分を睨みつけるのか（私の見えない右眼が相手を睨んでいるように見えたらしい)」、「話すとき相手の目を見て話さないので信用できない（私の『見える方の左眼』は相手の目を見ていたはず)」などと言われても、私にはどうすることもできないし、私だけは非常に嫌な悲しい思いをしているのに誰にも理解してもらえない、ただ孤独の中にいるのです。


…まぁ、相手が素人なら、仕方なしとせざるを得ないのかもしれません。

今回のように。

私は一応医者という専門家ですから、持っている医学知識という点では相対的に強者。だから相手が「理解できない」としても大目にみてやらなければ、と。

そう、相手が「理解できなくても仕方がない」というような素人だったら、失明している右目を、奇妙なものかアブナイもの、化け物でも見るような目で不躾にジロジロ見つめられ「失礼な…」と不快になったとしても、許してあげなければいけないのかもしれません。私は医者という専門家なのですから。


でも、相手が医者だったら？

私の病態を「理解できなかった」という理屈は通用するのでしょうか？


私が医者になって以来、私の周囲にいた人たちの多くは、医師など様々な医療専門職でした。

だからこれまで、「病態を理解してくれるどころか、私に侮蔑的な眼差しや言動を浴びせ馬鹿にし、笑いものにし…」という仕打ちをしてきた主体は、実は、多くが医師など様々な医療専門職だったと思います。本来なら、「見えない障害を理解している」ことが期待されているはずの。

291 ページへ

私の右目は、16歳で視神経管の骨折を受傷して以来、失明しています。

わかってると思うけど。

外見上は見えているように見えるかもしれませんが、全く見えません。

明るい・暗いさえもわかりません。

眼は、ただ顔についている「飾り」に過ぎない、という感じ。

今は差別用語ですが「あきメクラ」というヤツなのです、私の右目は。


そんな「ただくっついているだけ」の右目との付き合いはもう30年以上になりますので、今回と同じような経験はこれまでにも沢山ありました。

そういえば。

もっともっと酷い言われ方をされたり、場合によって減給という仕打ちにまで追い込まれたりしたこともあります。

そのような「ひどい仕打ち」は、右目の斜視だけが原因ではないと思いますが、右目の斜視がひどくなってきてからは特に、頻繁になったと思います。後から考えれば。


おそらくひどい外斜視の顔貌は「侮蔑したり馬鹿にしたりしても構わない顔貌」と他人には映るのかもしれません。

『私はどうして、そんなに他人から侮蔑を込めた態度や言動を受けるのだろう？

脳に傷があるせいで、知らないうちに始終ヘラヘラ笑ってしまってでもいるのだろうか？

私はそんなに価値のない人間なのか？』

侮蔑的な扱いを受けつつ、そんなことを悩んだ経験は、数えきれないほどだったと思います。


ただ、いくら外見上他人からはわかりにくいからといっても、私にとってみれば「見えていない目の責任まではとりきれない」というのが「本音」

送信日時：　2011年7月24日（日）10：35
差出人　：　橘とも子
宛先　　：　橘秀昭
件名　　：　悲しい出来事パート2

昨日の朝、通勤時のことでした。

山手線に五反田から乗り、目黒に差し掛かるまでのハナシです。


車内は、混んでいるが身動きとれないほどではない、という程度。

私の右側にいた若い女性に、電車の揺れのはずみか何かで右脚を蹴られました。

とっさに左脚を踏ん張ったらしく、クロップトパンツの左大腿部分が大きく避けているのに後で気づきました。


彼女は謝っていましたので、悪意はなかったと思います。

だから、私は彼女に、大丈夫、我慢できるからと告げました。

私は、いつものように右側からの不意打ちはつらく、すぐには回復できないので、目黒駅ホームに降りました。

見えていない右側からの不意打ちは精神的にこたえるので、いつも元に戻るまでにしばらく時間が必要なのです。

右膝も少し痛かったですし。


ホームに出たら駅員さんがいたので、すみませんちょっと助けて下さいと言って腕に掴まらせてもらったのですが、しんどかったのでホームに座り込みました。

ホームのベンチに座らせてもらって、携帯電話で職場に遅刻の連絡をしていると、駅員さん複数名が車椅子を持ってきてくれました。

車椅子に乗せてもらって、駅の事務所に行き、廊下の簡易ソファーに「横になりますか？」と聞かれましたが、「いや、もう大丈夫です」と腰掛け

293ページへ

では、どうしてでしょうか？

どうして、「見えない障害を理解している」はずの専門家が、見えない障害に対して侮蔑的な眼差しや言動を浴びせ馬鹿にしたり笑いものにしたりするのでしょう？

単に、個人の品格の問題？

もちろんそれもあるとは思います。

個人の問題は、もちろん避けられないと思うのですが、どうもそれだけではないような気がします。


……あー、とんでもなく長いメールになりましたね。

結局、途中で貴方と会ったから、それまで書いてあった文章を自宅PCに転送して続きを書いたので、こんなに長くなったのです。

せっかく一生懸命書いたので、ひとまず送信します。

私の「わかってほしいこと」が、少しでも伝わることを願っています。

では、続きは、また書ける時に書いて、後日送信します。おやすみなさい。

りませんでした。


あとで訓練場所付近を検分してみましたが、そんな創の原因になりそうな箇所は見つけられませんでした。もちろん、受傷した部位はテンションのかかっている部位なので、創傷範囲が拡がってしまったということは考えられます。

でも、何せ視野が限られているので、「どんなふうに怪我をしたのか」が、自分ではわかりませんでした。ちなみに、この場合は明らかな受傷・治療歴となりましたので、労災として処理はしてもらえましたが。


ほかに、駅や街中といった人混みで、突然右側から誰かがぶつかってくる、という経験をすることは、よくあります。相手にしてみたら、自分の進行方向に私がいても、開いている右眼の視野に入っているはずだから「よけるだろう」という予測で進んできたのに、「どかなかった」ということなのでしょう。


「…じゃまだよ、どけよ。」

身体ごとはね飛ばされたあとに、しょうがねぇなぁ、トロイばばぁだなぁ、とでも言いたげな捨て台詞を残していく若い男性もいました。


まぁ、相手が人間だったら、こんな感じで、突然ぶつけられたショックと捨て台詞に対する、もりもりの不快は残るものの、「まだマシ」なんです。

「相手が自動車」という場合があるからです。

対向右折車というのが、いちばんクセモノです。

からだの右側を何かが押してくるので、見てみたら自動車だった、という時は、本当にびっくりしました。

この場合も、相手が人の場合と同じ、相手の進行方向に私がいても、開いている右眼の視野に入っているはずだから「よけるはずだ」という予測が

295 ページへ

ました。


事情をきかれたので、事実を話しました。

が、「いったいどんなふうにやられて、どんなふうになったのですか？」ときかれても、困ったことに私は、具体的に話すことができませんでした。

右側は見えていないので、自分でも、いったい何がどのように身に降りかかってきたのか、わからないからです。

だから、駅員さんの質問には、被害の「結果」、つまりどこが痛いとか服がこんなに破れてしまったとかいう状況は話すことができても、被害を受けた様子・状況、どんなふうにやられたのか、といった状況はきちんと説明できないのです。

何せ見えないのですから。


状況の説明に私が口籠もっているとみた駅員さんは、「これは何かあったな？　自分の方にも、何か非があったから事情を説明できないのでは」とでも思ったのでしょうか、だんだん私への対応が、「まぁ、あんまり我が儘言わないで、我慢して下さい」というふうに変わってしまいました。

仕方がないので、（勇気を出して）右眼は見えていないんですよと駅員さんに伝えたら、駅員さんの私への態度は、ますますぞんざいになったような気がしました。


「失認のため受傷状況が説明できなかった」という同様のことは、今の職場に就職した直後のころに行われた防災訓練でも、ありました。

中庭に集まって、消火器を使う訓練をしたのですが、その際、左脚の脛に５～６針縫うけがをしてしまったのです。ちょうど頸骨前面の中央部あたり。

出血がひどかったので、すぐに国立埼玉病院に連れて行ってもらい、処置してもらったのですが、「どんなふうに受傷したのか」が、自分ではわか私が、「『失明』っていうのは診断名であって、失明の結果生じる症状を表現していないよね…」って言った時。
私が「右眼失明の結果、生ずる症状って、どんなふうに表現したらいいんだろう？ 右側の『視力損失 ＋ 半側視野損失 ＋ 立体視機能損失 ＋ 右半側空間無視』とでも表現したらいいのかなぁ…？」って言ったら、貴方はすぐ「えっ？　ちがうでしょ…。『半側空間無視』っていうのは、『見えているのに認識していない』っていう状態なんだから、失明の場合には半側空間無視とは言わないでしょ？」

…それは、そうなのだと思います。

半側空間無視の用語定義としては、全くその通りです。私も昔内科医でしたからそれはわかります。

用語定義でいえば、右眼失明は「見えていないし、認識もしていない」のだから半側空間無視とは言わないと思います。それはわかる。

高次脳機能障害の専門家も、「右の半側空間無視っていうのは、ふつうほとんどないけどね…」って仰っていた。そういうこともわかっている、私には。医学用語の定義に従った半側空間無視だったら、脳の責任病巣を考慮した場合、半側空間無視のほとんどが左だっていうこと。

私の場合も、右視神経管の骨折がなくて左後頭部の病巣だけだったら、もしかすると半側空間の無視は起こらなかったのかもしれない。そういうことは、私もわかっている。


でもね、私が言いたいのは、「片眼失明だと、本人の自覚としては『半側空間無視』に相当する症状は、あるよね」ってことなのです…。

視力があろうと（＝見えている）、なかろうと（＝見えていない）、からだの片側半分の空間を認識していないことに変わりはないよね、ってことが言いたいだけ。

くどくて恐縮だけど、「片眼失明の患者さん本人には、症状として、半側

297 ページへ

あるので、クラクションは鳴らされなかったのでしょう。

…こんなふうに、「半側空間無視」があると、けっこう苦労しているのです、私は。

でもこれって、「私が積極的に社会参加しようとするから」いけないんだと思いますか？　もっと、おとなしく家に閉じ籠もっていて、人混みなんかに出て行かなければいいじゃない？って。
わかりにくい障害があるのに、「できること（＝残存機能）」をできるだけのびのびと発揮して社会参加しようとする「私（＝障害者本人）」が、悪いの？？　…なんてこと、貴方が言うはずないってことくらい、私はわかっていますけど。

ただ、「見えない障害を理解しているはずの専門家が、どうして、見えない障害と共に頑張って社会参加している人間に冷たいんだろう？」ってことについて、実はこの間、やっと気付いたことがあるんです。貴方も含めて、『…あー、ここ、わかってもらえてないんじゃないかなぁ…専門家には』って思ったんです。ここから先は、先日の電子メールの続きです。

「専門家は、どうして、見えない障害と共に社会参加している人間に冷たいのか？」
このことを私は、長いことずっと考えてきました。
単に、個人の品格の問題？　もちろん、それも否定はできません。でも、もう少し専門家全般に普遍的なこと。

…実は、それに気づいたのは、貴方と失明や半側空間無視について、この間会話していた時のことでした。ほら、視覚失認や失明について話してた時のこと、覚えてる？

これは私の好きな言葉です。山本有三氏の「路傍の石」の一節で、子供の頃、何回も何回も読みました。主人公の吾一少年に向かって教師の次野先生が語った言葉ではなかったかと思います。

以上、長々と書き連ねましたが、もし何らかの身近な支援を検討してくださるのであれば、「人混みを歩く時は、できるだけ私の右側に寄り添って」くださると嬉しいです。それだけでけっこうです。それだけでも、私の身にふりかかるリスクは、だいぶ軽減する気がします。
…あぁ、欲をいえば、その時、手をつないでもいいでしょうか？　触感の補助があると、安心感が全然違う気がします。いえ、服につかまらせてもらえるだけでも OK です…。

このうえないご理解とご支援に、心から感謝しています。

空間無視が自覚されて」いますよね、っていうこと。それを私は言いたいの。用語定義はともかくとして。

とくに「外見上、見えているようにみえる片眼失明」、つまり（差別用語ダケド）あきめくらの場合は、それが障害者本人の「自覚と他覚のギャップ」になるから、社会参加する場合の不都合要因になるはず。私のように。それなのに、片眼失明で半分の空間を認識できないという症状を説明するための医学用語がないよね、ってこと。それが、私の言いたいこと。
だって、用語定義で「右の半側空間無視は、きわめて稀」ってどんなに言われたって、私のように右眼が失明していれば、身体の右側半分の空間は「認識できない」。

もっと言ってしまうと、表現できる用語がないってことは、「専門家は誰も、それを『認識していないのでは？』っていうこと」。
これまで「失明」っていう診断名がつけられると、そこから先、患者さんに「どんな症状や困ることがあるか」ということを、想像する能力が専門家には欠乏しているってことじゃないかな。

でも、医療水準や保健・医療・福祉の社会体制も経済状況も、どんどん変わってきている。
さまざまな健康状況や障害を持っている人でも、どんどん社会参加して、一人ひとりの「持てる能力」を発揮して、自己実現を目指そうと努力できる社会に向かっていると思う。
たとえ障害を負った人間であろうと、残された人生を精一杯輝かせるための努力をする権利は、私にだってあるのではないかと思う。

『たったひとりしかいない自分を、たった一度しかない一生を、本当に生かさなかったら、人間生まれてきたかいがないじゃないか』

第5章

事故は終わらない

30年以上にわたる調停の経過

加害者像vs両親像

加害者像─最後まで聞かれなかった直接の謝罪の言葉

「第1章 受傷」で触れたように、加害者は事故車を運転していたKM（19歳）、事故車の所有者はKMの父でした。事故車は、KMによって暴走族風に改造されており、自賠責保険（自動車損害賠償責任保険）に未加入でした。当時は、まだ自賠責保険への加入が義務づけられていなかったのです。

結局、加害者側（KMおよびKMの父）が、被害者側（私および両親）に対して謝罪の言葉を直接述べたことは、一度もありませんでした。最後の最後まで。また、加害者側が「謝罪の意思や誠意の感じられる態度」を示してくれたことも、一度もありませんでした。少なくとも私の意識が戻ってから、今日に至るまで。だから私は、加害者KMにもKMの父にも会ったことはありません。

さすがに加害者側は、事故直後の「私が意識不明になっている間」には、何回か君津中央病院まで来ていたのですが、死にかけている娘の両親の前で、何もできずに立っているだけだったようです。おそらく半狂乱になっていた私の父の怒りは、増大こそすれ、おさまる方向には向かわなかったのではないかと思います。

当初は父も、だいぶ感情的な厳しい言葉をＫＭに投げてしまったようでした。それでも父はその後、加害者側と接触する際には何とか理性を保たなければならないと気づき、学生時代からの親友であり当時会社社長だった石井巳巳良《きちろう》氏に、同行を頼みました。「加害者側と話をする時、自分と一緒に来てほしい。そしてもし、自分が感情的になったり言い過ぎたりしそうになったら、どうか自分を制止してほしい」と…。

そこまでして「できるだけ冷静に」話をしようとしていた父でしたが、加害者側は「ヤクザを連れてきた」とわけのわからない言いがかりをつけるだけで、話し合いにもならなかったそうです。

また、何度目かの加害者側との接点で、父が加害者側に自賠責保険加入の手続き方法を教えてあげようとしたそうです。それなのに加害者側は、逆に難癖をつけてくるだけだったと聞いています。

…そんなことが繰り返されていた頃、私はまだ、相変わらず生死の境をさまよっていたはずです。ですから、その「父の手助け」というのは、父が怒りと悲しみを必死に押さえながら「加害者側の生存権は守ってあげようとした『最大好意による助言』」だったはず…なのですが。

そんな態度の加害者側に対して父は、君津中央病院に入院中の私を見舞いに来るよう何回も連絡・要請しています。私が「死ななかった」とはいえ、どんなに後遺症に苦しんでいるか。それを加害者側が「見ないまま、ものを言う」などということを、父はさせたくなかったのでしょう。

しかし加害者側は、見舞いの連絡すらしてこないどころか、退院する日にも姿を見せませんでした。退院してからも、私の自宅へ見舞いに来ようともしませんでした。父から何度か、加害者側に「娘が後遺症でどんなに苦しんでいるか、それでもどんなに頑張っているか、一度でもいいから加害者自身の目で見てほしい」と要請した形跡がありますが、それでも加害者側は、被害者側に何らかの「誠意」を示すことはありませんでした。

結局、私が高校に通学するために必要となった「送り迎え」も、卒業まですべて私の父がしなければなりませんでした。

両親像―社会貢献への意識が高い父、最良のパートナーの母

父（故人・蓮沼貞男）は、私が事故に遭った時48歳でした。終戦前後に大学を主席で卒業して獣医師となり、北里研究所勤務を経て、やはり獣医師だった祖父と共に自宅の家畜病院で仕事をするようになりました。事故当時、祖父はすでに亡くなっていましたから、父は蓮沼動物病院の診療を一手に担っていました。もともと専門は牛・馬・豚などの家畜大動物でしたが、小動物ペットも、自分で勉強してどんどん診療していました。娘の私から見ても、父は勉強好きで知識人であり人格者だったと思います。

父は生来、社会貢献への意識が高く、私が子供の頃からすでに、本業の獣医以外に教育・福祉・公衆衛生など多分野で公職等についていました。温厚で誠実な人柄で、人に優しく話し好きと周囲から評され、また「仕事が趣味」と自ら公言してはばからないほど、本当によく働く人でした。それでも私たち娘のお稽古ごとには、ほとんど父が自家用車で送り迎えをしてくれました。…もっとも、父は往診の帰りに私たちを迎えに来ることになるので、2時間以上待たされたこともありましたけど。

私が事故に遭ってからも父は、本業のほかに選挙管理委員会委員長などを歴任し、2004年には藍綬褒章《らんじゅほうしょう》の叙勲を受章しました。

母（蓮沼さと子）は、そんな父の最良のパートナーとして父を支えました。動物病院を裏方で切り盛りしながら、父が公職等の関係で客をたくさん家に呼んだりすると、料理の準備はすべて母が担っていました。

必然的に私たち娘に対する「日頃のしつけ」は、母が担うことになりました。母には「勉強しなさい」などと言われた覚えは、ありません（父から言われた覚えもありませんが）。そのかわり、母は私たちに「世の中の理」をたくさん教えてくれました。日常的に平易な言葉で、口癖のように繰り返しながら。

私が受傷後、ひたすら前頭葉で「考える」ことに頼って自己流リハビリを続けることができたのは、幼い頃からの、そんな母の影響だったのかもしれません。

事故直後の状況

話は事故直後に変わりますが、私の事故の知らせを受けた父が加害者KMに初めて会ったのは、私とKMが救急車で運ばれたS病院の診察室だったと思います。救急車の少しあとからS病院に駆けつけ、母を待合室に待たせて父だけが診察室に入っていったという、その時です。

診察室に入った父が目にしたのは、どんな光景だったのでしょうか…。すべての記録から想像すると、おそらく父の目に最初に飛び込んできた光景は「加害者KMを治療している医師」と「傍らに放置されている我が娘」だったのではないかと思います。

S病院の診察室に父が入った時、私は「全く動かず反応もなく、左脚は折れて右脚もグチャグチャ。制服はズタズタで顎が大きく切れて、耳・鼻・口からも出血して血だらけになっている」という状態で寝かされ、「今夜あたり危ない（＝死ぬ）」と判断されたようでした（第1章「受傷」38ページ）。


「父の苦悩」、そして「両親の苦悩」は、そんなむごい光景から始まったのではないかと推測できます。…そして、本当に残念なことですが、父は結局、その苦悩を生涯ひきずって、ついには墓場まで持っていかざるを得ませんでした。

かたや後遺症に苦しみながらもひたすら努力し続けてきた娘の姿が、少しは「父の心の癒し」になっていたのであれば、幸いだと思います。

調停の経過

事故後、加害車両の自賠責保険への急遽加入は認められました。支払額は当時の最高額だったと聞いており、たしか８００万円くらいだったと思います。

和解調停に先立って、加害者側にはS氏という弁護士がつきました。S氏は、事故直後から約30年間にわたって加害者側の弁護士をつとめ、加害者側の賠償や謝罪・謝意に関する対応には、S氏の意図が強く影響していたようでした。

初期の調停における会話を、父がS氏了解のうえ録音したものが、何回分か私の手元に残っています。それらを確認してみた限りでは、「S氏の誠意のなさ」は「加害者側の誠意のなさ」をはるかに超えるレベルだったのではないかと思われました。少なくとも、被害者側弁護士である最首《さいしゅ》弁護士とS氏との間で、「弁護士同士の話し合いをすることが、全くできなかった」という状況だったと聞いています。

１９８１年６月に最初の和解調停が成立し、「損害賠償元金（とも子３千万＋父母各２５０万）＋各遅延損害金」が、以後毎月分割支払いされることになりましたが、誠意の伝わる態度の支払い方がされたことは「一度も」ありませんでした。

やむなく1987年に再調停、1994年に不動産差し押さえ（不動産所有名義は事故直後に第三者に変更されていたため、それまで差し押さえ不可だった）、1996年に再々調停、2010年に再再々調停で終結させることになりました。…実に、事故発生から30年以上という歳月が過ぎていました。

その間、すでに述べたように、被害者側に一度も謝意を示さなかった加害者側個人の良心はともかく、「社会のしくみ」に対して疑問を抱かずにはいられませんでした。社会のしくみの不備が原因で苦境にさらされるとすれば、それは「人災」と呼ぶべきでしょう。本当に日本は、法治国家、文明国家と言えるのでしょうか。

表：調停の経過について

年	出来事	経過
１９７８	２月５日　受傷	事故車の運転手はＫＭ19歳、所有者はＫＭの父。当時、自賠責保険への加入は強制ではなかったので、事故車は未加入だった。被害者本人がまだ生死の堺をさまよっている時、被害者の父が怒りと悲しみを押さえて自賠責加入を支援してあげようとしたら、加害者側は言いがかりをつけてくるような態度だった。
１９７９	４月　抜釘手術	被害者の入院中、加害者は、被害者の父や周囲の人の再三の連絡を受けて、何回か見舞いに来た。しかし被害者の意識が戻ってからは、加害者は、見舞いに来たことや謝罪の連絡をしてきたことは一度もなかった。
１９８０	５月	**自賠責**　→最高額（８百万円？）
１９８１	大学入学　６月25日	**調停成立**　→損害賠償元金（とも子３千万＋父母各２５０万）＋各遅延損害金とも子５万５千円、父母各５千円ずつを毎月受け取ることになっていた。
１９８２～		加害者から、誠意の伝わる態度の支払い方がされたことは、一度もなかった。ごく一部の金額（入金１回あたり２万円とか１万数千円とか）が、最初の約１～２年間、しかも２～３か月に１回程度の頻度で入金されただけだった。それ以後は勝手に入金が中断され、加害者側からは何の連絡もなかった。
１９８７	５月　医師免許・入局	**再調停**
１９８８	結婚	加害者側の不動産（住居・宅地・田畑）を差し押さえようとしたが、それらはすべて事故直後ただちに、ＫＭの父からＫＭの叔父に所有名義変更されてしまっていた。（加害者側が、事故後かなり早い時期に不動産名義をＫＭの父からＫＭの叔父に書き換えていたことは、被害者側は、事故後早い時期からすでに確認済み事項だった。）
１９８９	抜釘手術	
１９９０	長女誕生	
１９９１		
１９９２		
１９９３	長男誕生	

1994	12月　入都	不動産所有がKMの父に名義を書き換えられたことを確認し、不動産を差し押さえた。
1995	4月	事故賠償責任の時効。
1996～		**再々調停** 差し押さえた不動産のうち、競売で売却できたのは、田畑のみだった。 ↓売却額は数百万円程度だった。 加害者家族が住み続けている住居・宅地は、買い手がつかなかった。 ↓やむなく被害者の母が購入することになった。 その結果「被害者の母が固定資産税を払い、加害者家族は家賃を滞納しながら住み続けている」という矛盾事態が起こった。 **（日本は、法治国家のはずでは…？　性善説での立法の検証は…？）**
2009		**被害者父死亡** 《被害者の父から母への遺言》 「自分の死後、この件はすべてを終わりにすべし。たとえ加害者がどんな態度を示してきても。」
2010		**再再々調停** 加害者への不動産売却について再再々調停。家賃滞納実害分等の売却額を提示するも、誠意ある態度の回答は全くなし。 ↓被害者父の死亡後、加害者側から「これしか払えない」と請求額の1／4程度額を支払う旨の回答あり。了承。The end

加害者側の唯一の謝意

２０１０年の再再々調停は、申立人を被害者の母（蓮沼さと子）として、所有不動産を加害者側に売却する件についてでした。１９９４年に差し押さえた加害者側の不動産のうち、再々調停で母が購入した加害者側の自宅、つまり母が購入してから加害者家族が家賃を滞納しながら住み続けていた住居・宅地を、加害者側に売却するための調停でした。再再々調停の条項には、次のような文章が含まれていました。

相手方（加害者側）は、申立人（被害者母）に対し、次の（１）及び（２）を認め、謝罪した。

（１）申立人橘（旧姓蓮沼）とも子及び申立人ら家族に対し、昭和53年2月5日の交通事故以来今日まで、筆舌に尽くし切れない数々の苦しみを与え非礼を重ねたこと。

（２）別紙物件目録記載１（以下「本件土地」という。）の土地の解決につき、これまで誠意をもって解決に応じてこなかったこと。

この条項を加害者側が了解したということを、私と母に宛てて被害者側弁護士（最首氏）

が送信した報告ＦＡＸ、それだけが唯一示された「加害者側の謝意」でした。

私の母に対する「加害者側の謝意」は結局、「上記条項の了解」という形で示されたことになりました。また、私に対する「加害者側の謝意」は、報告ＦＡＸに最首弁護士が手書きで添えた「加害者側からの謝罪伝言」という形で示されることになりました。

私がその報告ＦＡＸを受け取ったのは、２００９年１２月９日の晩の自宅でした。届いたＦＡＸの中には、裁判関係の書類に交じって、最首弁護士から母に宛てた「手書きの手紙」がありました。報告がてら、声に出して夫に読んでいたら、こんなくだりがありました。

『加害者本人とその父親が、（最首弁護士に対して）被害者に伝えてくれと謝罪した。』

…そこで私は涙が止まらなくなり、もうそれ以上読むことができなくなりました。

30余年も経って、間接的にせよ、ようやく受け取った謝罪の言葉。

張り詰めていたものがプツンと切れた、そんな感じでした。

併せて最首弁護士から電話をいただき、私はもう一度電話口で「加害者から私に『申し訳なかったと伝えてほしい』との伝言」を聞くことになりました。

もちろん欲を言えば、父が亡くなる前に解決させてほしかった…と思わないではありませんが、どんな形であれ、とにかく謝罪を伴って終わりにすることができました。

その週末、私は父の墓前に報告するため帰郷しました。母と顔を合わせるなり、しばらくただ抱き合っていました。黙ってしっかりと。涙が止まるまで。

『…お父さんに、（謝罪の言葉を）聞かせてやりたかった…』という思い。
『…お父さんが亡くなる前に、（謝罪の言葉を）言ってほしかった…』という悔しさ。
『…やっと、終わった…』という脱力感。
『…なぜ、こんなことになってしまったのか…』という無力感、空虚感。

そんな「やりきれない思い」は決して、すっきりと晴れたわけではありませんでした。

けれども、少なくとも30余年という長きにわたって被害者とその家族に課せられていた苦しみ・束縛、そして私たち親子に張り詰め続けていた緊張、それらがプツンと緩やかに溶け始めた、そんな気がしました。

もちろん、調停の終結で解消するほど単純なものではありませんでしたが、心が幾分軽くなり、その晩は心安らかに眠れそうな気がしました。

……もちろん私と母は、その謝罪伝言が、「本当に加害者自身から発せられた謝罪の言葉であったという確証はない」ということくらい、はじめからちゃんとわかっていました。

そう、私たち被害者側の心情をおもんばかって、最首弁護士が加えた一文であるという可能性は否定できない、ということを。

さすがの私も、事故に遭ってからは、以前のような世間知らずではいられませんでした。おかげで事故後、早い時期から私は「…世の中ってこういうものなんだ…」と厭世的にならざるを得なかったのです。

それまでの加害者側の態度、つまり、微塵の誠意も示さない態度が、被害者本人の私にはともかく、両親に与えた苦しみ・悩みは計り知れないものでした。それを思うと、被害者側の「やりきれない思い」は、とっくの昔に飽和の域を超えていたと思います。だから、『本当に』加害者側が謝ってくれた」と鵜呑みにして手放しで喜んでいられるほど、単純ではいられなくなったのでした。

「娘の父親」の心情に関する一考察《被害者の独り言》

結局、加害者側の態度は「直接の謝罪の言葉もない。謝罪する態度もない。被害者側に誠意を示そうとすらしない」に終始しました。そこに、加害者側弁護士S氏の悪意と悪知恵が加わって、30余年も和解調停を終結できないような事態になってしまいました。そのため、被害者である娘の父親の「やりきれない思い」は着地点も終着点も失ったあげく、そのまま父が墓場まで持って行かざるを得ませんでした。

また、単純に金銭面だけを見ると、加害者側が実際に被害者側に支払った額は、本来払わなければならない額をはるかに下回っていました。未払い分相当額の一部は、加害者側弁護士S氏への支払いに使われた形になったと思われました。

被害者側にとっては、金銭的にはむしろ「持ち出し」だったと思います。…それでも被害者の父親としては、加害者側を責め続けることを「やめるわけにはいかなかった」。もし加害者側への責めを諦めてしまったら、それは「加害者を許す」ということになり、そして「泣き寝入りする」ということになってしまうからです。両親の、とくに父親の「やりきれない思い」は、とてもそんなことで治まるような程度ではなかったと思います。

父は、もし加害者側が「人並みに謝罪の気持ちを言葉にし」、「人並みに謝罪する態度を示し」、「人並みに誠意を示そうと」していれば、自分の「やりきれない理不尽な気持ち」の着地点を何らかの形で見つけることができていたはずです。

父の人柄を考える限り、もし加害者側の支払い額がまるで不足していたとしても、「筋を通し、誠意を示して謝罪してくれれば」、父は何らかの気持ちの整理を自分でつけられたのではないかと思われます。基本的には、社会的立場を弁えた良識のある人格者でしたから、相手に明らかに判断能力や支払い能力がないことがわかっているのに、総合的に判断することができない人ではありませんでした。

それでも、自分の娘がこんなに苦しまなければいけない目に合わされても、「謝ろうともしない」。また、支払い能力がないと言いながら「事故後いち早く不動産名義を第三者に書き替え」、「家族を含めてみな健康成人なのに、臨時収入を得てでも何とか支払おうと努力する気もない」。そんな加害者側の対応に、父は自分の「やりきれなさ」をどうすることもできなかったのではないかと思います。

また父は、仮にこの件で社会に対して不満の声を発したとしても、性善説に立脚する法のもとでは、自分自身や家族の「貴重な人生の時間」を浪費してしまうだけだ、ということともわかっていたのだと思います。

だから、自分が加害者側と私の間に立って、できるだけ私が加害者側と関わらなくてすむようにしてくれました。そういう意味では、父が必死に確保した「私の人生の残り時間」を、私が可能な限り有意義に使えるよう、最期まで父が守っていてくれたということになります。

…そして加害者側の弁護士S氏は、おそらくそれらの事情をほとんど全部承知のうえで、いえ、むしろ逆手にとる形で、加害者側に悪知恵を授けていたのではないかと思います。和解調停後の経過は、単なるその結果に過ぎないのでしょう。

被害者親子にとって事故は、まさに「30数年間、終わっていなかった。早く終わらせたくても、終わりにさせてもらえなかった。終わりにしてしまうこともできなかった」のです。もちろん、被害者本人である私自身にとって事故は、すでにとうの昔に「(私が)死ぬまで終わらない」存在になっていました。なぜなら「後遺症と『死ぬまで一生』つき合っていかなきゃいけない」と腹をくくったからです。そこに、さらに、和解調停に関する経過状況が加わったために、被害者親子の人生の大半が、「理不尽」「無力感」「空虚感」で覆われることになりました。

私自身はずっと、物理的な身体障害や激痛に惑わされて、働きの鈍った頭を抱えて自分1人が苦しみ続けていると思っていました。でも、両親は両親で、とくに父は父で、そんな娘の姿と加害者との間で、やはり苦しみ、悩み、孤独に戦っていたのだと思います。

本当に、「亡くしてわかる親の恩」です。せめて母には、精一杯の親孝行をしたいと思います。

「私の会った橘とも子⑥」 強き意思持つ生き仏

Column

弁護士　最首　良夫

強き意思持つ生き仏。これが、とも子さんの初対面の印象です。

1978年、とも子さんは高1の時、無過失なのに、無謀極まりない暴走車により、全身傷害約2か月間の意識喪失などで生死をさまよい、両親の命がけの介護で一命をとり止めました。しかし重大後遺症に悩み続けることになりました。

私は、この解決を私の尊敬するご両親から託されました。「医師になる夢が果せなくなるおそれがある。完膚なきまでの責任追及を」と。

私は、高2の彼女と初めて会いました。「初心はどんな苦難も乗り越えて貫く。苦難から学びとるものが必ずある。加害者への思いやりを心にとどめて裁判を進めてほしい」とのことでした。私は、驚きかつ感銘を受けました。

裁判は、加害者の非道な対応のため、実に29年もかかりました。その間の心身の苦しみ、強固なリハビリ、苦しい猛勉、ご両親の愛情などは、私の知る限りでもここには書き切れません。しかし、彼女は初心貫徹医師となり、その道を歩み続けました。ただただ驚異です。

２００９年、父上様から「残念ながら余命がわずかしかない。是非裁判の完結を見届けたい」と言われました。完膚なきまでの責任追及を果たすには、裁判所の判断通り加害者の家屋敷を売却しなければなりませんでした。

その後、私はとも子さんから次のような趣旨の言葉をいただき再び驚きました。「加害者が生きるために家屋敷は不可欠です。それを取り上げないで終結してほしい。亡父も、私が正しい選択をしたと思ってくれると信じます」と。

自らは30年以上も重い後遺症に苦しんできているのに、この段に及んでも、非道な加害者に慈悲をと言われるのです。一貫して強き意思持つ生き仏そのものの姿なのです。

この話を加害者に伝えたところ、彼女の気持ちが通じたのか、終結に際して、加害者は、「重い傷害を与え、その上数々の非礼と不誠実を重ねてきたのに、寛大な解決を許していただき、心からお詫びし感謝いたします」という趣旨の文言を裁判所の終結文書に残すことを申し出ました。この文書は亡き父上の仏壇に供えられました。

とも子さんは、並はずれた人だと思います。良き配偶者に恵まれたのも、周囲の人たちに愛されるのも、むべなるかなです。ご両親の愛情にもこたえ充分親孝行を尽くしていると思います。

第6章

今、思うこと

多様性のある個性の共存のために

重症ＴＢＩでも「ここまで良くなることができた」ということ

振り返れば、あまりにも痛くて惨めで悔しくて怖くて辛い…、そんな半生が、あっという間に過ぎました。…でも、結局、「何とかなった」と言ってよいのかもしれません。歯を食いしばり、苦痛に堪えながら、限られた人生の残り時間に割くためのプライオリティを判断し、考えを巡らし、低徊し、思索し、とにかく「できないこと」を補完する「できること」を工夫して、前に進むこと。…それだけを、ひたすら辛抱強く続けてきたら、いつの間にか良くなりました。少なくとも楽になりました。

その間、私を支えていた自尊感情や理性の先にあったのは、「私の人生は『私らしい』人生にしたい」という思いでした。

『やっぱり人間の脳って、すごいなあ。人間の身体って、人間の可能性って、捨てたものじゃないいんだろうな…。』

それが実感です。

そんな努力や工夫の結果でしょうか。私の脳の中で、前頭葉機能は相対的にむしろ発達したのではないかという気がします。

受傷後、医学部で膨大な情報量を記憶するという勉強を私の脳の「記憶リハビリ法」として活用していく頃までは、記憶と想起があてになりませんでしたから、ひたすら「考えて」いました。予備校の授業と自己学習で必死に医学部の受験勉強をしていた頃の「勉強の仕方」を改めて思い起こしてみると、それは「覚える」ではなく「考える」でした。「テキストに書いてあること、講師が話すこと、それらの情報を材料にして『残存機能の一つである前頭葉機能をフル活用させて考えていた』」という感じでした。

そして何より、ここまで良くなることができた絶対条件は、「環境要因」だったと思います。それは、私が努力や工夫をし続けられるような環境を整えるという意味での「周囲の支え」。私の第二の人生におけるベクトルが、できるだけ揺らがず定められるようにと支えてくれた、両親・友人・先生方はじめ周囲の皆さん、そして夫や家族たちです。

大勢の皆さんが、決して私の主体性・自主性・発動性を損なうことなく、温かく見守りながら支援の手を差し伸べてくださいました。

…そんなすべての「良くなるために必要な条件」が、幸い私の場合は整っていた。だから、30数年を経て「ここまで良くなることができた」。そう思います。

回復のために、大切にしてきたこと

たったひとりしかいない自分を、たった一度しかない人生を、
ほんとうに生かさなかったら、人間、生まれてきたかいがないじゃないか。

（山本有三『路傍の石』より）

たったひとりしかいない自分。たった一度しかない人生。
そんな「自分の人生への思い」を、私は物心ついた頃から持っていました。具体的にいつからそんな思いを持つようになったのかはわかりません。姉の本棚にあった山本有三氏の『路傍の石』を読んだのが小学校の中・高学年の頃だったと思いますから、ちょうどその頃からだったかもしれません。

『…あのたくさんの星の向こうはどうなっているんだろう？　…宇宙ってなんだろう？
…この宇宙空間って、人間って、…この私って、一体なんだろう？…』

小学校高学年の頃の夏の夜、雨戸を開け放して寝床から満天の星空を眺めながら、そんなことを、しまいには死ぬのが怖くなって半ばノイローゼになるまで考え続けていたこともありました。

その頃が、私の「人生への思い」が強くなった時期だったかもしれません。

『たった一度しかない人生のために、たったひとりしかいない自分を「最大限に生かした」と思えるような生き方をしたい。それが「私の満足できる人生」であり「私らしい人生」だ。』

そんな思いを、私は持っている子供でした。

受傷後、後遺症を抱えながら「第二の人生」を歩み続けるためには、精神的な発動性が必要でした。私の場合、自尊感情と理性が発動性を支えていたと思いますが、それらの感情は決して「他人との競争の延長上にある自信」ではありませんでした。あくまでも「自分自身への誇り」としての自信であり、自尊感情でした。そして、そんな自尊感情が潰れることなく発動性を維持し続けることができたのは、私のパーソナリティや周囲の支えといった要素のほかに、「どんな結末になろうと『私らしい人生』にしたい」という人生への思いがあったからだと思います。

すなわち「たった一度しかない私の人生のために、たった一人しかいない私という人間を『最大限に生かした』と思える生き方がしたい」という思いを、私はことのほか大切にしてきたように思います。

『私の人生が終わる間際に、「私という人間を最大限に生かす生き方ができた」と思えるような人生にしたい。』

そう思うからこそ、発動性を支えていた自尊感情は、潰れる気配を見せなかったのだと思います。…少なくとも、社会参加で対人関係が増加するまでは。

私にとっての「自己実現」の欲求

アメリカ合衆国の心理学者アブラハム・マズローは、「人間は自己実現に向かって絶えず成長する生きものである」と仮定し、人間の欲求を5段階の階層で理論化する欲求段階説を唱えています。つまり、人は、生理的欲求、安全の欲求、帰属の欲求、自我の欲求、自己実現の欲求という順に、それぞれ下位の欲求が満たされると、その上の欲求の充足を目指すというものです。自己実現の欲求は、その5段階の欲求の最上位に位置づけられている欲求です。

たとえ障害を複数抱え、しかもそれらの多くが「見えない障害」であったとしても、できること（=残された能力）を最大限に発揮して、自己実現という創造的活動を目指して生き抜くということは、すべての人間にとっての欲求であると同時に権利ではないでしょうか。

少なくとも私は、そう信じて第二の人生を生きてきました。人間としてこの世に生を受け、しかも「生きながらえさせていただいた」以上、「残存能力を最大限に駆使できる、生産的な活動を行いたい」。それが私の自己実現の欲求でした。

そして、「私の人生を描くために『私らしい生き方をする』」。それが私の第二の人生における、生き方の到達目標になりました。

では、そんな私の自己実現の欲求や生き方の到達目標を実現させるための方法として、大切にしてきたことは何だったでしょうか?

プライオリティの選択

16歳にして再設計を始めた第二の人生は、複数の障害と共に始めることになりました。その頃すでに、「もう少し何とか機能的に改善させたい…」と思うリハビリは、膝のリハビリも含めてすべて自分で行っていましたから、手段と時間が限られている状況にある以上、「リハビリと自己実現は、同時並行でやるしかないな…」と思っていました。それぞれを別々に進めていけるほど、人生の残り時間に余裕がなかったからです。

「この頭や身体の機能が何とかまともに戻ってくるまでには、少なくとも10年、20年という単位の時間が必要だろう。だから、リハビリと自己実現は同時並行でやるしかない。そして、頭や身体が何とか回復してくるのを待っている間に自己実現したければ、社会参加しなければならない」ということも想像がつきました。

社会参加すれば、事情を知る周囲の保護的な人々以外の、他人との対人関係に対処しなければなりません。おそらく相手が医学の専門家でない限り、私の病態は理解できないだろうから、馬鹿にされたりして私自身が辛い思いをするような体験が絶対あるだろう。…そんなところまでは、当時の私でも予測していました。

…しんどい生き方になりそうだ。…それでも、やるしかない。

それまで第二の人生のベクトル設定について、何度自分自身と対話してみても、「引きこもる」という選択肢には『…それでは自分は納得できない…。そんな生き方をしたら、私は死ぬ間際に絶対後悔しながら死なきゃならない…』という反応しか返って来なかったからです。

…やるしかない。

それからは、日常で自分が時間と労力を割くあらゆる対象について、それは自分にとって「価値あるものか」「プライオリティの高い事項か」という判断を、ことごとくするようになりました。自分には価値があると思えるものにだけ、プライオリティが高いと判断した事項にだけ、時間と労力を配分するようにしていきました。

学業に従事していた最初の頃までは、プライオリティが高くないと判断すると、きっぱり切り捨てることが多かったのですが、慣れてくるとだんだん、プライオリティの程度に応じて「それを行うための方法（簡易な方法を利用するなど）」や「かける時間・労力（何割の出来にとどめるかなど）」といった判断もできるようになりました。とくに労力の配分では、疲れやすい脳のエネルギーを効率的に配分利用するために、6割の出来をもって可（そこで終了）とすることも多かったと思います。

そのように攻略法を工夫する中で、とりわけ気を配っていたのは、「自分の脳や身体のキャパシティ（=能力）の全体量と、自己実現の達成目標とのバランス」だったと思います。つまり、決して「無理」はしない。それを常に慎重に計っていました。

…もっとも、さすがに受験浪人中、昭和大学医学部の受験に臨む前だけは、「かなり無理」をしましたけど。そんなことばかりも言っていられませんでしたので。

楽天的に、前向きに。一生懸命になりすぎない

私の場合、どんな理由であれ『くよくよ悩む自分』になるのは、人生の持ち時間の浪費になるだけ」と気づきました。だから、「楽天的・前向き思考を心がける」、「悩まなければならない事態を回避する」、「『忘却力』を身につける」等々の工夫をしていきました。「細かいことは気にしない」という言い方もできたかもしれません。

いずれにせよ、何事も楽天的に。前向きに。悲観的なことは切り捨て、自分にとって「どうでもいいこと」は、さっさと忘れる…。それが「前に進む」ために大切でした。なお、もともとの私の性格は「繊細、几帳面、執拗、神経過敏、緊張しやすい、自己抑制強い（１９９０年精神科医の診断による）」です。もともとがそんな性格だったから、いろいろ攻略法を工夫したり、性格自体を自己コントロールしたり、などという細かい芸当ができたのかもしれません。なにしろ受傷後早期はかなりぼーっとしていて、基本的には「何をするのも億劫」でしたから。

またその際、「熱中しすぎない。一生懸命になりすぎない」ということも大切にしていました。なぜなら、人間、一生懸命になりすぎると「周りが見えなくなる」『気づかなかった…』とあとで思うようなことが出てくる」と気づいたからです。…皆さんにも、そんな

経験、実はありませんか?

私も一生懸命になりすぎると、それが一区切りついた後で「あっ、なぜこんなことに気づかなかったんだろう?」というような見落としに気づくことが何度かありました。そうすると「はじめからやり直し」せざるを得ませんから、結果的に時間・労力が余計に必要になります。そのため、一生懸命になりすぎて考え方が「視野狭窄」にならないよう、とくに気を配りました(配っています)。

余談かもしれませんが、この「一生懸命になりすぎない」ことは、公衆衛生行政に関わるようになって以降とくに、重要さを感じています。公衆衛生行政の場合、相手が「たくさんの人々」という社会であるために、その「気づかない・見落とし」ということの影響が思いのほか大きくなることがあるからです。

歴史的に見れば、たとえば「ハンセン病対策」にかかわる問題。当初は正体も治療法も手探り状態だったハンセン病という感染症の流行に対して、従事していた人たちはおそらく誰しも、終始「一生懸命だった」のだと思います。

ただ、様々な事情から「一生懸命になりすぎてしまった」のではないか。そのため「すでに療養していた患者さんの人権」にまで思いを馳せることができなかったのではないか。

そんな可能性も考えられるため、「一生懸命になりすぎない」ことは公衆衛生行政においても教訓といえると思います。

努力はするけど、欲張らない

そして、もう一つ大切にしていたのが「欲張らない」ということでした。その時々で、脳や身体のコンディションと相談しながら、自分の努力目標を小刻みに変えていく、…決して欲張らない。「今の自分にできること」を一生懸命頑張るだけ。…肩の力を抜いて、深呼吸して、リラックスして、…努力はするけれど、欲張らない。

そんな考え方は、結果的に楽天的前向き思考を持続させるために役だったと思います。

あぁ、ただし「無理・無茶」だけは、してしまいました。たくさん。…それは、まぁ、ご愛嬌ということで。

周囲の人々への感謝

人間誰しも、社会生活を営みながら自己の欲求充足を図るには、ひとりでは生きていけません。私らしい生き方を展開していく「社会」、そして私を「とりまく人々」、「接する人々」。

すべてが自分にとって無関係であるはずはなく、私らしい人生の「舞台」です。

そういった意味で、私は「とりまく社会」に対して、意識的に思いを馳せることが多かったと思います。そんな「人生を展開するための舞台」としての社会への思いを、とても大切にしていました。誰一人の関与がなかったとしても、ここまでの私の人生のストーリーは描けませんでしたから。

CTがようやく日本国内にも導入され始め、脳疾患医療がようやく近代化の黎明期に入った…そんな時代に私は重度脳外傷を負ったため、そのこと自体は私にとって「幸い」とはいえなかったのかもしれません。それでも、精一杯最善の医療を尽くしてくださった先生方には、本当に感謝しています。

医師の権威（パターナリズム）に基づいた医療の体質がまだ根強かったあの時代に、主治医の音琴先生や廣瀬先生は少なくとも『あなたは、頭も脚も壊れています。もう運動や学問はできません。ましてや医者は、できません』とは宣告なさいませんでした。本当によかったな…と思います。

そんな「私をとりまく社会」として私を支え、保護的・協力的に手を貸してくださった周囲の皆さんに対する「感謝」を、私は決して忘れたことはありません。

「私の人生」の舞台ともいえる社会の「私にとっての『ありよう』」を、すばらしいと自分が感じられるか否かは、家族を含めて、周囲をとりまく大勢の皆さんの支援に依るところが大きかったと思います。そんな魅力的な方々に対する感謝の気持ちは、何よりも大切にしてきました（そんな「社会への思い」が、もしかすると私を、公衆衛生に導いたのかもしれません）。

ただ、私のように「見えにくい障害・外見上わかりにくい障害」を抱えている場合、その状態で社会参加しようとすると、どうしても「周囲の人々＝事情や病態の理解者・支援者」でなくなってしまう場面があります。

事情や病態を「知らない」「気づかない」がために侮辱や差別をしてしまったり、あるいは、事情や病態を「知っている」「気づいている」のに、障害を理解しようとしなかったり、…そんな場面が考えられます。

侮辱や差別を「する個性」・「障害を理解しようとしない個性」も認めること

誤解を恐れずに書きますが、私は「侮辱や差別をする人々の個性」や「障害を理解しようとしない人々の個性」も認めること…そんな気持ちも、大切にしてきました。

それは、「侮辱や差別をする人々の個性」も、「障害を理解しようとしない人々の個性」も、多様性のある個性のひとつだからです（第2章「再出発」１９０ページ）。「そういった個性がある」という気持ちは、「多様性を認める」という観点で大切にしてきました。決して、人々がそういった気持ちを持つこと自体を認める、とか、そんな人々に行動変容を求めるのを諦める、という意味ではなく。そういった「私にとって不愉快な個性」の存在も認めなければ、真の「多様性を認める社会」は実現しない、そんな思いを大切にしてきました。


実は、私の子供たちでさえも、私の障害をある程度理解するまでは、私の「できないこと」には、けっこう冷淡でした（…侮辱したり差別したり、なんてことは、絶対に、ただの一度も、なかったですけど…）。

決して彼ら自身が冷たい性格だとか、非人間的だとかいうわけではないのです。

「知らなかった」から。「理解できなかった」から。

私は自分の受傷や障害に関する話を、彼らがある程度、少なくとも「理解できるくらいに」成長するまでは、あえて伝えていなかったのです。

私が、自分の受傷にまつわる話を息子に初めて聞かせたのは、ちょうど彼が、私が受傷後君津中央病院を初めて退院した頃の年齢に達した２００９年の頃だったでしょうか。近所のレストランで２人だけで夕食をとっていた時のことだったと思います。当時の私によく似た顔の息子は、真剣に私の話に聞き入っていました。

私が、「…本当に、どうしようかと思った。…思ったけど、でも、やっぱり、『事故さえなければ…』なんて思うのも、思われるのも、イヤだった。だから『やるしかなかった』…」、そこまで話した時。

それまでじっと視線を落として聞いていた息子が顔を上げて、ふっと口角に笑みを浮かべながらこうつぶやきました。「…潔い…。」

それからは息子も、私の「見えにくい・外見上わかりにくい障害」を一つひとつ理解し、気を配り手を貸してくれるようになりました。おかげでプライベートでは、夫だけの時の３倍の支援が私に差し伸べられ、３倍分以上の「理解する」が私に寄り添ってくれるようになりました。本当に、ありがたいことです。

この息子のエピソードと同じようなことが、私の見えにくい障害を「侮辱したり差別したり、理解しようとしない人々」の多くにも起こると、期待することはできるのではないでしょうか。

ときに「見えにくい障害・外見上わかりにくい障害」には、「本人は『理解されない』と訴えるのに、第三者は『「理解されない」がわからない』と言っている」、そんな場面が見受けられるように思います。しかしその本質は、この息子のエピソードと似たような話なのではないかと私は思っています。…そして、そう思うからこそ、「『侮辱や差別をする人々の個性』も、『障害を理解しようとしない人々の個性』も、私は『多様性のある個性のひとつ』として認めなければならない」…そんな気持ちを大切にしてきたのです。だって何しろ、そういった個性の多くは「これから理解しようとしている人々の個性」なのですから。

事故に遭わなければ、わからなかったこと

私にとっての、この事故。受傷。それらは私の人生にどんな影響を与えているか。…結論から言えば、「事故に『遭わなかった』人生の方が、『遭った』人生よりよかった、とは思わない」。これは本心です。決して強がりではありません。

もちろん、受傷後のけがに脊髄の損傷が加わっていたら…、失明や難聴・耳鳴が、もし片側だけではなく両側だったら…、前頭葉にもっと重度の損傷があったら…等々、より重度の障害が残ったとしたら、30数年後の今、どんなふうに思っていたかはわかりません。そういった、より重篤な障害が残ったとしてもなお、「事故に遭わない方がよかったとは思わない」と言い切れるか?と問われたら、即YESと答えられる自信はありません。

実際、私の場合は、不幸中の幸いがいくつも重なったのは事実です。そのおかげで、「事故に『遭わない方がよかった』とは思わないで済む人生を送ることができている」と考えるのが、妥当なのだと思います。

…もしそうだとすれば、私の「事故に遭わなければ、わからなかったこと」とは、すなわち「事故に『遭わない方がよかった』とは思わないで済む人生を送る方法、その具体例を、つぶさに知ることができた」ということになるでしょう。

「重度の頭部外傷でも脳や身体はここまで回復できるという事実。」

「両親は半狂乱の心を抑えつつ、どんなふうに冷静かつ前向きに判断したか。」

「私の脳は、何を考え、どんな困難にぶつかり、どんな努力と工夫で対処したら回復してきたのか。そんな私を、どんな魅力的な方々が支えてくださったのか。」

そして医師になってからは、

「理解されにくい障害をかかえて社会参加するうちに、どんな悩みや困難にぶつかり、それらにどんなふうに対処してきたのか。」

「私が『脳』という限られた空間の中で、落ち着いて・冷静に・思う存分、好きなだけ、『私らしい人生』にするための思索をどんなふうに続けてきたか。」

…。

そして何より、

「見えない障害と共に生きる人々を含め、多様性のある個性が共存できる社会を描くためには、今後さらに『何が』必要か?-ということについて、『考え続けることができたこと』。」

…それらすべてを、何らかの記録に残すことによって「社会の役に立ちたい」。そう思ったからこそ、私は「事故に遭わなければ、わからなかったこと」の一つひとつを大切に生きてきましたし、また、この本の執筆を決意したのです。

それでは次に、多様性のある個性が共存できる社会のために、今後さらに必要だと思うこと、私が考え続けてきたことを記したいと思います。

多様性のある個性が共存できる社会のために①
「理解しようとされない社会」を「理解される社会」に変える

見えない障害等をかかえながらも、残った能力を発揮して社会参加し、その能力や状況に応じてのびのびと生産的活動を行うべく努力している皆さんを「支援できる社会のあり方」とは、どんなものでしょうか。

はじめに、主に見えない障害と共に生きる皆さんに向けて、お話してみたいと思います。

ここまで述べてきたように、ＴＢＩ後遺症など「見えない障害」と共に生きる皆さんの積極活動を支援できる社会のためには、「理解される社会」が必要だと思います。では、そんな社会を目指すには、どうしたらよいでしょうか。「理解しようとされない社会」を「理解される社会」に変えるには、何が必要でしょうか。

「理解される社会」に至るまでには、このように5つのプロセスがあると思います。

①理解しようとしない

←②理解しようとする（でも、まだ理解されてはいない）

←③理解しようとしている

←④理解しようとしている人が増える

←⑤理解される社会になる

第一段階として、人々の「①理解しようとしない」を「②理解しようとする（でも、まだ理解されてはいない）」に変えることが必要です。ここまで述べてきたように。そして、その次には「③理解しようとしている」となって、「④理解しようとしている人が増える」、を経て、最後にやっと「⑤理解される社会」にたどり着くのです。

こんなふうに考えると、この①から⑤までのプロセスのうち、「③理解しようとしている」は、まさに「只今、勉強中…」というプロセスに該当します。この「理解しようとしている人々」をできるだけ増やすことが、見えない障害と共に生きる皆さんの積極的な活動を支援できるような「理解される社会」のためには必要でしょう。

しかし、残念ながら人間は、「理解しようとしない」を「理解しようとする」には、なかなか変えようとしないものではないでしょうか。

イタリアの物理学者・天文学者・哲学者であるガリレオ・ガリレイは、「人にものを教えることはできない。自分で気づく手伝いができるだけだ」という言葉を残していますが、自主的に気づき、知ろうとしない限り、「理解しようとする」姿勢は生まれません。「理解してほしい」と思っていることを「理解しようとしていない」相手に伝えるには、「気づいてもらう」ことが必要だと思います。

つまり、相手が「あぁ、そうか。それ、今まで気づいていなかった。知らなかった。…」と気づくことができるような情報を提供することが必要なのだと思います。そんな「気づきの視点」が、「理解しようとしない」を「理解しようとする」に変えるためのスタートボタンになる、そんな気がします。

では、「理解しようとしない」を「理解しようとする」に変える「気づき」のために必要な情報・視点とは何でしょうか？

残念ながら、そんな情報は、とくにＴＢＩ後遺症による「見えない障害と共に生きる人々」の場合、現在の日本には少なすぎるのではないかと思います。誤解を恐れずに言いますと、「エビデンス（科学的根拠）や関連情報が少なすぎる」のです。…そして、そのことが①から⑤までのプロセスを、③の段階で止めてしまって、「⑤理解される社会」に至るのを阻んでいるような気がします。

多くの人が、見えない障害と共に生きる人々を「理解しようとする」ために「気づく」には、冷静で、論理的で、相手にわかる言葉や方法による、具体的な情報を辛抱強く提供し続けることが必要なのだと思います。そんな情報提供のひとつとして、この本を役立てていただけるのであれば、私の半生も報われる。…そんな気がします。

多様性のある個性が共存できる社会のために②

「障害者ｖｓ健常者」という発想からの脱却

次に、半生をかけて見えない障害と共に生きてきた公衆衛生の専門家という立場から。多様性のある個性が共存できる社会を、「これから描きたいと考えている・これから理解しようとしている」すべての皆さんへ。

私の夢は、「『障害者ｖｓ健常者』という発想から脱却した社会」です。「できること」・「できないこと」は誰にだって、あります。障害者だけではなく、健常人と呼ばれる人にも。多様性を受容できる社会のためには、発想の転換が必要ではないでしょうか。

国際障害分類（ＩＣＩＤＨ）から国際生活機能分類（ＩＣＦ）へ

20世紀後半に入り、先進国では医療や公衆衛生の成果として寿命が延伸しました。それに伴って、慢性疾患や障害を伴う疾患が増加し、戦争や災害による障害者の増加が生じてきました。そこに障害者の人権尊重という機運があいまって、疾患が生活・人生に及ぼす影響評価の必要性に対する意識が高まったため、１９８０年、世界保健機関（ＷＨＯ）において国際障害分類（ＩＣＩＤＨ）が採択されるに至りました。ＩＣＩＤＨにおいて示された障害構造モデルは、疾患・変調が原因となって、①機能障害（機能・形態障害）が起こり、そののち、②能力障害が生じ、それが③社会的不利を起こす、というものでした。基本的にＩＣＩＤＨでは、身体機能の障害による生活機能の「障害（社会的不利益）」というマイナス面を分類するという考え方が中心でした。

その後、ノーマライゼーション意識の高まりに伴って、障害があっても社会のバリアフリーが整えば社会参加のレベルが向上するといった「環境因子」の概念が加わりました。その結果、視点が「生活機能」というプラス面に転換され、ＩＣＩＤＨの改訂版として国際生活機能分類（ＩＣＦ）が２００１年5月に採択されました。ＩＣＦでは、バリアフリー等の環境評価といった環境因子の観点が加わっており、人間の生活機能と障害を「心身機能・身体構造」「活動」「参加」の3つの次元および「環境因子」等の影響因子から構成されるとしています。問題のあるもの（＝否定的側面）は、①機能障害（構造障害を含む）、②活動制限、③参加制限、と分類され、その原因となる概念には、病気以外に加齢・健康状態が加えられています。

ＩＣＦでは、障害と生活機能の概念は、健康状態（疾病、変調、傷害）と背景因子との相互作用の帰結とみなしています。

背景因子の中には、外的な環境因子（たとえば、社会の態度、建築物の特徴、法的および社会的構造、気候、地形など）と内的な個人因子（性別、年齢、困難への対処方法、社会的背景、教育、職業、過去および現在の経験、全般的な行動様式、性格、その人が障害を経験する仕方に影響を及ぼすその他の因子）があります。

さらにＩＣＦでは、人の生活機能を①身体あるいは身体の一部、②個人全体、③社会的場面での個人全体のレベルにおける生活機能、という３つのレベルに分類しており、したがって「障害」は、これらの一つあるいは複数のレベルにおける、①機能障害（生活機能の不全を含む）、②活動制限、③参加制約、と分類されています。

国際生活機能分類（ＩＣＦ）が世界保健機関（ＷＨＯ）総会で採択されたのが２００１年ですから、その精神にのっとれば、保健・医療・福祉サービスや社会システムの枠組みにおける世界の先進国の潮流は、とっくの昔に『障害者ｖｓ健常者』から脱却する方向」を目指して動き出していた、ということになります。日本でも今後、保健・医療・福祉サービスや、社会システムのあり方について、「障害者ｖｓ健常者」という発想から脱却し、「多様性のある個性の共存」へのパラダイムシフトをよりいっそう加速させるべきではないでしょうか。

そんな発想の転換、すなわち「障害vs健常」とか、ましてや「見える障害vs見えない障害」といった優越感情や侮辱感情の温床となりかねない発想からの転換。それが、日本において多様性のある個性を受容できる社会を今後描くためには必要であるとともに、「見えない障害を理解しようとする社会」の実現のために重要なのではないか。私には、そんな気がするのです。

多様性のある個性が共存できる社会のために③

「個人」の捉え方についての発想の転換

人間一人ひとりが持っている「能力」というものを、私たちはどんなふうに捉えるべきなのでしょうか。個人がもっている総合的な能力というものを。

おそらくそれは、ペーパー試験、運動能力テスト、性格テストといった方法だけで量れるほど、単純ではないでしょう。また、どんな観点で、どんな目的で…等々によっても、捉え方は変わると思います。さらに潜在的な能力まで含めてしまうと、「個人の能力を『量る』なんて本当にできるの?」と思ってしまうほど、奥は深いと思います。

ここで私が、あえて「個人の能力」という概念を持ち出したのには、訳があります。この本でご紹介した私の経験から、今後の「多様性のある個性が共存できる社会」について、ひとつの提案があるからです。

それは、「『個人』という捉え方を、『できること』と『できないこと』が多種多様なパターンで組み合わさった『単なる総合的能力(=これをここでは「個性」と呼ぶことにします)の集合体』として捉えてみる、という発想の転換の提案です。

人間には誰しも「できること」と「できないこと」がある、と思います。本人がそれを自覚しているか否かは別として。

ただし、「できること」や「できないこと」の想定の中には、「ちょっとだけできること」とか「あまりできないこと」といった、さまざまな程度を含んでいるつもりです。そして、その「できること」・「できないこと」の種類も、「高く飛ぶことができる」とか「魅力的な発想をすることができる」とか、「マッチで火を点けることができない」、「◎◎という算数の問題を解くことができない」、「すばやく考えることができない」、「右眼でものを見ることができない」、あるいはパーソナリティとして「他の人と共感性を持つことができない」、「安定した精神状態を保つことができない」、さらには「もし○○といった支援があれば△△ができる」、「もし非常事態になったら××ができない」等々、多岐にわたる想定をしています。

そしてさらに、「できること」・「できないこと」の成因も、「生まれつき（＝先天性疾患・先天性障害・気質・学力不足・性格異常など）」の場合もあれば、「外傷や病気といった後天的障害で『できない』が加わった」という場合もあり、「生育条件において教育環境や経済的環境の面でツイテいなかった」という場合もあるでしょう。

いずれにせよ、そんなふうに程度も種類も、そして成因も、事情は様々ではあるけれど「人間には、誰しも皆、『できること』と『できないこと』がある」。そして、「それら『できること』と『できないこと』が、総合的に組み合わされた結果、「個人の総合的能力（個性）」が構成されている」。だから、人間は「皆同じ」。障害者と呼ばれて括られてしまう人たちだけが「できないこと」を持っているわけでもなければ、健常人と呼ばれて生きている人たちだけが「できないこと」を持っていないわけでもない。

…そんな観点で、多種多様な「できること」・「できないこと」の状況にある個人が、互いを認めつつ生産的共同体を描くためには…と考えると、互いの「できないこと」を、侮辱したり嘲笑したり馬鹿にしたり誹謗中傷したり…といった行為のないような生き方が、各個人に求められるのではないでしょうか。

そのためには、何が必要なのか。第一歩として、何をしたらよいのか?

…そんなことを、これからも私は、考え続けていきたいと思います。

巻末資料

脳の構造とはたらきについて、高次脳機能障害について、頭部外傷・脳損傷についての解説を簡単にまとめました。

脳の構造とはたらき

脳は大きく分けて大脳、脳幹、小脳で構成されています。

その名のとおり、人間の脳の中で大きな割合を占めるのが大脳で、前頭葉、後頭葉、側頭葉、頭頂葉に分けられます。大脳の表面の大脳皮質（大脳新皮質）には運動、体性感覚、視覚、聴覚、嗅覚、味覚、言語など、実に様々な機能の中枢が地図のように分布しています。

脳幹は延髄、橋《きょう》、中脳、間脳から構成され、人間が生命を維持するための多様な機能を司っています。間脳は視床、視床下部、下垂体から構成されます。喜怒哀楽などの感情、食欲や性欲といった本能の中枢で、自律神経やホルモン分泌のコントロールを行っています。小脳は運動機能に加えて、知覚情報の統合などを行っているといわれています。

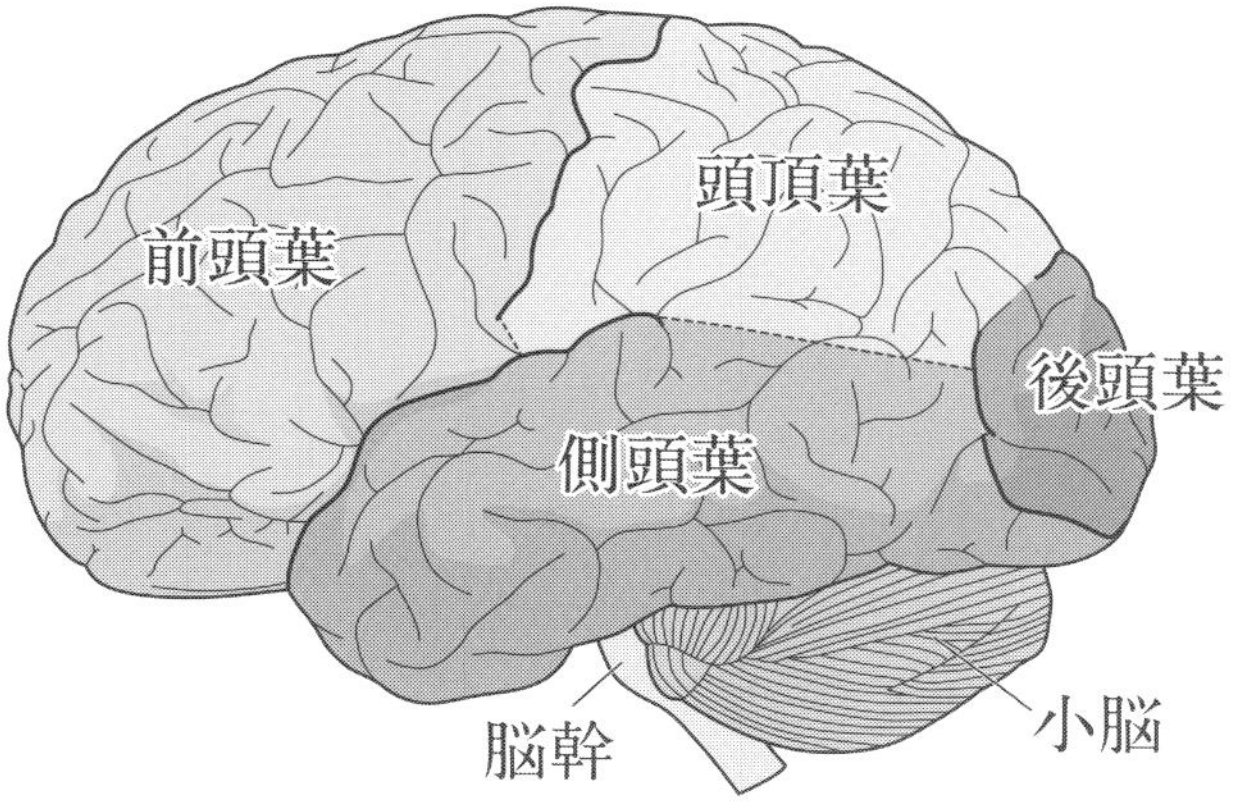
頭頂葉
前頭葉
後頭葉
側頭葉
脳幹
小脳

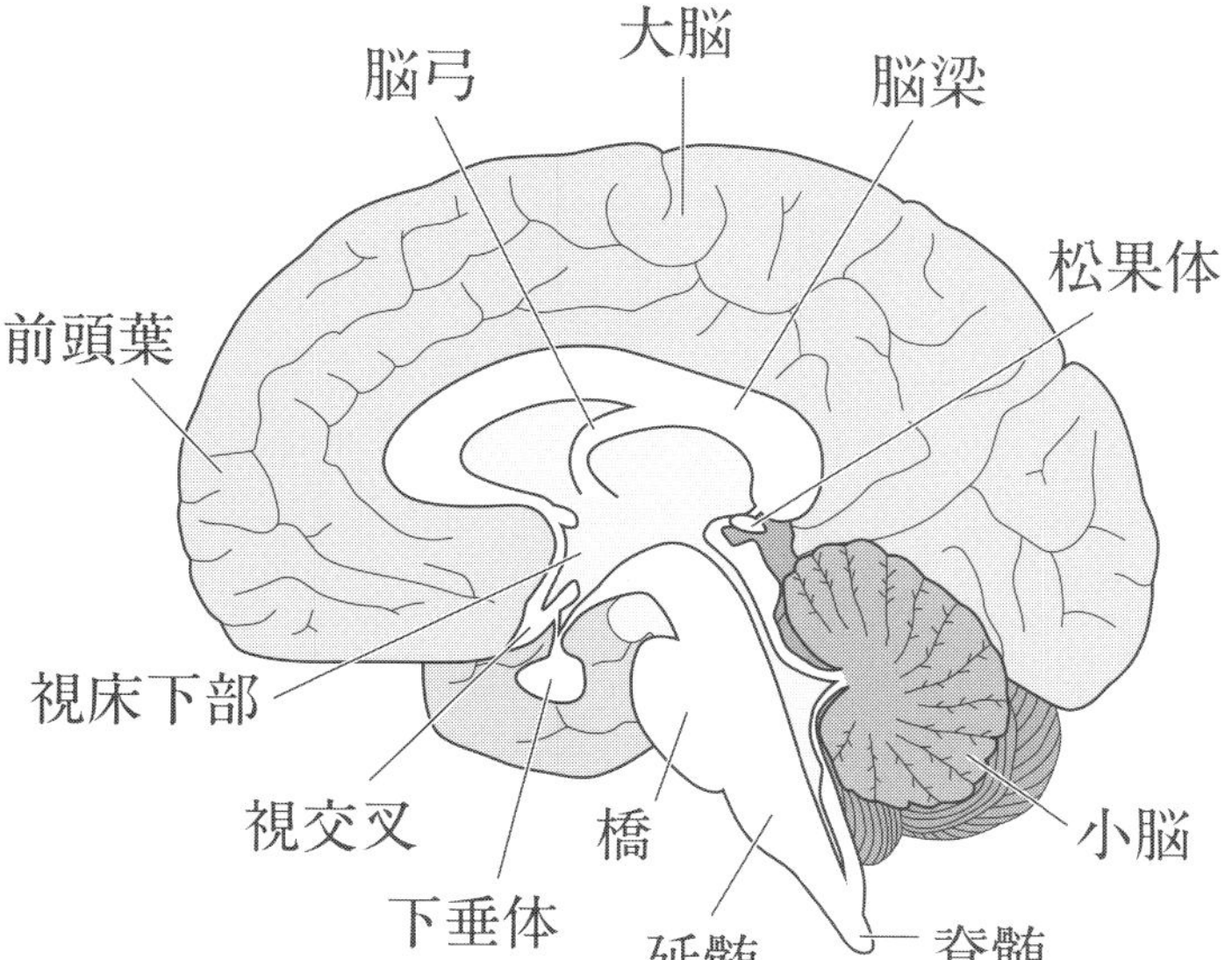
大脳
脳弓
脳梁
松果体
前頭葉
視床下部
視交叉
橋
小脳
下垂体
延髄
脊髄

高次脳機能障害と代表的な症状

高次脳機能障害とは、「どこに―（空間的認知）」、「何が―（対象の認知）」、「合目的行為」、「言語」、「記憶」といった高次脳機能の障害です。欧米ではcognitive dysfunction（認知機能障害）が高次脳機能障害に相当します。脳梗塞や脳出血・くも膜下出血といった脳血管障害や、外傷性脳損傷（ＴＢＩ：traumatic brain injury）の後など、様々な原因で起こり症状が現れることがあります。

代表的な症状は、「注意障害（集中力がない）」、「半側空間無視（からだの半分から片側の空間について気づかなくなる）」、「失語（言葉を理解・表現できない）」、「記憶障害（新しく何かを覚えられない）」など、とされています。

外傷性脳損傷（ＴＢＩ）と後遺症患者の発生

交通事故などの外部からの衝撃によって脳にダメージ（損傷）を受けることを、外傷性脳損傷（ＴＢＩ：traumatic brain injury）といいます。ＴＢＩについては、近年すでに様々な研究が行われてきています。精神医学的機序は、びまん性軸索損傷（ＤＡＩ：diffuse axonal injury）として病理学的に解明され、また、情動障害はパペッツの情動神経回路の損傷として病態が明らかになってきています。

しかし、ＴＢＩの受傷後、派生してくる精神心理学的問題については、治療や認知リハビリテーション（以下「認知リハビリ」）が精力的に検討実施されてきているにもかかわらず、「未だ残された課題が指摘されたままである」といわれています。

つまり、「認知リハビリ後の転帰として、重度ＴＢＩ患者さんとその家族の重いハンディキャップや大きなストレスを解消できずに経過してしまう場合がある」という課題がまだ残されたままになっている、ということです。その一因として、病態予後に対する精神心理学的介入の有効性や妥当性に関する評価研究が、非常に少ない点が指摘されています。

そういった介入評価を科学的に明らかにするには、ＴＢＩ患者さんの長期予後（長期的にどのような経過を辿るのか）ということを科学的に明らかにする必要がありますが、現在までのところ日本には、妥当な疫学的研究デザインに基づくＴＢＩの長期予後研究は見あたりません。

一方、若年期（0〜16歳）の受傷におけるＴＢＩ（以下「若年期ＴＢＩ」）は、後天性身体障害の最も一般的な原因の一つです。若年期ＴＢＩの患者さんに対して急性期の医療を提供する専門家にとっては、病態から予後を予測し、介入やフォローアップの優先順位を判断することが重要です。そして慢性期の医療を提供する専門家には、後遺障害に対して効果的な医療介入を行うことが求められます。さらに慢性期の医療介入には、若年期ＴＢＩの生存者に対する発育上の観点から、若年期ＴＢＩの生存者が健常者に追いつくために必要な能力を獲得する機会を喪失するリスクがないかどうか、ということを検討評価することが求められます。

しかし、若年期ＴＢＩの生存者の長期予後を、日常生活機能や生活（人生）の質（ＱＯＬ：quality of life）まで含めて網羅的かつ科学的に明らかにしている研究は、ありません。若年期ＴＢＩの生存者を成人期までフォローアップする機会がきわめて限られているため、長期予後を把握することがきわめて難しいからです。

「内科学第9版」（朝倉書店）によると、米国では頭部外傷（head injury）は、年間約２００万人が死亡し、同数が長期療養を余儀なくされていると記載されています。日本では「頭部外傷」に限定した正確な統計は、現時点ではありません。

いくつかの政府統計、すなわち厚生労働省の人口動態統計や総務省の「救急医療に関する報告書」「交通安全白書」、あるいは１９９７年から日本神経外傷学会頭部外傷データバンク委員会が、協力医療機関によって一部の頭部外傷患者について登録システムを構築しているデータバンクなどから推測するしかありません。それらの集計結果は、いずれも何らかの形で公表されているものの、他の内科系疾患のように補足率の高い継続的な発生動向調査（サーベイランス）システムにはなっていません。

私が事故に遭った頃、日本ではＴＢＩがどのくらい起こっていたか？

日本では１９６０年代後半、戦後の高度経済成長に伴って「交通戦争」と呼ばれる社会現象が起きました。国内では頭部外傷の発生が増加して、頭部外傷の患者さんに対する医療需要が急増しました。これに伴って、病院等の診療科として「脳神経外科」が新たに１９６５年に加わることになりました。そして１９７５年には、国内にＣＴスキャンが導入され始めて、頭部外傷を含む「脳の疾患」に対する「診断」の技術が、急速に向上することになりました。

私が交通事故に遭ったのは１９７８年だったので、時期的にはまさに「脳疾患に対する診断技術が急速に向上し始めた」頃だったということができます。当時まだ国内には、CTスキャンが導入されたばかりだったという話でしたから、そのうちの貴重な1台を設置して、当時最先端の脳疾患医療に取り組んでいた君津中央病院に担ぎ込まれたというのは、まさに不幸中の幸いでした。

1990年代に入ると日本では、道路交通事故による死者の割合（人口10万人あたり死者数）は減少しましたが、その一報で負傷者の割合（人口10万人あたり負傷者数）が急増しました。そのため、外傷性脳損傷（TBI）による注意障害や記憶障害、情動障害等の後遺症に悩む症例の増加が指摘されるようになりました。

交通事故発生件数・死者数・負傷者数の推移（昭和23年～平成24年）

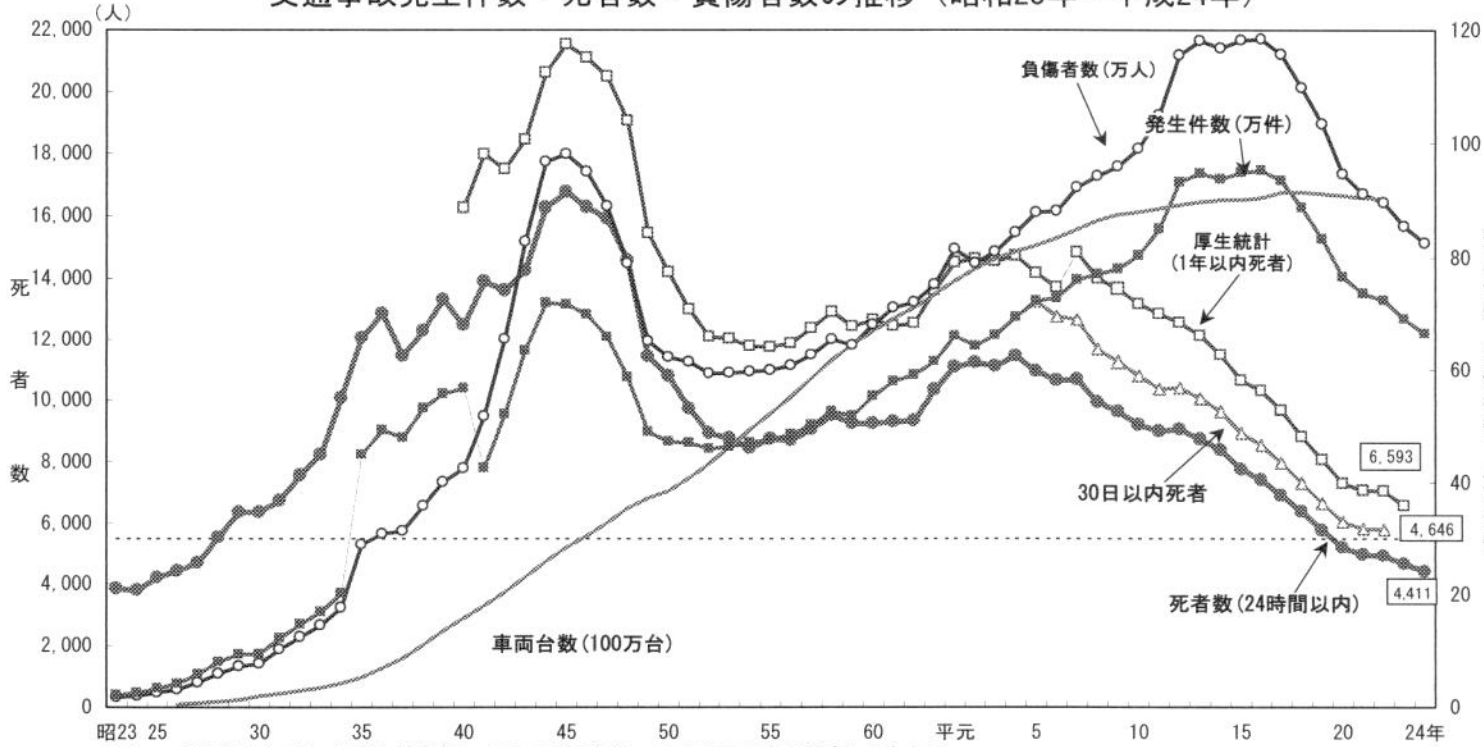

注1　昭和34年までは、軽微な被害事故（８日未満の負傷、２万円以下の物的損害）は含まない。
2　昭和40年までの件数は、物損事故を含む。
3　昭和46年以前は、沖縄県を含まない。
4　厚生統計は、厚生労働省統計資料「人口動態統計」による当該年に死亡した者のうち原死因が交通事故の死者数である。なお、平成６年までは自動車事故とされた者の数を、平成７年からは交通事故とされた者から道路上の交通事故ではないと判断される者を除いた数を計上。

年齢層別死者数の推移（各年12月末）

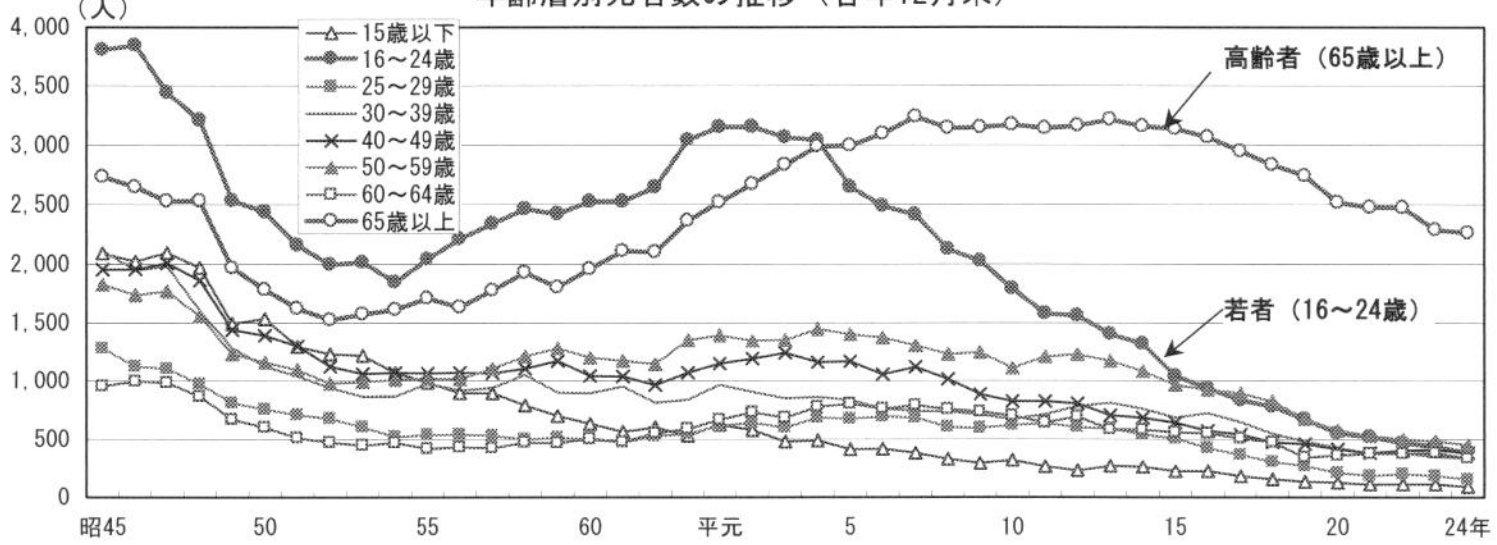

年齢層別人口10万人当たり死者数の推移（各年12月末）

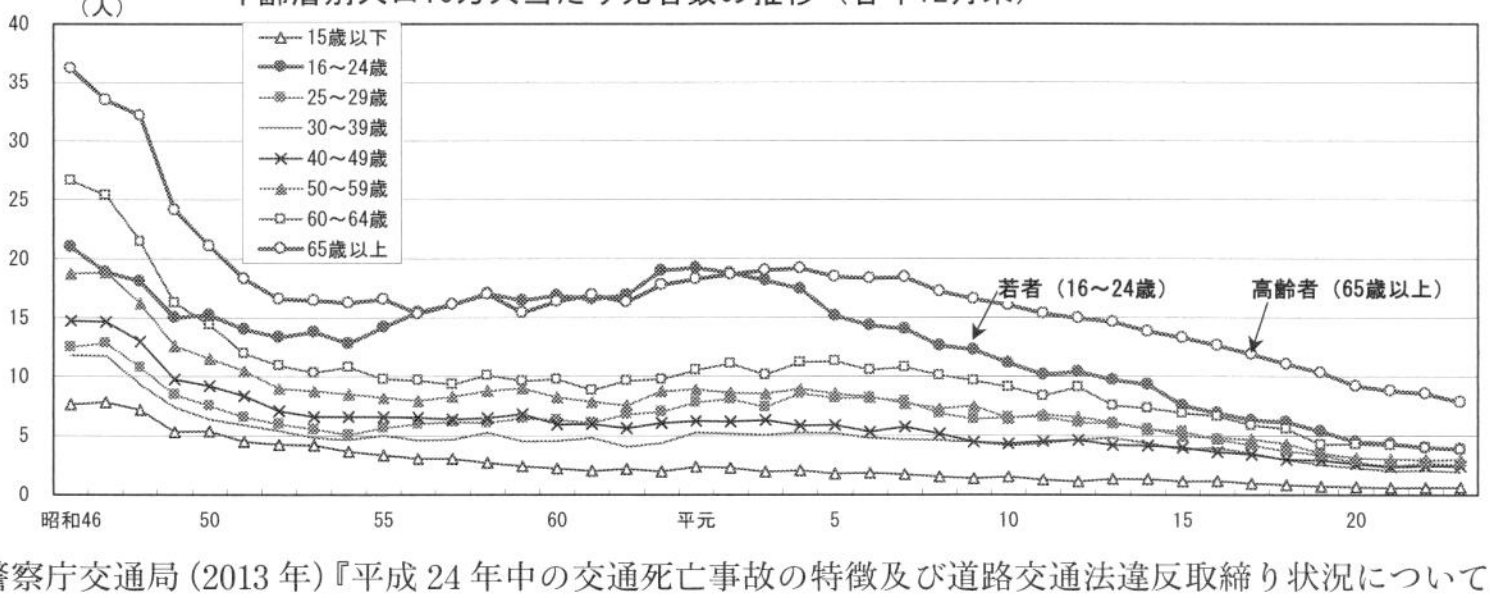

警察庁交通局（2013 年）『平成 24 年中の交通死亡事故の特徴及び道路交通法違反取締り状況について』

脳損傷の発症機序

頭部外傷とは、頭部に外力が作用したために生じた、あらゆる損傷を指しています。

頭部外傷に対する医療では、とくに脳の損傷の程度が最も重要視されます。直撃損傷、対側《たいそく》損傷、剪断《せんだん》損傷の3つは、いずれも外力が脳に与える損傷の発生機序のうち、代表的なものです。

①直撃損傷（coup injury）

前頭部を打撲したなどの単純な直線的加速／減速が加わると、打撲部位で骨はたわみ、脳は直線方向に前方へと移動し、頭蓋骨と衝突し損傷を生じます。このように打撲部位の直下に生じる脳損傷を「直撃損傷」といいます。

②対側損傷（contrecoup injury）

①のような直撃の打撲を受けると、脳が打撲部に移動しますが、この体側に当たる部位の頭蓋骨と脳との間に陰圧が生じます。この陰圧が気胞を生じ、気胞が崩壊する時に脳損傷を生じます。

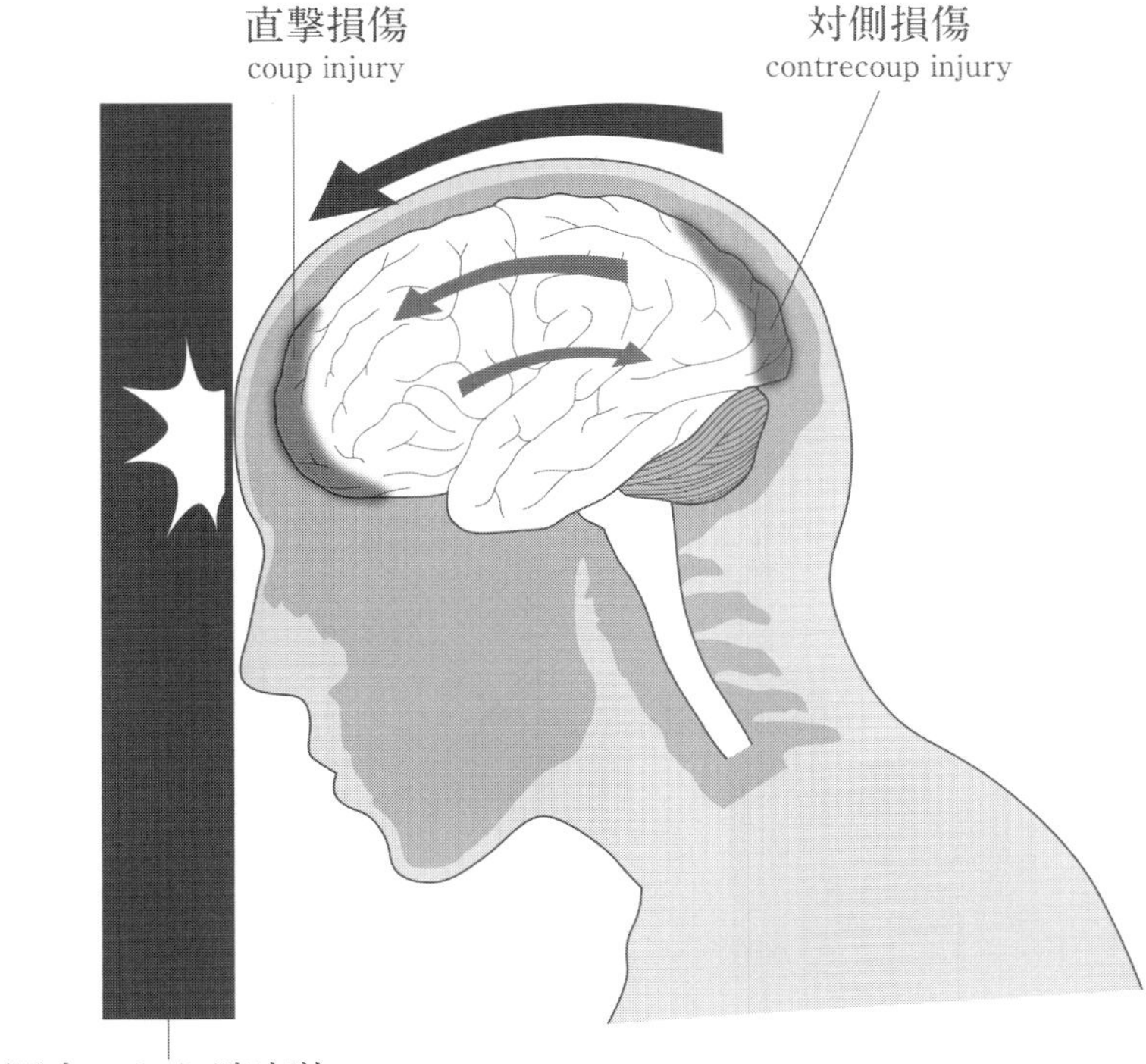
直撃損傷
coup injury
対側損傷
contrecoup injury
固定された障害物

対側損傷は「間接性振盪《しんとう》」ともいい、頭蓋、胃、膀胱などの液体を含む器官に種々の外力による衝撃が作用した場合に、直接外力の加わった部の反対側が損傷を受けることをいいます。

たとえば頭部に強い外力が加えられると、脳は強い力で一方へ進行し頭蓋骨の内面に衝突し、その反動によって反対側にはね返り他方の頭蓋骨に衝突して損傷を受ける場合があります。このような外力による直接的脳損傷に加え、頭部に加速された外力が加わると、外力と反対側の頭蓋骨と脳の間に間隙が生じ陰圧を生じるので、脳組織に損傷が生じます。これが、反衝による損傷が直接損傷より大きい理由であると考えられます。

③剪断損傷（shearing injury）

交通外傷などの high velocity injury では脳全体に回転運動が加わり、角加速が生じます。この角加速により、不均一、不連続な構造をもつ脳実質の各部分に（相対運動による）剪断力が働き、脳は脳梁から中心部、脳幹部に向かって広範な損傷を生じます（Holbourn の shearing injury 説）。

これが最も多くみられ、かつ重要な脳損傷の発生機序であり、びまん性脳損傷、とくに軸索損傷を生む基本型となります。

（参考：南山堂「医学大辞典」第19版、２００８年）

(著者論文：P.374 より)
出　典：Tomoko Tachibana, Hideaki Tachibana. The Long-Term Spontaneous Course of Severe Traumatic Brain Injury Incurred at age 16 by a 47-Year-Old Physician: Investigation into Planning a Long-Term Prognosis Study of Childhood Traumatic Brain Injury. International Medical Journal 2012 Dec; 19(4): 321-8.

necessary to realize this goal. It may also be the first step toward solving a public health issue and building a society where people with TBI sequelae may play significant roles in society and live with a positive QOL.

ACKNOWLEDGEMENTS

We appreciate Dr. Akira Hirose at Kashima Rosai Hospital, Dr. Masaru Otokoto and Dr. Yoshikata Shinohara at the Nakaizu Rehabilitation Center, Dr. Toyoo Sakurayama at the Tokyo Metropolitan Government, Dr. Motoichiro Kato at Keio University Hospital, Dr. Hideki Wada at the International University of Health and Welfare Graduate School, and Mr. Yoshio Saishu for their valuable advice.

Part of this research was presented at the 33rd symposium of the Japan Society for Higher Brain Dysfunction (founded as the Japanese Society of Aphasiology). This research was part of a 2011 Grant-in-Aid for Scientific Research from the Ministry of Health, Labor, and Welfare's Comprehensive Research Project for Health and Safety/Crisis Management, titled "Research on fostering and securing human resources to promote local health and safety" (research representative: Dr. Tomofumi Sone).

REFERENCES

1) Ogawa T, Japan neurotrauma databank committee. Current clinical trends in brain trauma: Japan neurotrauma databank. Brain Nerve 2010; 62: 13-24. (in Japanese)
2) Kato M. Neuropsychological study on a diagnostic criterion in a five-year model project for supporting persons with higher brain dysfunctions. Higher Brain Funct Res 2006; 26: 299-309. (in Japanese)
3) Muramatsu T, Onaya M. Psychiatry of head injury. Psychiatria et Neurologia Japonica 2009; 111(4): 446-451. (in Japanese)
4) Papez JW. A proposed mechanism of emotion. J Neuropsychiatry Clin Neurosci 1995; 7(1): 103-112.
5) Ponsford J. Mechanisms, eecovery, and sequelae of traumatic brain injury: a foundation for the real approach. In J. Ponsford, *et al.* (Eds.), Traumatic brain injury: rehabilitation for everyday adaptive living. 1st ed. Trans. Fujii M. (pp. 1-29). Tokyo: Nishimura, 2000. (in Japanese)
6) Kashima H, Kato M, Honda T. Cognitive rehabilitation. Tokyo: Igaku-Shoin, 1999. (in Japanese)
7) Anderson V, Brown S, Newitt H, *et al.* Long-term outcome from childhood traumatic brain injury: intellectual ability, personality, and quality of life. Neuropsychology 2011; 25(2), 176-184.
8) Uzura M, Japan neurotrauma databank committee. Current status of severe head injury with GCS score of 3: Japan neurotrauma databank. The 34th annual meeting of the Japan Society of Neurotraumatology Program/Abstract, 2011: 65. (in Japanese)
9) Engberg AW, Teasdale TW. Psychosocial outcome following traumatic brain injury in adults: a long-term population-based follow-up. Brain Injury 2004; 18(6): 533-545.
10) Hoofien D, Gilboa A, Vakil E, *et al.* Traumatic brain injury (TBI) 10-20 years later comprehensive outcome study of psychiatric symptomatology, cognitive abilities a psychosocial functioning. Brain Injury 2001; 15(3): 189-209.
11) Anderson V, Brown S, Newitt H, *et al.* Educational, vocational, psychosocial, a quality of life outcomes for adult survivors of childhood traumatic brain injury Head Trauma Rehabil 2009; 24(5): 303-312.
12) Hessen E, Anderson V, Nestvold K. MMPI-2 profiles 23 years after pediatric m traumatic brain injury. Brain Injury 2008; 22(1), 39-50.
13) Klonoff H, Clark C, Klonoff PS. Long-term outcome of head injuries: a 23-year f low-up study of children with head injuries. J Neurol Neurosurg Psychiatry Pr Neurol 1993; 56(4): 410-415.
14) Hessen E, Nestvold K, Anderson V. Neuropsychological function 23 years after m traumatic brain injury: a comparison of outcome after pediatric and adult he injuries. Brain Injury 2007; 21(9), 963-979.
15) McKinlay A, Dalrymple-Alford JC, Horwood LJ, *et al.* Long-term psychosocial o comes after mild head injury in early childhood. J Neurol Neurosurg Psychiatry Pr Neurol 2002; 73(3):, 281-288.
16) Satz P, Zaucha K, McCleary C, *et al.* Mild head injury in children and adolescents review of studies (1970-1995). Psychol Bull 1997; 122(2): 107-131.
17) Jonsson CA, Horneman G, Emanuelson I. Neuropsychological progress during years after severe traumatic brain injury in childhood and adolescence. Brain Inj 2004; 18(9): 921-934.
18) Nybo T, Saino M, Muller K. Stability of vocational outcome in adulthood after mod ate to severe preschool brain injury. J Int Neuropsychol Soc 2004; 10(5): 719-723.
19) Asikainen I, Kaste M, Sarna S. Patients with traumatic brain injury referred to a re bilitation and reemployment program: social and professional outcomes for 5 finnish patients 5 or more years after injury. Brain Injury 1996; 10(12): 883-899.
20) Cattelani R, Lombardi F, Brianti R, *et al.* Traumatic brain injury in childhood: int lectual, behavioural and social outcome into adulthood. Brain Injury 1998; 12(4): 28 296.
21) Nybo T, Koskiniemi M. Cognitive indicators of vocational outcome after severe tra matic brain injury (TBI) in childhood. Brain Injury 1999; 13(10): 759-766.
22) Nomura T, Shibata T, Hayakawa T, *et al.* Higher cortical dysfunction in patients w pediatric traumatic brain injury. Sogo Rehabil 2011; 39(6): 577-83. (in Japanese)
23) Koskiniemi M, Kyykka T, Nybo T, *et al.* (1995). Long-term outcome after seve brain injury in preschoolers is worse than expected. Arch Pediatr Adolesc Med 149(249-254.
24) Anderson V, Catroppa C, Morse S, *et al.* Identifying factors contributing to child a family outcome at 30 months following traumatic brain injury in children. J Neu Neurosurg Psychiatry Pract Neurol 2005; 76(3): 401-408.
25) Muscara F, Catroppa C, Anderson V. Social problem-solving skills as a media between executive function and long-term social outcome following paediatric tra matic brain injury. J Neuropsychol 2008; 2(2): 445-461.
26) Yeates KO, Taylor HG, Drotar D, *et al.* Preinjury family environment as a deterr nant of recovery from traumatic brain injuries in school-age children. J Neuropsychol Soc 1997; 3(6): 617-630.
27) Takahashi K, Ogawa T. A rehabilitation approach for children with brain trauma: ology of pediatric brain trauma, a study of pediatric cases by Japan neurotrauma da bank committee. J Clin Rehabil 2005; 14: 889-895.

Table 5b. Results of the interview (3b): "Late phase" after injury (10-31 years later, age 26-47) "Other conditions"

* *INTERVIEWER.* Please tell me about [your frustration/irritation] in more detail.

* *PATIENT.* I think one of the causes of irritation was that people around me did not understand what I could not do. I did not actively tell people what I could not do. I said what I could not do only when I felt it necessary. However, once I said it, people had unpleasant reactions; I was asked, "Are you trying to get out of work?" or insulted with a triumphant look, "Oh, so that's why you're so strange." Moreover, I kept being scorned because my squinting facial appearance looked funny. It was said behind my back that I was unreliable because I did not look people straight in the eye, and I was deprived of work once my disability was revealed.... Such insults, scorn, and irrationality continued, and I was filled with frustration and irritation. In the case of school work, I could control my emotions by myself because I made judgments by myself even if I was frustrated. However, unpleasant emotions that arose from interpersonal relationships were unavoidable and sometimes uncontrollable in front of my family. [See Table 6, a comment by the patient's partner.]

* *INTERVIEWER.* Please tell me frankly what kinds of things you feel are "not understood."

* *PATIENT.* ... The gap between subjective intelligence and outward intelligence, I guess. In other words, I subjectively think, understand, and judge because my frontal lobe intelligence is not too degraded. Meanwhile, I look like I cannot maintain psychological tension, often fail, react slowly, speak haltingly, have exotropia ... and therefore I am ridiculed. This gap may be one of the things that make me feel that I am not understood or trusted. For example, when I have a conversation, my frontal lobe understands the mistakes and insults of other people and wants to tell them, "That is not true, do not ridicule me" but I cannot immediately make a normal response. I cannot express my thought, although it is expanded in the frontal lobe... I felt as if I had been forced to isolate myself and be alone, although I belonged to a social group, and I was frightened to fall into Ganser syndrome. Fortunately, however, I soon realized that I could express my thoughts in writing if I was not good at verbal expression. About 25 first-author articles to date as original and review articles in Japanese or English for medical journals may be the products of this realization.

* *INTERVIEWER.* Didn't you feel mentally more at ease if you told people around you about your disability?

* *PATIENT.* I just didn't bother to talk about my functional disorders because I realized that telling people about them was pointless. As insults and scorn continued, I started to experience flashbacks just by thinking about my disability.

* *INTERVIEWER.* Please tell me in detail about [your depressive state] in the late phase.

* *PATIENT.* After the injury, I tried not to think about what I could not do and maximize what I could do. All that time, I was always haunted with anxiety, irritation and frustration, mortification at irrationality and feeling inadequate, and I never felt satisfied with whatever I achieved, no matter what it was. I switched my mind and did well at work, but my residual disabilities were not understood, and I was so distressed by the mental conflict from the misunderstanding and insults that I started taking 25 mg/day of fluvoxamine from around 2000. After taking 10 mg/day of mianserin, I have been taking 10 mg/day of paroxetine since 2004. However, I think it was around that time that my partner finally understood that I had things that I could not do, that assistance could make me more comfortable, and specifically what to assist me with.

* *INTERVIEWER.* Specifically, what kind of assistance?

* *PATIENT.* For example, when we go out on weekends, my partner always walks close to me on the right. Risks are then avoidable since spatial recognition on the right is substituted, and my touch sensation can complement spatial agnosia by holding on to my partner. Therefore, the mental burden at the time of the action is significantly relieved. Most of the assistances were small things like this. However, the most important point is probably that neither my partner nor I noticed the need for assistance. Patients are not able to notice the need for assistance, and people around them are also unaware of the need ... that may be a spatial aspect of TBI sequelae since it is a less visible disability.

* *INTERVIEWER.* I see. Finally, please tell me how you psychologically overcame the lack of understanding, insults, and scorn of society: by achieving self-fulfillment as a physician? Thanks to the support of your partner? Or by being full of self-love?

* *PATIENT.* I still do not feel that I have overcome them. I have made efforts to overcome them, but I am still absolutely distressed. Psychologically ... again, pride in the form of the idea that I will never let my life be disturbed by others may have played an important role. Self-fulfillment as a physician was only one of the means to live positively ... or it was also a means to escape from frustration. I just worked really hard following my intellectual curiosity after the injury ... that is true. However, once I stopped, heart-breaking vulnerability always resided in me for many years after the injury. Apart from the pride and self-confidence, exists "the me," who desperately hates me. After all, it is the disabled vulnerable brain function that supports initiative, so I have a sense of discomfort with an aggressive desire/emotion of a healthy brain self-love. Compared to that, assistance from my partner consistent with my condition is ongoing and encouraging. Nevertheless, it took more than 20 years for my partner, with whom I have established a trusting relationship, to correctly understand my condition. Furthermore, understanding the conditions of TBI sequelae must be extremely difficult for others. I have always wanted to build a society where people with TBI sequelae playing roles in society can positively live without being abject.

Table 6. A comment by the patient's partner

"After she came home, she often left the house impulsively with irritation and frustration on her face, although she had been talking as usual before that. She usually came back after a while, still with an unpleasant look. She looked serious and remained silent for a while. It would be long after a meal that she started to talk quietly about the irritation. She started to feel better at last as I finally understood the gist of her talk. I remember that this happened very frequently, and honestly, I was confused. Sometimes she was already in a bad temper when I returned home; she even greeted me repeatedly with sarcasm in a self-deprecating manner every day. I think that this became more frequent as she moved to a new workplace. At times she became emotionally unstable and had panics attacks, saying 'How frustrating?...' in tears, but in most cases, she seemed to have dealt with it alone by shutting herself up in her room. I guess she distracted herself by continuing with work. Her bad mood never continued until the next morning."

Table 5a. Results of the interview (3a): "Late phase" after injury (10-31 years later, age 26-47)

"Focal symptoms" and "Deficit symptoms"
* *INTERVIEWER*. Please tell me in detail about [your depressive state associated with fear of death].
* *PATIENT*. The knee ligament reconstruction surgery (Houston method) that I had immediately after the national exam lasted for 6 hours under continuous epidura anesthesia. I did not want to have general anesthesia because I was scared of a forced loss of consciousness, but the burden was greater than I expected. In add tion, immediately after being discharged from the hospital after a month, I started to work as a new physician while walking with 2 crutches and while I visite the hospital for rehabilitation. Excessive mental and physical burdens may have induced the symptoms. The depressive state was improved by temporary mianserin intake plus lorazepam on demand and rest by hospitalization for 2 months for the purpose of physiotherapy for the lower extremities. I returned to work on foot without crutches and restarted my medical practice.
* *INTERVIEWER*. How were [the symptoms of aphasia/nonfluent aphasia]?
* *PATIENT*. I was reluctant to speak. I think that spontaneous thought had improved significantly, but the processing and response speeds of the brain to external sti uli was still slow. My boss at that time said, "I was worried when I asked you to perform a task, because your response made me feel, "Didn't she understand what I said?" but as I observed you proceeding with the task, I was relieved, feeling, "Oh, she understood." This happened many times.
* *INTERVIEWER*. How were [the fatigability] and [decreased memory]?
* *PATIENT*. When I gave a lecture at a seminar, I suffered from fatigue of the brain as soon as the planned time passed. An acquaintance who listened in on my speech said, "You looked like you were switched off in the middle of the lecture." In a conference presentation, I suddenly forgot all the words. I knew the contents, but I felt that a sense of anxiety passed through my mind, and all memories were erased and never reappeared. It was like, once the endurance of my brain reached its limit, a switch to erase all memories was turned on. I noticed that I could handle this situation by switching from speaking to reading out loud, and I did so.
* *INTERVIEWER*. Please tell me the details of [right hemispatial neglect, etc./exotropia] and how you dealt with it and overcame it.
* *PATIENT*. I regularly paid attention to the right visual field to complement visual impairment and reduce failures, but simple mistakes remained no matter how mu attention I paid in the writing of books and articles. I was therefore sharply criticized by readers and reviewers. Moreover, when I walked in a crowd or an inte section when I was feeling slightly tired, I was not aware of people traveling from the right or cars turning right from the opposite direction until I was hit by them. Thus, I was hit, criticized, and menaced. The right exotropia was exacerbated 2 to 3 years after the previous surgery, but I left it untreated because I thought I was mistaken to believe I could see with both eyes and might be exposed to dangers if it was corrected again. However, I could not stand insults and scorn for my squinting facial appearance and underwent right adductor shortening (7-8 mm) [32 years after the injury].

sidered to suggest the involvement of visual information processing speed and the impact of her visual impairment on her ability to grasp the entire context of a physical task.

Subjective and objective improvements in focal symptoms and deficit symptoms were observed, even more than 20 years after the initial injury. This may indicate that symptoms can be expected to improve in severe childhood TBI patients, to the extent that the child can become a high-functioning member of society. Our patient's everyday life decisions and voluntary securement of the opportunities to study and work were considered to have been responsible, to a great degree, for the improvement in her symptoms. In particular, studying for university entrance exams and performing medical school examinations in the middle phase after injury may have substituted practically for cognitive rehabilitation, promoting symptom improvement. In the late phase after injury as well, the continuation of medical practice and the writing of medical articles may have contributed to her improvement in brain function.

Our patient's maintenance of initiative seemed to have greatly affected the improvement in symptoms and the maintenance of QOL throughout her post-injury course. Her initiative was supported by pride and self-confidence, facilitated by her young age at the time of injury and initial recovery, her frontal lobe function, intelligence, desire for self-fulfillment, and her receptive environment. Irritation and frustration seemed also to support her initiative, although her drive was decreased by the lack of understanding of the people surrounding her. Particularly in the late phase after injury, substantial stress between the patient and her family may have contributed to the worsening of her emotional and behavioral disorders, her depressive tendency, and her decreased initiative. This suggests the need for a comprehensive investigation that includes not only the brain dysfunction of patients but also environmental factors, including interpersonal relationships, in future research on the psychophysiologic issues of severe TBI.

There are extremely few research reports on the long-term prognosis of childhood TBI, although much research has been conducted to reveal the long-term prognosis of TBI in adulthood[9,10]. Although reports are rare, research on the long-term prognosis of patients who recovered from mild childhood TBI and grew into adults (hereinafter "adult survivors") has had consistent results. Abnormal findings such as psychological issues and neurobehavioral sequelae[11,13] are generally shown, but the long-term course of these neurobehavioral symptoms is rarely demonstrated[14,16]. Reports on general neurobehavioral symptoms (hereinafter "existing severe prognosis research") are a rare in the existing research on the prognosis of adult survivors severe childhood TBI[17,18]. The issues most often observed in existing severe prognosis research are cognitive disorders in the p formance field (including attention, memory, and information p cessing speed)[19,22], persistent physical problems[13,23], and proble with attending school and work[10,13,17,21]. Social and psychiatric pr lems (social adjustment disorder, isolation, low QOL, depress state, attention disorder, and family problems) are also frequer observed[10,13,20]. Much of the existing severe prognosis research c cludes that permanent neurobehavioral disorders are found in ac survivors of childhood TBI. However, most of this research focused on the mean of specific patient groups, and their epidem logical research methods are close to cross-sectional studies. A minimum, longitudinal studies need to be added to conduct meani ful epidemiological research on long-term prognoses.

Meanwhile, many research reports demonstrate that outcon vary significantly among childhood TBI patients with injuries comparable severity. Some reports indicate that, in addition to sev ty of injury, prognostic predictors may include age at injury, char teristics before injury, cognitive factors, and psychosocial f tors[14,23,25]. Another report identified social dominance, the availabi of social resources such as rehabilitation, the adaptation of fami to the patients' needs, and the degree of sequelae as potentia important prognostic predictors[26]. These factors are scarcely cons ered in the existing severe prognosis research; daily living functio QOL, and environmental factors are also not addressed. Moreo judging the long-term prognosis of severe childhood TBI based o on the existing severe prognosis research might negatively distort clinical relevance, as the focus of the research is placed only abnormalities and disorders that are detected by laboratory tests.

In general, childhood TBI is considered to show better impro ment and have a better life prognosis compared with adult TB Therefore, professionals engaged in the acute and chronic treatm of childhood TBI shift their perspective to developmental supp that requires evaluating the risks of childhood TBI survivors los opportunities to acquire necessary abilities for catching up with healthy population. In order to provide survivors of severe childh TBI with appropriate and reasonable interventions to improve th long-term prognosis, it will be essential to clarify evidence regard the efficacy and validity of these interventions. Long-term progn research based on reasonable epidemiological study designs will

Table 4. Results of the interview (2): "Intermediate phase" after injury (3-9 years later, age 19-25)

* *INTERVIEWER.* Please tell me in detail about symptoms of [decreased memory] and how you dealt with it.
* *PATIENT.* When I started studying for entrance exams, memorizing and remembering things was still difficult for me. My memories were all erased at every examination no matter how hard I studied. It was as if letters and images had faded from one end of a screen once the switch was on. I could never rely on my abilities to memorize and recall things, although I did them with my head. As I did not give up and continued struggling, I realized that I was able to "ruminate" relatively well. So I started to study like "ruminating, speculating, loitering" unconsciously rather than "memorizing." Thinking over and over with the frontal lobe became a habit since I had difficulty uttering words. People have recently said that I am argumentative and pesky when I express my ideas that I have thought over. After I entered medical school, there were enormous volumes of new things to memorize. I went through this difficulty by associating memories with visual images and by understanding processes while writing them on paper and repeatedly talking to and asking questions of myself. I stored memories unrelated to exams in external media and tried to reduce the burden on my brain by only memorizing where to look and whom to ask when these memories were needed.
* *INTERVIEWER.* Please tell me about the details of [right hemispatial neglect, etc./exotropia] and how you dealt with them and overcame them.
* *PATIENT.* I became unable to recognize the space on my right side since I lost visual function in the right half of my body and had desensitized skin from the right anterolateral to temporal region. I had to read horizontally written letters one by one from left to right and became extremely slow at reading. Before the injury, I was good at exams in which speed is required, such as the first kyu license in shuzan [calculation on an abacus], but they were now over my head. I overlooked questions and choices on the right and could not write answers properly in the answer columns. I tried to complement the functions with maximum attention, as these were crucial in examinations, but I had placed excessive burdens on my easily fatigued brain, and my left eye could not fully complement them. Around the same time, I underwent lateral rectus recession (6 mm) because exotropia associated with blindness became apparent and subject to insult [7 years after the injury].
* *INTERVIEWER.* Please tell me about the details of the symptoms of [decrease in attention] and [fatigability] and how you dealt with them by yourself.
* *PATIENT.* I originally got involved in what I was interested in, but I became distracted. I noticed that my attention lapsed more frequently, especially when I had worries or concerns, so I decided to resolve them immediately or clearly discard them; at a minimum I decided to be practical about them so that I did not have to keep them to myself. Regarding the pace of life, I prioritized my physical condition and dealt with fatigability by switching back and forth between studies and breaks at short intervals so that the frontal lobe would not freeze.
* *INTERVIEWER.* How were the symptoms of articulation such as [aphasia/nonfluent aphasia]?
* *PATIENT.* When I was in medical school, a classmate of mine often slurred speech intentionally and teased me in front of everyone else. I heard that this person imitated my speech, so I think that my articulation was still not normal. Another friend said that I spoke haltingly.
* *INTERVIEWER.* Please tell me the reasons for and the background of your maintained [initiative].
* *PATIENT.* I think that the relatively mild frontal lobe impairment greatly influenced the maintenance of my initiative. That is why I was able to maintain pride, self-confidence, and reason for my intelligence and self-identity. Pride and self-confidence, that I will live my life in my own way whatever outcome it yields, have supported my initiative and outlook on life. It is self-confidence not as an extension of competition with others but as my pride in me. At a minimum, I did not want to accept the thought or the thoughts of others that, "but for the accident, I would be this or that." Therefore, in my case, it was pride and self-confidence that supported my initiative, and my desire for self-fulfillment ... and frustration and irritation that promoted my initiative. Initiative from the accident and keeping my disability to myself might also have been an escape from frustration and irritation. Another contributing factor to maintaining my initiative is that I worked on studies for university entrance exams in a private room in a dormitory. I did not have to care about what others would think of me, and I tried every way to make my head and body relax, as well as impossible or reckless things. Finding out what I could do that complemented what I could not do and adopting them as a daily habit was my recreation between study hours.
* *INTERVIEWER.* Please explain [your lack of disease consciousness] and [your frustration/irritation].
* *PATIENT.* Fuzziness of the head improved somewhat by the time I entered medical school. I was conscious of the physical sequelae but not of the cerebral sequelae. I had no particular problem with exams and advancing to the next year in medical school, so I was only thinking, "My brain will return to normal as I continue the habit of thinking." However, my initiative at this period in time may not have been inhibited thanks to this thought. I was able to follow my interests and curiosity because I was not conscious of the cerebral impairments. Nevertheless, lingering frustration and accumulating irritation truly encouraged initiative at that time. I still had a fatigable brain at that time, and experiments and clinical training put great physical strains on me. Therefore, I felt frustration and irritation in my head and had to make progress without thinking of anything in order to let go of them.

Brief synopsis of the patient's subjective symptoms

An overview of symptoms is presented in Table 1.

Findings 31 years after the injury (aged 47 years)

Magnetic resonance imaging revealed localized atrophy in the cortex of the left occipital lobe, just above the cerebellar tentorium (Fig.1). Her EEG findings were normal. Her full-scale intelligence quotient (IQ) score was "superior." A significant difference was observed between her verbal IQ (130) and performance IQ (113). Memory, attention, and frontal lobe function scores were favorable, at average or above average levels; the patient achieved the maximum score on the attention/concentration index of the Wechsler Memory Scale-Revised. No problems were found with the Standard Language Test of Aphasia or the Visual Perception Test for Agnosia, and no alexia or agraphia was observed (Table 2).

Detailed information on the natural history of TBI

The results of the extensive interview with the patient are shown as a conversation in Table 3, Table 4, Table 5a and 5b, and Table 6.

DISCUSSION

The survival rate for patients with a GCS score of 3 after severe head injury is currently reported to be 24%, despite dramatically improved clinical technology for the evaluation and treatment of brain disease[8]. At the time of her original injury, an extremely poor prognosis might have been expected in this patient. The mechanism of her cerebral parenchymal injury was a coup injury of the right anterolateral skull extending to the temporal border, caused by direct external impact to the lateral supraorbital margin of the right eye, and a left temporal-to-occipital contrecoup injury. Extensive damage to axonal fibers may have developed in the left cerebral hemisphere. The significant relative decrease in Wechsler Adult Intelligence Scale-III performance IQ, compared with verbal IQ that was observed in her current neuropsychological examinations, was con-

Table 3. Results of the interview (1): "Early phase" after injury (0-2 years later, age 16-18)

* *INTERVIEWER*. Please tell me about [your symptoms when you recovered from impaired consciousness].

* *PATIENT*. My memories on the day of the accident end at the time I left home in the morning. Memories when I started to become conscious are fragmented. I felt as if my head was heavy, as if it was hazy, and my brain did not function very well, but I was able to understand people's words. I was also able to read and calculate well. I understood the preoperative explanation from my doctor, a month after the injury. I was able to ruminate too, although I could not do it quickly. What I felt was difficult was to continue thinking for a long time, and to communicate my feelings in words.

* *INTERVIEWER*. How many [symptoms that affected school work] did you have?

* *PATIENT*. Indeed, I was often stunned by my lack of brain functions and physical functions. I noticed it for the first time in the hospital room when my doctor started talking about discharging me from the hospital. The sound of an English word from junior high school came to mind. I thought I had heard of it, but I could not recognize that it was English. Originally I was good at English, so at that point I was stunned to notice for the first time the lack of necessary abilities to restart school. I was extremely disappointed, but I thought it was no good to continue being stunned; I asked for a junior high school English textbook from home, and I looked at the words in bed every day. Other subjects were similar. I could barely dig up memories from deep inside my brain and could not memorize anything new, and new things disappeared quickly no matter how hard I tried to memorize them. After I returned to school, I felt pressed to catch up with my studies, but I was only able to follow characters with my eyes. I could understand science and mathematics, which I used to be good at, but I could not concentrate on them. In addition, too many factors inhibited school work, such as blindness in my right eye, severe pains in my head, legs, eyes, and elsewhere, visiting the hospital, and repeated surgeries. Honestly, I could not think about studying for the rest of my high school life.

* *INTERVIEWER*. Please tell me about [symptoms which you felt inconvenient in your daily life].

* *PATIENT*. I had hopelessly uncomfortable severe generalized pain associated with even small variations in climate. Cradling my knees and head, randomly wrapped in blankets, I cried, "I don't need such painful legs. Replace my head" and I bothered my parents. The most troublesome symptom was loss of vision, loss of the visual hemifield, loss of stereo vision, and right hemispatial neglect [hereinafter "right hemispatial neglect, etc."] in the right eye that derived from blindness. I used to crash into telephone poles on the right side without noticing them while walking, have objects from the right side hit my head and face without avoiding them and breaking my glasses, and miss a step and frequently fall without recognizing the difference in levels. Regarding brain functions, I had decreased attention, memory, and judgment as well as fatigability. Verbal expression was also difficult, but silence caused no problem at that time because people around who knew me before the accident understood me favorably. In addition, my left hand did not function, but as I practiced piano every day after school, it improved to a level where I did not feel inconvenienced by the time I graduated from high school.

* *INTERVIEWER*. Was [volition/motivation and initiative (hereinafter "initiative")] decreased?

* *PATIENT*. I think I was fuzzy-headed and extremely slow to react at that time. I was full of anxiety and fear when I thought of my future over my long life. I was at a loss rather than deeply depressed and distressed in the midst of tremendous misery, frustration, and sadness. Perhaps I could not realize that I would have an inconvenienced future because I was still a high school student. Meanwhile, I felt intuitively that my identity, or my faith, nerve, pride, and self-confidence, would not change despite the accident.

* *INTERVIEWER*. Do you mean that [the decrease in initiative] had already improved by the time you graduated from high school?

* *PATIENT*. Not necessarily. My pride barely prevented me from being crushed at that time, and that is why I felt, "I have to manage my own life," although I was in a stupor. However, I think I almost gave up that resolve. After all, extraordinary feelings such as misery, frustration, sadness, fear, pain, and heartache hit a girl of only age 16 in waves. Even my pride was almost crushed. I could not be myself unless I moved ahead anyway. Only people who respected me and understood me as an individual and did not deny my potential supported me. At the time I graduated from high school I chose to go to medical school, which was physically difficult, simply with these conditions combined.

* *INTERVIEWER*. How often did you receive medical services such as cognitive rehabilitation and mental care?

* *PATIENT*. I don't think the recognition of the need for cognitive rehabilitation for TBI and the concept of post? traumatic stress disorder had been established at that time, so I had no psychophysiologic interventions. I received follow-up care only at the orthopedic and ophthalmology departments after discharge.

and consciousness disorder persisted for approximately 1 month. Her major neurological symptoms included loss of vision in the right eye, a left facial palsy caused by optic atrophy deriving from the optic canal fracture, sensorineural hearing loss and tinnitus in the left ear, paresthesia of the skin around the lateral supraorbital margin of the right eye, decreased sweating of the left face and both upper extremities, right upper extremity paresthesia, and left upper extremity motor paralysis. She underwent open reduction of the left femoral fracture with subsequent physiotherapy, conservative therapy for the internal derangement of the right knee, and physiotherapy for her facial palsy. She improved enough to be able to walk with 2 crutches. She was discharged from the hospital on the 134th hospital day. After discharge, she returned to school as a second-year student while continuing outpatient treatment, but she suffered from visual and hearing impairments, systemic pain including severe head pain and lower extremity pain, and a remarkable reduction in memory and concentration. Electroencephalogram (EEG) performed about a year after discharge revealed "alpha-suppression in the left and increased slow waves in the right of the anterior brain and in the left of the posterior brain. Long-term follow-up required." She graduated from high school without repeating a year, despite many impediments to her schoolwork and despite entering medical school at age 19 after a year of preparation for the entrance examinations. She still had impediments to schoolwork, including reduced memory and concentration, but she tried to complement her brain function by voluntary effort comprising repetition, external compensation, and internal visual images. As a result, she graduated from medical school with excellent grades and passed the national exam for medical practitioners (hereinafter "national exam") the same year at age 25. Immediately after the national exam, she underwent knee ligament reconstruction surgery for the internal derangement of her right knee, went for follow-up in the month between the exam and the announcement of her results, and started medical practice in the department of internal medicine at a university hospital while walking with 2 crutches. In that year, a depressive state developed, associated with a fear of death and exhibiting itself mainly at night. This was improved by short-term administration of antidepressants and by 2 months of rest brought about by hospitalization for the purpose of lower extremity physiotherapy. She resumed full-time work as a physician, although she continued to have subjective symptoms of irritation, frustration, and anxiety. Despite episodes of impulsive behavior and unstable emotional states, including panic attacks at home, she did not ask for aggressive medical intervention; she said that she could continue social activities using self-control alone. She visited our hospital for an objective evaluation of her current brain function, 31 years after the initial injury.

Table 2. Results of neurological and psychological examinations

	Test items	Results
WAIS-III	Verbal IQ	130 (vocabulary, 14; similarity, 15; information, 12; comprehension, 17; arithmetic, 16; digit span, 14; letter-number sequencing, 13)
	Performance IQ	113 (picture arrangement, 10; picture completion, 11; block design, 15; matrix reasoning, 14; digit symbol coding, 10; symbol search, 9)
	Full scale IQ	125
WMS-R	Auditory memory	101 (logical memory, 21/50; verbal paired associates, 24/24)
	Visual memory	117 (designs, 9/10; visual paired associates, 16/18; visual reproduction, 40/41)
	General memory	107
	Delayed memory	111 (logical, 20/50; visual paired associates, 6/6; verbal paired associates, 8/8; visual reproduction, 40/41) Logical memory: immediate, 44; delayed, 61. visual reproduction: immediate, 82; delayed, 87
	Attention/concentration	138 (mental control, 6/6; digit span, 21/24 F7B7; visual memory span, 26/26 F8B7)
	Percentile	Span: digit span forward, 87/backward, 96; visual span forward, 99/backward, 99
ROCFT	Copy (/36)	36
	Recall in 3 minutes(/36)	30.5
RAVLT	Recall in the 1st trial (/15)	7
	Recall in the 2nd-5th trials (/15)	12-15
	Interference list B (/15)	6
	Recall after interference (/15)	15
WCST	I: Number of categories achieved	6 PEN 4; DMS 0
Stroop test	I: Required time (sec)	17; error, 0
	II: Required time (sec)	16; error, 0
	III: Required time (sec)	20; error, 0
Verbal fluency task	Initial letter	29 (shi [し] 13; i [い] 10; re [れ] 6)
	Category	50 (animals, 24; vehicles, 14; fruits, 12)
SLTA	No problem	
VPTA	No problem	

Examination abbreviations
WAIS-III, Wechesler Adult Intelligence Scale-III
WMS-R, Wechesler Memory Scale-Revised;
ROCFT, Rey-Osterrieth Complex Figure Test;
RAVLT, Rey Auditory Verbal Learning Test;
WCST, Wisconsin Card Sorting Test (Keio version);
SLTA, Standard Language Test of Aphasia;
VPTA, Visual Perception Test for Agnosia

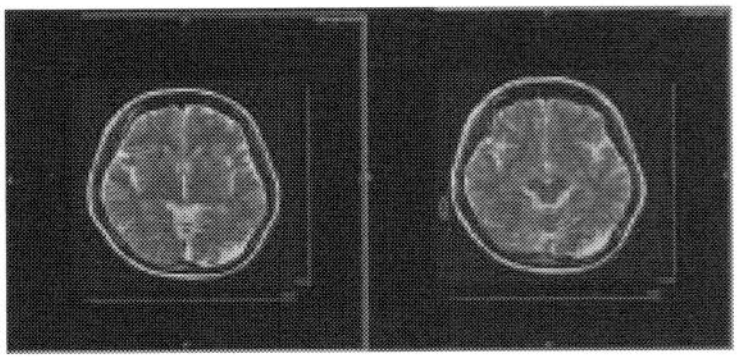

Fig. 1. Magnetic resonance imaging

Localized atrophy is observed in the cortex of the left occipital lobe, just above the cerebellar tentorium.

Detailed information on natural history

We comprehensively ascertained the natural history of the injury in an interview, half a year after the patient's visit to the psychoneurotic department in 2008. The interview lasted about 3 hours, with breaks. We presented and confirmed Table 1, the overview of the patient's subjective symptoms after the injury by time phase, and asked the patient to answer questions prepared in advance. Our conversation was recorded on a digital voice recorder, transcribed after the interview, and analyzed after confirming the accuracy of the transcription. In the analysis, we first assigned codes to the patient's responses, then categorized the responses according to the question topics, and created codes for detailed factors concerning the desired information. In documenting the interview results for this article, the words of the patient were changed to plain form to protect personal information, but the logical structure and verbal expressions were left intact.

RESULTS

Follow-up observations

Patient overview

The patient is a 47-year-old right-handed female. Prior to her injury, she was a high-achieving student without any behavioral problems, and her academic performance and behavioral evaluations were among the best. She had a desire to become a physician, which predated her present impairment. After her injury, she graduated from university and is currently a doctor of medicine and a practicing physician.

Past history

She had no significant medical history prior her injury, with the exception of appendicitis at age 15.

History of injury and impairment

The patient was riding her bicycle to school when she was hit by a recklessly driven car traveling about 90 km/h in the wrong lane of traffic. The accident occurred in 1978, when she was 16 years old and in the first year of high school. She had multiple injuries, including a basilar skull fracture associated with ear and nasal hemorrhaging, a brain contusion, a left femoral fracture, and internal derangement of the right knee. The Glasgow Coma Scale (GCS) score was 3,

Table 1. Brief synopsis of subjective symptoms after injury, by phase

		Post-injury Life Phase		1. Early phase	2. Intermediate phase	3. Late phase	
		Years after injury (age)		0-2 years later (age 16-18)	3-9 years later (age 19-25)	10-31 years later (age 26-47)	
		Major site of activity		High school (from the accident to graduation)	Preparatory school, medical college	Medical institutions	
		Category	Subject's remarks			First half (as a physician working in a university hospital)	Second half (as an expert in public health)
Symptoms	Focal symptoms	Aphasia (motor)	Cannot express in words, have difficulty in speech	++	+	+	±
		Apraxia	Cannot take the right action in a certain situation	−	−	−	−
		Hemispatial neglect	Unaware of the space on the right side	+++	++	++	+
	Deficit symptoms	Decreased attention	Lack of attention	+++	++	+	−
		Fatigability	Become mentally tired easily	+++	++	++	±
		Decreased memory	Cannot memorize anything new	++	+	+	±
		Decreased judgment	Cannot judge things by myself	++	±	−	−
		Executive dysfunction	Cannot plan and execute things	+	−	−	−
		Decreased motivation and initiative	Cannot start things by myself	+ ⇒ ±	−	−	±
	Other conditions	Lack of disease consciousness	Have no recognition of my disease	±	+++	++	−
		Emotional disorders	Frustration/irritation	−	±	+	++
		Behavioral disorders	Impulsive behaviors	−	±	+	+
		Depressive tendency	Feel depressed	+ ⇒ ±	−	+	+

+++ Very strongly aware; ++ Strongly aware; + Aware; ± Possibly aware; − Unaware

issues deriving from TBI remains[5]; some severe TBI patients and their families cannot overcome great handicaps and stresses even with cognitive rehabilitation. Contributing to the problem may be the dearth of evaluations on the efficacy and validity of psychophysiologic interventions[6]; long-term prognosis observation is essential in order to solve this issue.

TBI from injury in childhood (age 0 to 16), hereinafter "childhood TBI," is one of the most common causes of acquired physical disorders. Predicting the prognosis from the clinical conditions and prioritizing interventions and follow-ups are important for professionals striving to provide acute care to childhood TBI patients. From a perspective of development, chronic care professionals recommend effective medical interventions for residual disabilities and evaluation of the risks inherent when childhood TBI survivors lose opportunities of acquiring necessary abilities to catch up with the healthy population[7]. Unfortunately, opportunities to follow childhood TBI survivors to adulthood are extremely limited, and comprehensively understanding the long-term prognoses, including daily living functions and quality of life (QOL) issues, is difficult.

We have observed the long-term course of a 47-year-old physician who entered medical school 3 years after a severe TBI at age 16, and who has practiced medicine continuously since that time. The patient has experienced no cognitive interventions in the 31 years since the injury. Since becoming a physician, she has told almost no-one about her TBI sequelae except for relatives and close friends. In light of the remarkable progress in the medical understanding of TBI sequelae and higher brain dysfunction in recent years, the patient agreed to visit the psychoneurotic department of Keio University Hospital for an objective evaluation of her current brain function. With this evaluation of her current condition, as well as investigation into her medical records, we clinically and comprehensively evaluated the patient's long-term outcome as a severe childhood TBI case that ran a spontaneous course. We also embark on a discussion of possible long-term prognosis studies in childhood TBI patients.

METHODS

Follow-up observations

Observations by the authors started around the time the patient's study of medicine commenced. Clinical findings from the time after the injury but before starting our observations were obtained from copies of medical records and treatment-related records retained by the patient.

The patient's condition 31 years after injury was evaluated using the results of her visit to the psychoneurotic department of Keio University Hospital in December 2008, with the patient's consent.

NEUROLOGY

The Long-Term Spontaneous Course of a Severe Traumatic Brain Injury Incurred at Age 16 by a 47-Year-Old Physician: Investigation into Planning a Long-Term Prognosis Study of Childhood Traumatic Brain Injury

Tomoko Tachibana[1], Hideaki Tachibana[2]

ABSTRACT

Objective: To clinically and comprehensively investigate and discuss a 47-year-old physician who entered medical school 3 years after incurring a severe traumatic brain injury (TBI) at age 16; to consider the concept of long-term prognosis studies in childhood TBI patients.

Design: Observational, longitudinal, retrospective, and prospective case study.

Materials and Methods: Follow-up observations and clinical findings from the time of injury to 3 years after injury were obtained from the patient's medical records. Our direct observations commenced around the time that the patient began her study of medicine, 3 years after her injury. Objective findings from December 2008, 31 years after the injury, were evaluated using the results of the patient's voluntary visit to the psychoneurotic department of Keio University Hospital. We ascertained comprehensive information on the natural course of the patient's TBI in an interview conducted in June 2009.

Results: A 47-year-old female physician with a past history of severe TBI was diagnosed at age 16 with a brain contusion, basilar skull fracture, optic canal fracture, and injuries to both lower limbs, as well as other more minor injuries. The major neurological symptoms were loss of consciousness for 1 month, loss of vision in the right eye, and a facial palsy at the left side. She did not receive cognitive rehabilitation intervention. Although she was suffering from impairments, pain, and a remarkable reduction of memory and brain functions such as concentration, she entered medical school 3 years after the injury. She graduated from medical school and has practiced medicine continuously. In 2008, 31 years after her injury, her full-scale intelligence quotient (IQ) was found to be "superior." Although a relative reduction of performance IQ score was present and localized brain atrophy of the left occipital lobe was observed. It was verified 20 years after the injury and later that her focal symptoms, as well as her neurological deficits and high brain functions, had improved. We have observed that her initiative was supported by her pride and confidence, and her symptoms were improved by her relatively young age at injury, her frontal lobe function, intelligence, desire for self-realization, acceptance of her own value in society, and a receptive environment. We also found that her initiative may have been reduced by the lack of understanding of people close to her, leading to depression, emotional disorders, and behavior disorders.

Conclusions: 1) Her dysfunction symptoms have been improved by self-initiated compensatory devices; her studies to prepare for medical school entrance examinations, her learning during medical school, and her continuous medical practice. These events stood proxy for rehabilitation. 2) The following were considered strong contributing factors to the patient's prognosis: disease severity age, at injury, character prior to the injury, cognitive factors, psychosocial factors, social superiority, availability of social resources, adaptations by her family and severity of sequelae. 3) To provide survivors of severe childhood TBI with appropriate and reasonable interventions for the improvement of long-term prognosis, scientific evidence of the efficacy and validity of interventions will be essential.

KEY WORDS

traumatic brain injury, long-term, prognosis, natural history, quality of life

INTRODUCTION

In the context of a social phenomenon known as "the traffic war" in the late 1960s Japan, an increase in head injuries was observed. Clinical technology for brain disease in Japan dramatically improved with the addition of neurosurgery as a new clinical specialty in 1965 and the introduction of computed tomography in 1975[1]. In the 1990s, the number of deaths due to traffic accidents decreased per 100,000 people, but the number of injuries rapidly increased. Accordingly, an increase in the number of people suffering from sequelae of traumatic brain injury (TBI), such as attention disorders, memory disorders, and emotional disorders, has been highlighted[2].

In recent years, it has been revealed that the psychiatric mechanism of TBI is brought about by diffuse axonal injury[3], and that affective disorder in TBI is caused by damage to the Papez circuit[4]. Although treatments and cognitive rehabilitation have been examined and strenuously implemented, a problem with psychophysiologic

Received on April 24, 2012 and accepted on October 2, 2012
1) Department of Health Crisis Management, National Institute of Public Health
2-3-6, Minami, Wako-shi, Saitama 351-0197, Japan
2) Matsui Hospital, an Incorporated Medical Institution
2-7-10, Ikegami, Ohta-ku, Tokyo 146-0082, Japan
Correspondence to: Tomoko Tachibana
(e-mail: ttomoko@niph.go.jp)

■著者紹介

橘《たちばな》　とも子（旧姓：蓮沼《はすぬま》）

1961年千葉県茂原市生まれ。獣医師の父と専業主婦の母のもと、3人姉妹の次女として育つ。1978年2月5日（16歳・高校1年）朝、自転車通学中暴走車に激突され、脳挫傷・頭蓋底骨折ほか両脚等に全身多発外傷受傷。一命をとりとめるも、記憶力・集中力の著しい低下、発語障害・右半側空間認識の喪失等の後遺症状や全身の疼痛等により、学習や日常生活が困難となる。しかし1年間の受験浪人期を経て昭和大学医学部に入学。6年ののちに卒業、医師免許を取得し消化器内科医となる。26歳で結婚。31歳で医学博士（内科学）取得。その後、公衆衛生行政医師に転向し東京都衛生局や保健所に勤務しながら、国立公衆衛生院疫学部客員研究員として研究活動を継続。41歳より国立保健医療科学院勤務、現在に至る。
なおこの間、脳機能に関する認知リハビリは、すべて勉強や医業といった日常生活動作を活用して自己流で行っている。
循環器内科医の夫と2子の4人家族。愛読書はロイス・マクマスター・ビジョルドのSF長編シリーズ『ヴォルコシガン・サーガ』。主人公マイルズの複雑なキャラクターに惹かれている。

トラウマティック・ブレイン
―高次脳機能障害と生きる奇跡の医師の物語

2013年7月31日発行

著　者　橘　とも子
発行者　落合　隆志
発行所　株式会社SCICUS（サイカス）
〒167-0042 東京都杉並区西荻北4-1-12-201
電話（代表）：03-5303-0300
ホームページ：http://www.scicus.jp/

定価は表紙に表示されます。Printed and Bound in Japan
落丁・乱丁の場合はお取り替えいたします。

ISBN978-4-903835-68-6　C0095　¥1800